ハヤカワ文庫JA
〈JA1039〉

# 希　望

瀬名秀明



早川書房
6890

目　次

# 希望

# 魔　　法

# 1

ときは一九世紀半ば、マジシャンになりたいと願うひとりの若者が、大魔術師アラカザールにその極意を尋ねた。するとアラカザールは自慢の髭を撫でながらいった。

「来週までにトランプの選ばせ方を十種類考えてこい」

「ですが、アラカザール師」と若者は少しむくれ気味にいった。「どうやって相手のカードを見つけるか、私はまだ知らないのです」

「わしを信じよ」と大魔術師アラカザールは諭(さと)した。「もし秘密の方法を教えたら、おまえさんはきっとひどくがっかりするだろう。そのくらいカードを見つける方法は単純で、おまえさんでもほんの一分で憶えることができる。だから自分はみんなより賢いんじゃないかと勘違いしてしまうくらいじゃ。さあ、まずはわしのいうことを聞け、秘密を知らないままでいるとはなんと味わい深く、すばらしいことか。それこそが結局、われら魔術師が古くから人々に与え続けてきた〝驚き〟という体験なんじゃよ。よもやおまえさん、そのことを忘れたわけじゃあるまいな？」

授業を終えてカードを片づけていたところへ「先生」と声をかけられ、佐倉理央は顔を上げた。受講生の本多洋平が片手を小さく上げて挨拶しながら立っていた。

「アラカザールの教えについて何か？」

と、理央は片づけを進めながら笑みを返す。本多は肩を竦めた。

「まったく、途中まで実在の人物だと信じちゃいましたよ。ぼくは今回初めて習うんだから、そういう素人もいるって手加減してくれなきゃ」

大魔術師アラカザールとは子ども向けのマジック教本に登場する有名なキャラクターだが、彼の言葉は子どもよりむしろ世間に慣れ始めたアマチュアマジシャンにこそ深みを持って受け止められる教訓に満ちており、いまなお世界中のマジック愛好家から師と仰がれている憎めない剽軽者だ。三年前から理央はこのカルチャースクールの授業を先輩マジシャンから引き継いでいるが、毎年一度だけこのアラカザールの教えを引用し、受講生に宿題を課す。この教えは効果覿面の魔法を教室にもたらしてくれる。その次から出席者の数が半減するのだ。実際、今回も宿題のことを話したとき、ほとんどの受講生が戸惑いや失望の表情を浮かべるのがわかった。理央は知らぬふりをして話を押し通したものの、前回までのレッスンでは終了後に理央のもとへ集まりサインを所望していた人たちが、今回は無言で帰り支度をそそくさと済ませ、退室していった。見渡すと教室に残っているのは理央たちふたりだけになっていた。

「先生って呼ぶのはやめてよ」

「いや、ここでは理央先生ですよ。ぼくのほうが教わっているんですから」

「十年前に聞いてみたかった台詞」

片づけを終えて、ふたりで教室を出る。レッスン初日後の懇親会で自己申告を受けるまで、迂闊にも本多が受講していることに気づかなかった。理央は学生のころから縁あって地元テレビ局の週末の情報番組でテーブルマジックを披露しており、本多はそのとき同じ番組に出演していた学生アシスタントのひとりだった。本多の担当はスポーツニュースで、理央より学年はひとつ下だったが、気が合って休憩時間によく雑談していたのである。しかし番組の改編と共に自然と疎遠になっていたのだ。七年ぶりに再会した本多は頭髪が少し薄れた妻子持ちの会社員になっていた。

本多は左利きで、レッスンではカードの取り扱いに難儀していた。スポーツで有利に立てる左利きは、カードマジックを演ずる場合、圧倒的に不利なのである。多くの人は気づかないが、トランプの絵柄は右利き用に特化されているためだ。左上に位置するマークや数字は、右利きの人間が両手の中でトランプを扇状に開いたとき見えやすいようにできている。左利きの人が開くとカードの端は真っ白になってしまい、カードをすばやく確認することが難しい。

それでもなんとか自分の利き手と折り合いをつけて、本多はマジックを楽しんでいる様子だった。

「抽選が当たってラッキーだったな。この講座、倍率が高いから」

「どうしてマジックを？」

「とくに理由があるわけじゃないです。まあ、あのころから一度やってみたかったのかな。スタジオで見ていていつも惚れぼれしていたから」

「ありがとう」

「ええ──それより」

本多は躊躇(ためら)うような口調になった。カルチャーセンターのロビーに自分たちしかいないことを確かめる。

「筧(かけい)さんのこと、もう知っていますか」

理央は立ち止まり、相手の顔を見つめた。

筧伊知郎(いちろう)のことだと気づくまで、少し時間がかかった。

その空白の数秒は理央にとって意外だった。筧という名字の人を何人も知っているわけではなかったのだから。七年の歳月でその名はいつの間にかカケイという音の配列になっていたのだった。

「マジック協会国際連合（フィズム）以来ですよね」

「何があったの」

「そうか、理央さん、まだ知らないのか」

本多の呼びかけは理央さんに戻っていた。学生のときに深く考えもせずテレビに出て以来、理央は本名のままマジシャンの活動を続けてきた。筧もあのころは同じく学生であり、また修士課程を終えてからは上京してアルバイトをしながら練習を続ける一介のアマチュアであり、むろん大会に出場するときも本名だった。

ＦＩＳＭ（フィズム）は世界中のマジシャンの登竜門として知られる大会だ。筧は二五歳で出場し、マニピュレーション部門で日本初の一位を獲得した。今日まで日本人がＦＩＳＭでグランプリを獲ったことはない。もうひとり部門一位の日本人が最近になって現れたが、筧の記録が日本人初の快挙であったことはいまも変わらない。

筧は日本のマジック業界を沸き立たせたその翌日、欧州から帰国する途上で事件に巻き込まれた。空港でファンと称する若者が大きな花束を持って近づいてきた。筧はいつもの笑顔で若者に応じ、求められるままにサインをして、花束を受け取り、記念写真に収まった。そして若者がその場から立ち去った直後、花束の中で爆弾が作動した。筧に嫉妬したアマチュアの凶行だった。彼の両腕は千切り飛ばされ、腕の欠片と共にすぐさま病院へ運ばれたが、意識不明の重体となった。医師たちは腕をつなげようと懸命な努力をしたという。しかし理央たちが現地に到着したとき、最初の手術を終えた彼は姿を消していた。

「一位になったときには、番組にも出てもらおうなんて話していました」

本多の言葉で思い出した。事件が起こるほんの六時間前、理央たちはそんなことを確かに話して、この日本の隅っこで浮かれていた。

「そうね、そうだった」

そして本多はいった。

「ぼくも昨夜、テレビで知りました。週末に筧さんの特番があるんです。両腕を義肢にしたサイボーグマジシャンのデビューだと」

その週末はバーの当番が入っていた。

東北新幹線で東京から一時間四〇分、この地方都市には駅の東側に一軒だけ、マジックを客に見せるバーがある。理央は当時、大学の奇術部に所属しながらここでアルバイトをして、ときおりマジックの手技を習っていた。地方在住のプロマジシャンは多くはない。急場のしのぎに代役を務めることもあった。それがテレビディレクターの目に留まるきっかけとなった。

客は酒を飲んでおり、マジシャンの演技に集中するわけではない。ざわついた店内で、相手の機嫌を損ねることなく、ときには理不尽な要求をうまくかわしながら、ひとときの不思議を楽しんでもらう。それがバーマジックに求められることだ。その夜も理央はふだんのようにカードやコインを使ったクロースアップマジックの組み合わせで役目を果たした。

ごく少数ではあるが理央の出番を目当てにバーへ通ってくれる常連もいる。いまも理央はローカル番組や地域イベントに出演することがあるので、顔を憶えてくれる人もいる。しかしその夜は何度かとちって、逆に常連から慰められる始末だった。

最近はどこも似たような状況だろうが、マジックで生計を立てることは難しい。バーでの報酬は十年前からほとんど上がらず、理央もふだんは科学技術文書の翻訳アルバイトで食べている。曲がりなりにもこうしてマジックを続けていられるのは、決して腕前が優れているからではない。そのことは理央自身がいちばんよく知っている。大学の奇術部で覚と同級だったのだ。覚の演技を見れば誰でも打ちのめされる。

むろん練習を重ね、オリジナルのアイデアも絞ってきたが、独学には限界がある。理央はこれまで一度だけ国内の競技会で準優勝を得たことはあるが、それ以外によい成績をほとんど残せなかった。だから自分がマジシャンでいられるのは技術のためではない、男好きのする顔のためだとよくわかっていた。そして理央は、自分が笑みをつくるたびに、男性たちが態度を変えることが厭でならなかった。マジックは芸能社会の一部であるから、昔ながらの慣習も残っている。パトロンになろうと話を持ちかけてくれた人たちもいたが、いつも土壇場で疑心暗鬼に陥って逃げ出すのは理央のほうだった。

自分の仕事を終えてバーを出たときには午前二時を過ぎていた。立夏を過ぎて夜でもひとりで歩ける季節になっていた。タクシーを使わないのは財政的な理由だった。変質者に追尾されたことも何度かあるが、わずかな収入と秤にかければ三一歳の独り身にとって運動を選択するほうがはるかにいい。それに人のいない夜更けの町は、世界の終末にも似た風情があるのだ。とくに曇り空にかかる月は薄ら寒くて気に入っていた。しかし今夜に限って月は細く、星々の瞬(またた)きさえ見て取れた。

徒歩二〇分の住宅地に建つ１ＤＫの賃貸マンションへと向かう間、理央は携帯電話でブログやツイッターの書き込みを検索し、すでに世の中では筧の特番が大きな評判となっていることを知った。早足で家まで戻り、玄関で乱暴に靴を脱ぎ、衣服を着替えることもなく液晶テレビのスイッチを入れ、録画予約しておいたデータを呼び出した。バーの仕事から帰った夜は軽いつまみをつくり、赤ワインを飲むのが習慣だった。しかしその夜は冷蔵庫の前へ行くこともなく、化粧を落とすこともせず、理央はソファに前屈みの姿勢で座り、そのまま二時間の特番を再生した。

## 2

ハードディスクに記録されていたのは確かに篁伊知郎の姿だった。

スタジオで五名のゲストタレントが篁の登場を迎えた。サイボーグという言葉の番組的な意味合いは携帯電話での検索で理解していたが、篁が画面に初めて姿を現したとき、強烈な違和感と懐かしさが同時に襲ってきて、理央は息が詰まりそうになった。

篁もまた七年の歳月を経ていた――なで肩でひょろりとした印象だった彼は、全身に適度な筋肉をつけ、顔つきも引き締まり、眼力を備えていた。髪型は垢抜けたものに変わり、メッシュも入れていた。ファッションに無頓着だったあのころの篁ではなかった。

燕尾服ではなく、彼はトラッドなスーツを着込んでいた――袖は短めで、大きなものを隠すには不向きであり、フェアネスを自然に演出していた。その姿で彼はスタジオに登場し、ビートの利いた楽曲に乗って演技を始めた。

ＦＩＳＭでも披露したカードとコインのマニピュレーションだった。誰もいないカジノで一攫千金を夢見る若者がカードを恋人のように想いながらダンスを踊るというストーリー仕立てで、空中から取り出すカードはすべてポーカーの役にちなんでおり、演技が進むにつれてワンペアからツーペア、ストレートにフラッシュ、フルハウスにフォーカードと、順に役が上がってゆく。つまり同じカードを何度も再利用することはできない。取り出す順番を綿密に計算しなければならない。若者は恋するカードたちの声援を受けて一世一代の大博奕に挑む。彼の指先から出現するカードは何度も役づくりに失敗し、手元のチップは失われてゆく。このあたりからカードだけでなくチップや一メートル以上のパレットも突然出現するなどマニピュレーションの対象物となり、筧は複数の役柄を演じ分ける。そしてついに大逆転が起こり、若者は勝利するが、それはひと気のないカジノで見た儚い幻であったことが最後に明かされる。それでも若者とカードの恋は本物なのだ。

カメラは筧の全身だけでなく、彼の両手を執拗に追い、頻繁にそのアップの映像を差し挟んだ。途中から筧がスーツとシャツの袖を肘のあたりまでまくり上げたところで、理央にも事の重大さがわかった。スタジオの中にもどよめきが走るのをカメラが捉えていた。理央もその瞬間にはスタジオゲストたちと同じ表情をしていただろう。筧の両腕は確かに義肢であった。

筧の両腕は人間のものではなかった。肌色に着色された合成樹脂が筧の両腕を形成していた。彼の指の関節に刻まれた皺は本物ではなく、爪は人工の色彩に塗られていた。その指先がカードを操っているのだ。

理央は演技の半ばからほとんど瞬きさえ忘れて、液晶モニタに見入っていた。その指先は途切れることなく動いている。演ずる筧の笑顔はあのころとまったく同じ眩しさだった。

片側にできる笑窪もそのままだった。しかし袖の先でカードを操っている二本の腕は機械なのだ。そのことが理央には信じられなかった。いったいどうやって動かしているのか？　機械の指先であれほどカードを繊細に操れるものなのか？　それとも義肢そのものが何かのトリックだというのだろうか？

マジックにはいくつかの種類がある。大舞台で美女の身体を切断したり、ライオンを出現させたりするショーはイリュージョンと呼ばれる。逆にマジシャンが観客とテーブルを挟んで対面し、手元をじっくり見せながらカードやコインを捌いてゆくのはクロースアップという。そして指先で四つのボールを操ったり、ステージで何羽もの鳩を出したりするような、手先の器用さで魅了するマジックはマニピュレーションと総称される。そうしたマニピュレーションで最大限に魅力を発揮する技術がスライト・オブ・ハンド――スライハンドだ。日本語にするならまさしく手品、手先の早業である。かつては石田天海や島田晴夫といったスライハンドの名手たちの活躍によって、マジックといえばスライハンドの時代もあった。しかしその後はイリュージョン、そしてクロースアップマジックへと流行は移り変わっており、むしろスライハンドには古くさい印象さえついてまわっている。

篁がこの舞台に選んだのは、FISMと同じスライハンドだった。ただ、同じ演技でも、義肢となればまったく話は変わってくる。いま演技をしているのは機械なのだ。

篁が最後のポーズを決めた後、スタジオ内の様子がロングショットで映った。ゲストタレントたちは呆気にとられ、数名は胸を押さえているのが見えた。あまりのことに息苦しさを感じているのだ。彼らは数秒間、拍手をすることさえ忘れていた。

　やがて彼らは力の限り手を叩いた——しかしひとりの女優がその両手を見つめ、顔を強張らせるのがわかった。自分の両手で拍手をすることが義肢を持つ者に対して賞賛の意を表することになるのかと、咄嗟に考えたに違いなかった。

　演技を終えた篁が笑顔で彼らのもとへ歩み寄ってゆく。彼が大きく感じられた。身長は一七五センチであったはずだが、それよりずっと高く見えた。

　ゲストタレントたちの目は彼の両手に注がれていた。カメラも彼の手へ寄ってゆき、それは視聴者の関心にぴたりと重なり合った。

「失礼ですが、見せてもらってもいいでしょうか」

　司会役の男性タレントがおずおずと切り出す。篁は上着を取り、赤色のシャツをはだけ、少し躊躇ってから右側の肩だけを脱いだ。出演者たちは息を呑んだ。数時間前、テレビの前にいた数百万人の国民も同じように息を呑んだだろう。

　篁の肉体は肩の先で途切れていた。つるりと整形されたその表面に機械の関節が連結され、そこから見紛いようもない人工のアームが伸びていた。

「動かしてみましょう」

　彼はまるで珍しい蝶をてのひらの中で見せる博物学者のように、脱いだ上着を人工の右腕で取り上げて見せた。アームの根元から細いコードが何本も伸び、胸の筋肉につながっているのがわかった。彼と同じく理央も工学を出ているからそれが何を意味するのか知っている。胸の筋電でアームを制御しているのだ。腕や手を動かすために私たちは神経活動を通じてさまざまな筋肉を活用しているが、義肢を扱う場合はむしろ通常と異なる筋肉を訓練して、その動きを伝えたほうが効率的な場合がある。篁の義肢は胸筋で大まかな動きを制御しつつ、人工知能の学習や機械的な姿勢制御なども重ね合わせてスムーズな動きを実現しているのだろう。しかしそれでもあれほど巧みなマニピュレーションができるとは驚きだった。音が、と司会者が呟いた。ええ、と篁は穏やかに頷いた。アクチュエータの音が聞こえるはずです、と。

「触ってみますか」

「いいんですか」

「もちろん。まずは握手からいかがですか」

司会者はおそるおそる手を差し出す。篁はその手を取り、ゆっくりと包み、静かに上下に動かした。出演者のひとりが尋ねた。

「あの、私もいいですか?」

「こちらこそ」

そうして彼は出演者のひとりひとりと握手をしていった。スタジオ内にようやくほっとするような雰囲気が広がり、出演者たちが明るい笑顔を見せ始めた。理央は驚きながらその様子を見つめていた。巧みに計算された演出だった。

筧は再び衣服を整えていった。

「このような手を持っていますとどうしても怖がられてしまうものですが、機械の指先を持っていても魔法を——本当の魔法の驚きと歓びを生み出せることを、ぜひ皆さんに知っていただきたいのです——機械が得意なことは何だと思いますか」

「正確な動き？」

「人間よりすばやい動き」

「飽きずに繰り返せる、とか」

「その通りです。センシング能力も優れていて、現代の機械工学なら麻雀で完璧に盲牌をしてみせる繊細な指先をつくることもできるでしょう。しかし私たちが感じる本当の魔法とは、そうした現代の技術を超えたところにあるのだと私は思うのです」

司会者が繰り返した。「魔法、ですか」

「ええ。どなたかボールペンをお持ちですか」

筧はそういってスタジオ内を見渡した。ＡＤの女性が駆け寄って三色ボールペンを手渡す。筧はざっと検分して満足し、テーブルの上に置いて出演者らに自由に確認させた。

「野球のバットをてのひらの上で直立させる遊びがありますね。得意な方はいらっしゃいますか。何秒くらい保つでしょう」

　ゲストの中に元野球選手のタレントがいた。彼は困ったという顔をしながら首を傾げ、十秒もできれば上等でしょうと答えた。

　筧はボールペンを差し出し、これをバットに見立てて実際にやってみてくださいと促した。男はてのひらの上に載せてみたが、ほんの一瞬でさえぴたりと停止させることはできなかった。

「ふつうの手ならそれが当たり前ですよ。しかし私の義手には角度や加速度のセンサが埋め込まれています。ボールペンが倒れようとすると、それを察知して、倒れる方向に向かって動くことができます。倒立振子の原理というのですが、それをプログラムに組み込めばロボットの手は何時間でも棒を直立させることが可能なのです。よくご覧ください」

　筧は右のてのひらを前に差し出し、わずかに開いて伸ばした。その手がアップになったとき、理央は唐突に、かつての彼の指を思い出した。

　筧は皆の眼前でおもむろにボールペンを人差し指の先に垂直に載せ、そのまま添え手を放した。ゲストの息を呑む音が理央にも聞こえた。ボールペンはそのまま指先に直立したのだ。

「ペンの横を、そっと指先で押してください」

　ゲストのひとりが筧のそばにやってきて、目を丸くしながらおずおずと指を差し出す。

ボールペンの中央部へと指を近づけてゆく。その間もペンは動かない。ゲストの指先がそっとペンを横へ押したそのとき、筧は大きく右手を動かし、バランスを取った。ペンは落ちなかった。理央は口を開けたままそのさまを見つめていた。スタジオ内のスタッフたちにさえあまりの奇跡に動揺が走っているのがはっきりと伝わってきた。カメラが走り寄り、筧の指先を捉え続けた。マジックにありがちな不自然さは微塵も感じられない。よく見ればペンは直立不動ではなく、ほんのわずかに揺らいでいることがわかる。本当なのか？理央は身を乗り出して画面に見入った。これはマジックではなく本当にペンを立てているのだろうか？

筧はかけ声と共にペンを放り投げた。左手でそれをキャッチすると、今度はそのまま五本の指でペンを回し始めた。

理央は思い出したのだった。筧は学生のころ、いつもあの細く長い指で、インクの切れかかったボールペンを回していた。改造されていない安物のペンを。

ノーマルからソニック、トリプルインフィニティ。理央が知っている名称はそれくらいだったが、筧は次々と技を繰り出していった。ペンは筧の指の中で踊り続けた。最後にペンは高々と投げ上げられ、筧の義手がそれをつかんだ。

ゲストタレントたちは、すぐには言葉を発しなかった。女優のひとりが両手を口に当て、半ば畏怖の目で筧を見つめていた。

理央は混乱していた。これはマジックなのか？　合成映像なのか？　それとも機械工学の勝利なのか？　いまおこなわれたことをどのような心持ちで見ればよいのか、まったくわからなくなっていた。押しつけがましい感動とはかけ離れている。ゲストタレントたちの表情も先ほどまでとは大きく変わりつつあった。

「すみません、失礼ですが……、もう一度触ってもいいでしょうか」

筧は静かに、司会役の男性タレントへ両手を差し出した。

画面はそこで切り替わり、筧の生い立ちがビデオ映像で語られていった。そこには理央の知らない筧の姿もあった。だが理央の知っている彼の姿もあった――自分の知っている写真が大映しになり、理央は動揺した。その画面の端には奇術部の一員だった理央自身が入り込んでいた。他の仲間と同じくその顔はぼかされており、そのことが不意打ちのように理央の心を抉った。その写真が撮影されたとき、ふたりは恋人同士だった。

「私は事故の後もマジシャンの道を進もうと決めたのです。この手で本当の魔法を多くの人に伝えたいと思いました。リハビリを続ける中で気づきました。人間の手と腕にしかできないことはあります。機械の手と腕にしかできないこともあります。しかしこの世界に本当の魔法をかけるには、人間か機械かといったことを超えて、もっと大切なことがあると気づいたのです。言葉ではうまくいえないのですが、私はこれから生涯をかけて、この指先を通して皆さんにそのことを伝えたいと思うようになりました」

そして筧はゲストの中から女優に目を向けていった。

「私の手の代わりになっていただけませんか」

「まさか」

と、理央はテレビの液晶モニタを前にして叫んでいた。筧はテーブルの前に立つと女優を自分の近くへと招き寄せた。筧がこれからやろうとしていることの察しがついた。しかしそれはあり得ない試みだった。

筧は女優を背後に立たせると、あなたの手を私の右手に重ねてくださいと伝えた。彼女の手は彼の手の甲を覆った。

「私の右手は、あなたが動かしてください」

彼の左手と女優の操る右手がシャッフルをする。ふたつの手が空中でカードを扇状に広げ、別のゲストの前に差し出す。男性タレントは一枚を抜き取り、テーブルの上に置いた。ハートの2。すでにフォースがおこなわれているのだと理央は悟った。サインしやすいカードを筧は相手に引かせたのだ。

筧の求めに応じてタレントが大きくペンで自分の名前を書く。彼はそれを受け取り、女優と共にシャッフルをおこなった。理央はその手元をじっと見つめていた。マジシャンはすでにこの段階で目的のカードを自分の望ましい場所へ持ってゆくことができる。その技はいくつもあるが、いずれも指先の繊細ですばやい動きが不可欠だ。クロースアップマジックを見慣れた者にとっては、いま彼が女優と共におこなっているカットやシャッフルはぎこちなく、危なっかしいものでさえあった。しかしそれゆえにカードの動きをごまかすことはできないはずだった。

筧はアンビシャス・カードを始めた。デックのどこにカードを入れてもそれがいちばん上から現れるという定番の現象だ。だが、これはたんなるマニピュレーションの手品ではない。手元でカードを捌き、相手に見えない角度ですばやくカードをすり替える操作が必要なクロースアップマジックなのだ。それをいま筧は背後からの監視のもとで、しかも片手を相手に委ねたまま進めようとしている。

何度もゲストタレントたちの眼前でカードが浮かび上がり、デックの中を駆け抜けてゆく。理央にはそれがまったく新しい奇跡のように見えた。女優が筧の手に触れていることで、定番の技法はすべて封じられていた。筧と女優の手元でカードは生きているように見えた。手を添えた女優は途中から瞳を潤ませていた。彼女は奇跡にじかに触れていた。

理央は背筋に寒気を覚えた。自分の見ている映像が信じられなかった。こんなことができるはずはない。できるはずはないのだ。常識を超えている。

彼はマジックの新しい扉を開いたのだ。

あるいは、マジックではない何かを。

## 3

「見たよ。まさに神業だ」

湯浅教授は壁に凭（もた）れた格好で、会場のスクリーンを見つめたままいった。理央は白髪の増えた教授の横顔にほのかな切なさを覚えながら黙って頷いた。

三〇〇人が入る大会議室では今年の学会賞記念講演が滞りなく進められていた。座席はすべて埋まり、周囲には立ち見の観客が溢れている。演壇に立つ受賞者は四〇代前半の若手教授で、スクリーンに映し出すパワーポイントは動画やフラッシュを多用した派手なつくりだった。発表のあちこちには研究者だけにわかるユーモアもちりばめられており、会場は沸いている。湯浅教授は会場のいちばん後方に立ち、腕を組んでいた。そこが湯浅教授の定番の位置だった。壁に凭れかかり顔をしかめるようにスクリーンを見つめる仕草も変わっていない。それだけに白い頭髪は歳月の流れといのちのうつろいを感じさせる。

地元で学会が開催されていると知り、慌てて会員番号を確かめてコンベンション会場に足を運んだのだ。マジシャンになっても年会費を払い続けていた理由は自分でもよくわからないが、学問に未練があったためではない。技術文書の翻訳を仕事とするための、いわば精神的担保だったのだろう。

湯浅教授はかつて筧と理央の指導担当者だった。理央が修士課程を終えたとき、就職せず筧のようにマジシャンの道を進みたいという無謀な決断を黙って許してくれた、マジックが好きな常識外れの研究者だった。

「機械トリックを使っていると思いますか」

「あの義肢に仕掛けがあるかってことかい。見事な義肢であることは間違いない。あれだけ動けば市場を席巻するはずだ。宣伝を兼ねたパフォーマンスなのか、それとも種があるのか、おれにはわからないな」

「ロボット研究者の間でも噂は流れていないんですか」

「日本のメーカーはみんな目を丸くしている」

「自分で開発した可能性も……」

「それならそれですごいことだ。学会は大喝采で筧を迎え入れなければならないよ」

世界で活躍するマジシャンの中には、自分で工房を持ち、専属の技術者を雇い入れて、マジック用の装置や小道具を開発する者もいる。彼らの工房はさながらハリウッドスタジオだ。精巧なギミックや大がかりな舞台装置など、彼らの産み出すものは最新の技術に支えられており、ロボット工学のノウハウも存分に取り入れられている。たとえば斬新なカップ&(アンド)ボールの演技やスター・ウォーズのライトセイバーのようにステージで自在にレーザー光線を操る演目で大喝采を浴びた若き成功者ジェイソン・ラティマーは、自分の工房を誇らしげにウェブページで宣伝さえしているほどだ。

スクリーンにロボットのムービーが映し出される。湯浅教授はぞんざいに顎でしゃくった。

「見ろよ。ロボット研究者はああやって十秒やそこらのムービーを得意げに披露しては拍手をもらっている。あの機械は他に何ができるんだ？　十秒なら確かに人を驚かせられるかもしれない。だがあのロボットを一時間見たら、ふつうの人ならさすがに飽きるだろうよ。そもそも一時間も成功し続けられるのかどうかさえわからない。娯楽だ、芸能だと割り切っているマジシャンのほうがよっぽど誠実じゃないか。おれたちはばりばりに編集されたテレビ特番の映像を見て、ああやって学会賞をあげているんだぜ」

会場に照明が戻り、お定まりの質疑応答が始まった。立ち見をしている研究者の何人かがちらちらと理央に視線を送ってきていた。理央の顔と体型は、こうしたスーツ姿のときにいちばん男性を刺激するらしい。何年も学会とは疎遠だったが、彼らの視線は変わらない。

「出るぞ」

湯浅教授が理央を促し、ふたりで会場を後にした。教授は講演の内容に興味を失った様子だった。

「連絡は取れているのか」

「寛くんとですか？　いえ……何も」

「バックにテレビ局がいるのかな。そっちの業界でも大騒ぎなんだろう？」

「誰も連絡が取れないらしいです。上の人たちはそれで怒っているとか」

「まあ少しずつ状況もわかってくるさ。そうだ、先月のきみの翻訳、なかなか評判がよかった。もうひとつ引き受けてくれないか」

「先生、私は」

失望を感じながら遮る。大学の教授たちの中には、理央がマジシャンをやっているというと非常勤講師の話を持ちかけてきたり、アルバイトの仕事を世話しようとしたりする人がいる。それが親切な行為だと心から信じているのだ。フリーランスに対する根本的な無理解が、相手を傷つけていることに気づかないのだ。

だが湯浅教授は理央を押し切って言葉をつないだ。

「最後まで聞けよ。今度は小説なんだ」

理央は言葉に詰まった。

「無理です。小説なんて」

「知り合いの編集者からの話でね、アメリカのわりと有名な作家の新作らしい。まだプルーフの段階で、向こうでも本になっていないんだが、試読してほしいというんだよ。映画化の話も動いていて、いい内容だったらすぐに翻訳を出したいそうだ。ロボット工学とマジックを取り合わせたサスペンスもので、事前知識のある人間を探している。佐倉、おまえの連絡先を伝えておく。読んでつまらなかったら断ってくれればいい」

「なんていう本ですか?」

「アラカザール」

## 4

筧伊知郎の東京公演開催が発表され、朝からテレビの情報番組はその宣伝で沸き立っていた。

まだカーテンも開けないうちにぼんやりと点けたテレビで理央はそれを知り、慌てて携帯電話で公演の予約画面を呼び出したが、とうのむかしにチケットは完売していた。オークションサイトでは正規価格の五倍以上の値がつけられており、とても手が出せる状況ではない。しかも逡巡しているうちにたちまちそれらのチケットも売り切れてしまい、理央は天井を仰ぎ、ため息をついた。

マジシャン仲間の誰かがチケットを押さえるだろうか。系列の地方テレビ局に頼んで潜り込ませてもらえないだろうか。東京に住む知り合いのマジシャンたちに片っ端から電話をかけようとして、首を振り、携帯電話を置いて身を離した。そういった安易なコネにすがるのは理央がこの十年間で敬遠してきたことだ。しかし筧の演技を間近で見られないとわかると、理央は自分でも戸惑うほど焦燥に駆られていた。いまこの瞬間にも筧が遠ざかってゆくように思えた。

レッスンの予習は頭に入らず、マニュアル文書の翻訳ははかどらなかった。昼食用にひじきの煮物をつくった。冷蔵庫に入っていたおかずの残りをレンジで温める。マジックの一連の演技のことを手順（ルーティン）と呼ぶ。レシピ通りにつくり上げる料理はルーティンであり、ひとり机に向かっていただきますと両手を合わせ、右手に箸を持ちご飯とおかずを黙々と口に運び続ける行為もまたルーティンだった。料理をつくり、食べている間だけ、理央は無心になった。ルーティンをこなす自分の肉体を信頼できた。しかしささやかなひとりの食事はすぐに終わり、今度は両手を合わせようとして、あの特番にゲストとして登場した女優のように、筧のことを思い出して手を見つめた。

「ごちそうさまでした」

自分の声が部屋に響き、理央はお膳を持ってキッチンに戻った。洗い物をする自分の手に目を向けながら、かつて小さな学生アパートに住んでいたころ、食卓で料理を挟んで筧と向かい合い、彼が両手を合わせるさまを幸せな気持ちで見つめたことを思い出した。いま彼はどのようにいただきますというのだろう。いまも両手を合わせるだろうか。それだけが感謝の仕草ではないはずだが、代替案は思い浮かばなかった。

身仕度を調(ととの)えたところで呼び出しチャイムが鳴り、差出人の欄に大手出版社の名が印刷された宅配便を受け取った。品目にはプルーフ原稿と書かれてあり、ずしりとしたその重みから、いかにもアメリカのベストセラー予備軍らしい分厚さが想像できた。

空は快晴だった。理央は包みを開けず、靴入れの棚の上に置いたまま外へ出た。カルチャーセンターへ向かう途中で二度、理央は地下鉄の中吊り広告にかつての恋人の名を見た。気持ちを鎮めよう、と理央は己に言い聞かせる。穏やかな気持ちでレッスンに臨もう。

しかし心の奥から想いが沸き起こり、それを消し去ることはできなかった。

どうすれば寛に会える？　どうすれば？


——むかしむかし、あるところにひとりの少女がいました。少女はクリスマスにサンタクロースから一冊の本をもらいました。本の名前は『大魔術師アラカザールのひみつ』、手品が大好きな少女にとって、髭を生やしたインドの魔術師が大きく表紙に描かれたその本は、魔法そのものに見えました。

少女はベッドの中で本のページを開き、わくわくしながら読み始めました。しかし期待はすぐに萎み、少女のページをめくる手は止まってしまいました。アラカザールが教えてくれることは、少女の想いとかけ離れていたのです。少女はみんなをびっくりさせるすてきなマジックをたくさん教えてほしかったのでした。それなのにアラカザールは、そんなマジックの種は重要じゃないというのです。本当に大切なのは魔法をかけるまでの物語なんだよと教え諭すのです。ちちんぷいぷい、ワンツースリーと杖を振るまでが、本当のあなたの魔法なんだよと、アラカザールは語りかけてくるのです。

少女はむくれて、本を放り出しました。ふとんを頭からかぶって、アラカザールの悪口を唱え始めました。そんなことをいったって、アラカザール、あんたはいま魔法を使えていないじゃない。本物の魔術師だったら最後まで本を読ませるくらいわくわくさせてよ。それができないから煙に巻いてるだけなんじゃないの。髭は立派だけれど、あんたなんて偽者だ。文句があるならなんとかいってみなさいよ。

それでも少女はマジックを嫌いになることはありませんでした。成長し、魔法使いの弟子になりたいと思い始めたころ、ひとりの青年と出会い、恋に落ちたのでした。

誰かがちちんぷいぷいと杖を振らなくても、成長した彼女はもう恋の魔力を知っていたのでした。

予想通り、レッスンの受講生は半分に減っていた。ちょうどいい人数だ。理央は皆をテーブルの周りに集め、開演前のリラックス法などをちょっとした小咄で伝えながら、いくつかのカード当て現象を演じてみせた。マジックを学び始める前の理央は極端な人見知りだった。ステージマジックのような大袈裟な演技も苦手だった。大学の奇術部でクロースアップと出会い、初めて相手の目を見ることができるようになった。自分の手元ではなく相手の心に向き合うことを知った。クロースアップを演じるとき、理央は自分の手元を信頼できた。練習を重ねた自分の手先は、そこへ視線を落とさなくてもカードを操ってくれるはずだ。そう思えるようになって、相手と言葉を交わせるようになった。

カードのシャッフルを繰り返しているうちに、自分の肉体から余計な焦燥がすっと退いてゆくのがわかった。

いまはこの身体を信頼しよう。理央は自分の感覚に身を委ねながら筧のことを思った。筧の義肢が本物だとして、きっと彼にとっていちばんの困難は機械の指先を信頼することだったろう。きっと筧はそれを克服したのだ。いま自分も筧のようになればいい。

シャッフルを続けながら、この教室へ戻ってきてくれた受講生たちひとりひとりの顔を見渡していった。この教室に入るまで強張っていた口角が、ゆっくりと素の自分へと戻ってゆく。理央は両手の中でデックを扇状に開き、若い学生にいった。

「カードを一枚選んで下さい」

相手が指を伸ばしてくるのを見計らって彼の手に一枚を置き、目を逸らしてデックを胸元に引いた。

受講生はそっとカードの表を見る。隣の受講生がその手元を覗き込んだ。

「ダイヤのキングですね」

と理央は相手のカードをあっさりと明かした。

「いまのはフォースといって、強制的に目的のカードを引かせる方法です。難しい手技ですから、講座の最後にみんなでトライしてみます――でも、どうでしょう、これはよく考えると不自然な流れだとは思いませんか。カードマジックの多くは、相手が選んだ一枚のカードを当てるものです。私たちはそうしたお約束の中でマジックを演じ、マジックを楽しんでいるわけですが、一歩退いて眺めてみれば、とても形式に嵌ったおかしなことをやっているわけです。どうしてお客様はカードを選ばないといけないんでしょう。どうしてマジシャンは一枚選ぶことを強制するんでしょう。カードを引いたらマジシャンがそれを当てるのは自明のことで、だとしたらお客様が一枚引いた時点でもうすべては終わっているのではありませんか。そこから先に起こるすべてのことは、マジシャンのルーティンに過ぎないのではありませんか」

真ん中で理央の話を聞いていた初老の受講生が露骨に顔をしかめた。市内のマジックサークルに所属するアマチュア愛好家だ。さきほどの手技のときもカードを引いた学生のほうには目もくれず、理央の手元をずっと注視していた。

このような話に抵抗を示すのは、それなりに練習を重ねてきた町のアマチュア愛好家が多い。彼らの多くはマジックの小道具を持ち歩き、周囲の人に手技を披露するのが好きだ。

初回レッスンのときは近くの喫茶店で懇親会をおこなったが、そうした彼らは次々とレパートリーを披露して見せた。理央よりもマジック業界の内情をよく知っている人さえいた。しかし先週のような宿題を課されてレッスンから遠ざかる人の多くもまた彼らであった。

理央はそのことを承知しつつ、彼の目を見てデックを裏向きでテーブルの上に広げ、名を呼んだ。

「吉岡さん、五二枚の中で、とくにお好きなカードはありますか。想い出の一枚を教えてください」

彼は、はっとした表情になった。他の受講生たちが彼に視線を注いだ。彼は突然注目されたことに戸惑い、あの、ええと、と言葉を濁した。公民館や町のマジックサークルで仲間から喝采を浴びることは快感でも、こうして自分の言葉でマジックと向き合うのにはまったく慣れていないのだった。

「ハートのエースです」

「それはどうして？」

「子どものころ、最初におぼえたマジックが、それを当てるものだったので――それにキャンディーズの歌が好きで」

「ではあのころのことを思い出して下さい。裏をよく見て、ハートのエースを引いていただけますか」

理央は彼の目を見ながら促した。彼は躊躇いがちに一枚のカードを指先で手前に引き寄せた。理央はデックをひとつにまとめてテーブルの隅に置き、相手の選び取ったカードを裏向きのままテーブルの中央へ移動させた。

目を伏せがちないまの吉岡氏は、一ヵ月前の懇親会で他の受講生らに持参の指ぬき(シンブル)で消失と出現の手技を見せびらかした吉岡氏とは別人だった。彼はいま自分が見られる立場となり、カードを引かせるのではなくカードを引く立場を体験していた。

「開けてみて下さい」

理央は自信を持っていった。予言したカードが当たる確率は常識的に考えて五二分の一、すなわち約二パーセントだ。高くはないが、低い確率でもない。まぐれで当たることもある。

吉岡氏は周りの受講生にしきりに目を移し、期待が寄せられていることを察して萎縮していた。理央は待った。ここで追い打ちのような言葉をかけてはいけない。相手の手が動くのを待つのだ。自分のこの身体だけでなく、言葉を発する私の心も、身体に合わせて相手を待つのだ。

吉岡氏の手が動いた。

ハートのエースだった。

歓声が上がった。

「すり替えたのですね」

吉岡氏はいった。「さっき、このカードを真ん中に寄せるとき、パームしたカードとすり替えたんだ」

しかしその顔はさきほどまでと異なり、ごく自然に綻(ほころ)んでいた。この講座が始まって以来、初めて彼が見せた表情だった。

「あなたが当てたのですよ、吉岡さん」

理央はカードをしばらくデックに戻さなかった。彼にそのカードをもっと見てもらいたいと思ったのだ。引っ越しの際に箪笥(たんす)の裏から見つかった想い出のカードのように。

もうアラカザールの名を声に出す必要はなかった。

吉岡氏はゆっくりとハートのエースを差し出してきた。理央は首を振り、笑顔で残りのデックをすべて彼に手渡した。

「今度は吉岡さんが切り分けて下さい。私たちにハートのエースのマジックを教えていただきたいのです。吉岡さんはどなたに一枚を選んでもらいますか?」

吉岡氏は再び周りの受講生たちを眺め渡した。彼が周りの人たちをきちんと見たのも、これが初めてのことだった。

彼は本多洋平をパートナーに選んだ。ええと、お名前は、と彼は尋ねた。本多は理央に目配せをして見せた。

魔法は怖ろしい。人と怪物の境界がはっきりとはわからないように、魔法は気づいたときには恐怖となる。

# 5

レッスン終了後、ロビーで本多と少しばかり立ち話をした。テレビの特番を見たこと、筧とはまだ連絡が取れないことを伝えたが、本多のほうは多くを語らず、そのままロビーで別れて理央は薄暮れの町を歩いた。

一週間前のレッスンでは地下鉄駅の階段に着くころには陽が落ちていたが、いまはまだ紫色の空が広がっている。低い雲が西からせり出し、その底面に今日の最後の陽射しが当たって虹色に彩られていた。明日から雨になるだろう。しかしぽっかりと空いた理央のてっぺんは、まだそのまま宇宙へとつながり、小さな星の光を灯し始めていた。

ふだんは携帯電話をあまり使わない。しかし予感を覚えて電源を入れると、やはりいくつかの留守番電話が入っていた。バーのマスターからの伝言が二件、東京のマジック仲間からの伝言が合わせて三件。歩きながら携帯を耳に当て、彼らの声を聞いて事情はつかめた。筧伊知郎に対する世間の関心はエスカレートし、ここ数時間のうちにウェブでは理央のこともかつての恋人として噂をされ始めているのだった。

それでもバーのマスターは、明後日の当番は約束通り来てくれと一言添えていた。念を押さなければならないほどひどいことが書かれているのだろうか。理央にはわからなかったが、うまい返礼の言葉が見つからず、彼らに電話もメールもできなかった。工学修士を出ていながら、そうしたコミュニケーションは苦手なのだから、どうにも古い人間なのだ。

本多もそのことはすでに知っていたのかもしれない。知っていて、あえて口に出さなかったのだろう。

地下鉄を経由して、再び地上に出る。柔らかく若い星々の瞬きが雲の波間に見え始めていた。子どものころ、手を伸ばして星をつかもうとしたことがあったかもしれない。それはこの手が自分とつながっていると信じていたからだ。夢は手を介して自分につながると、あのころは信じていたのだ。だからマジックは指先で魔法を見せるのだ。

二〇歳のとき、初めて筧の部屋に行った夜は、強い雨が降っていた。奇術部の合同練習が長引き、借りていた公民館から出たときはすでに辺りは真っ暗だった。他のメンバーは雨の中を駆けていった。仲間たちは気を遣ってくれたのかもしれない。ふたり残され、理央の持っていた折りたたみ傘の中で互いに身を縮めながらいっしょに走った。

身体を拭き、髪の毛を乾かし、筧はバイシクル・ライダーバックのカードを二ケース取り出して畳の上に座った。理央もタオルを持って筧の前に座った。カードがあれば気まずくないことをふたりは知っており、筧と理央は念入りにタオルで手を拭き、いつものように銀行員が使う滑り止めクリームを十本の指先に擦りつけて笑い合った。そして筧は青いデックを、理央は赤いデックを手に取った。

筧はスリーカードモンテを理央に見せた。三枚の中から特定のカードを当てるゲームだ。すばやい指先の動きが相手に錯覚を与える。たとえ定番の種を知っていたとしても、筧はその予測を見越すかのように別の場所へカードを捌いてゆく。理央は外れっぱなしの自分に可笑(おか)しくなりながら、筧の示す三枚のカードに目を凝らし、次こそは当ててやると鼻息を荒くして彼の手元を追った。

細く、美しい手だった。

何度も騙され続けて、理央はくすくすと笑っていた。そんな理央を真向かいで見ていた筧が、不意に真顔になり、ふたりで互いのカードを当てよう、といった。まだくすくすと笑っていた理央に、筧はもう一度真剣な声でいった。こいつはぼくだけしか知らない魔法なんだ。

魔法？

そうさ、魔法だ。

教えて。理央は笑いを止めて筧に向き直った。すでにそのとき、理央は予感していた。

心臓の鼓動が早まるのに気づいた。

デックをシャッフルして。自由に。

筧が青いカードを切り始めた。理央はそれを見て、自分の手元にある赤いカードを同じように切っていった。やがて筧は自分のデックを差し出し、交換を求めた。理央は無言で従い、再びシャッフルした。

これで充分だと思う瞬間が、ふたり同時にやってきた。筧がデックを裏向きのまま両手の中で広げ、そして予言した。

「これからぼくたちはエラリイ・クイーンを引き当てる」

理央が指を伸ばしかけたとき、筧は首を振った。その手でただ引くだけじゃいけない。心を込めて引いて、その一枚を見ないで手前に置いてほしい。ぼくも同じことをする。

理央は指先を伸ばし、筧のデックの直前で止めた。あと少し動かせば、カードを通して筧と触れるのだとわかっていた。もし触れてしまったら、心臓の鼓動の音はきっと隠しきれないほど大きくなるだろう。筧は待っていた。カードをびくとも動かさず理央を待っていた。理央は目を瞑(つむ)り、わずかに開いていた中指と親指の先で一枚のカードを捉えた。両の指先に磁力が働いたかのように、すっと引き寄せ合って理央の指はカードを選んだ。

筧はデックを閉じて脇へ置いた。そして無言で理央を促し、理央は自分のデックを広げた。筧の指が近づいてきたとき、電撃的な感覚が両手から腕を伝って駆け上り、理央の心臓の中心で弾けた。筧が指先でカードを選んだとき、理央は心の中で歓喜の声を上げた。筧はまっすぐな眼差しで理央の目を見つめていった。互いのカードをめくる。いいね？

　理央は頷いた。ふたりは見つめ合ったまま手を伸ばし、相手のカードを引き寄せた。ふたりはドゥ・アズ・アイ・ドゥをやるときのように、鏡に映ったもうひとりになりきっていた。筧が手元に視線を落とし、理央も同じく指先を見た。ふたりの指はカードをめくった。筧のかけ声は不要だった。理央は相手の手元に目を向け、筧は理央の手元を見て、そしてふたりは顔を上げて互いを見つめた。

　ふたりが同時にカードを引き、それが二枚とも予言されたカードである確率は五二分の一の二乗。すなわち二七〇四回に一回。

「これって魔法？」

　筧は最高の笑顔を見せた。「運命ってやつだよ」


　玄関の鍵を開けたところで携帯電話が震えた。マジシャン仲間だと話が長引きそうだなと思いながら表示を見て、湯浅教授からだということに驚き、靴箱の上に置きっぱなしだった宅配便の包みを慌てて手に取った。不安定な格好で靴を脱いだのでよろめき、そのままコンクリート壁の角に足の指をぶつけてしまった。眉間に皺を寄せて声にならない悲鳴を上げる。こういう傷は三〇歳を過ぎるとなかなか治らないのだ。

指先をさすりながらリビングまで進んで椅子に座り、呻いて通話ボタンを押す。

「どうしたんだ？」

「おっちょこちょいなだけです。すみません、今日、出版社から届いて……」

「そんなことはいい。パソコンでもその携帯でもいい、動画配信を見られる環境があったらすぐアクセスしろ。筧が現れた」

はっとして、理央は部屋を見渡した。だから最近のネット環境の進歩には疎いといっているのに。ストリーミング動画を閲覧して回る趣味はない。急いでラップトップPCを立ち上げた。貯金は少なかったが、今年になって清水の舞台から飛び降りる気持ちで買い換えた新品だ。湯浅教授の指示に従って目的の配信サイトへ辿り着くと、すでに筧の名がそのトップページに挙がっていた。薄暗い映像をクリックすると、PCがうんうんとうなりを上げて動画を取得し始めた。

理央には、それがどこなのかわからなかった。ホテルの一角か、あるいはどこかの劇場の通路脇とも思える。筧はラフなジャケットにジーンズ姿で、その周りを二〇名ほどの男女が取り囲んでいた。彼らの素性もよくわからない。しかし何かただならぬ雰囲気であることは荒い映像からも伝わってきた。見えたか、と湯浅教授が回線の向こうで急かす。

教授はどこか追い立てられるような口調で話し始めた。いつもの全体を俯瞰して率直な意見をいう教授からは想像がつかない、焦りと怒りを孕んだ声だった。教授によれば、ほんの二〇分ほど前、唐突に誰かがこの動画を流し始めたらしい。周りを取り囲んでいるのは公演スタッフのようだが、そのうちのひとりが筧に何かを問い質し始めたのだという。筧は彼らに手渡された小道具でスライハンドの技を見せる羽目に陥ったようなのだ。それを何者かが手持ちの携帯電話で撮影し、世界中にまき散らしている。なんの悪意なのかさえわからないが、突然の出来事に人々の関心は集中し、たちまち多くのネットユーザーにフォローされたということらしい。

筧は四方を囲まれながら、右手でハーフダラーのコインロールをおこなっていた。親指と人差し指の間で挟んだコインを手の甲で小指のほうへ転がしてゆく手技だ。小指まで到達したコインはてのひらを抜けて再び人差し指の側から手の甲へと迫り上がり、回転を繰り返しながら小指へ向かう。撮影者はその様子を筧の後ろから肩越しに撮影していた。いかに他の人たちが取り巻いているからといえ、マジシャンの背後に回って全世界に映像を流すとは。

「腕の動きが見えるか」教授がいった。「肩関節のあたりを見ろ。ふつうの義肢の動きじゃない」

やらせだ、公演の宣伝だ、という書き込みが、ブラウザの隅に現れては流れてゆく。理央は携帯電話を耳に当てたまま、息を詰めてその映像を凝視していた。筧の右手が次第に加速してゆく。その指先は人間には不可能な動きを見せ始めていた。もはやコインは回転するとか、踊るといった形容の動きではなくなりつつあった。

「ばかやろう、あいつ」

教授の声が理央の胸に刺さった。さらにコインの動きは加速してゆく。日本の昔ながらの奇術を手妻（てづま）と呼ぶ。手先が稲妻のように素早く動くという意味だが、すでに筧の右手は何か稲妻のような暴力性を発していた。あまりの正確さ、あまりの速さ、日常からはるかに逸脱した未知の動き、それはあと一秒も経てば人のいのちを奪う兵器となってしまいそうだった。

理央が悲鳴を上げる寸前に、筧は大きくコインを減速させ、そのまま右手に握り込み、ゆっくりとてのひらを開いて相手の手にコインを落とした。その男は呆然とした表情でコインを受け取ったが、そのまましばらくは動けずにいた。実際にあと一秒加速を続けていたら、筧の周囲にいる人たちは反射的に身を退き始めたかもしれない。工学分野の者だけがふつうの人よりわずかに早く、動きの怖ろしさを本能的に察知したのだ。

「本当の義肢だとわかっていただけましたか」

筧の穏やかな声がスピーカーを通して伝わってきた。周囲の人たちは返答しない。声が出ないのに違いない。

理央はその張り詰めた現場をモニタ越しに見つめていた。筧の義肢は七年前の爆発によって生まれた。あの両腕の中で花束は炸裂し、筧の腕を機械に変えた。血塗られた両腕と叫ぶ者が現れないと誰が保証できるだろう。再び筧に死の花束を贈るものはいないと誰が約束できるだろう。機械ならば傷つけてみよと異端審問の如くに迫り寄る者がいないとは限らない。いまこの瞬間にも世界中のマジシャンは自らの指にナイフを突き立て、腕に包丁を打ち下ろし、奇跡の再生をアピールしている。それを実際にやってみよ、それが義肢を使ったマジックだと、わめき立てる者がいずれ出てくるかもしれない。何かが世界の中で一転したら？　いま信じられている何かがある瞬間を境に変わったとしたら？

筧はしかし、あくまでも穏当な表情のまま、ゆっくりと両手を胸のあたりにまで上げた。

「でも、ぼくがこの義肢で本当に伝えたいのは、こういうものです」

筧は胸の前でふたつのてのひらを合わせ、さらに深く合わせて、親指同士をクロスさせた。そのとき初めて周囲の人たちが一歩下がった。筧の手の中から、指でできた鳥が飛び立ったのだ。

違う。筧の両手が鳥のかたちをつくり、筧の腕がその両手を押し上げたのだった。子どものころに遊んだ指影絵の鳶(とび)であった。翼は左右八本の指に過ぎない。しかし理央はモニタの前で目を瞠(みは)った。その両の翼は本当に風をつかみ、羽ばたいているように見えた。筧の親指は本当に鳶の頭と嘴になり、はるか遠くの空に視線を送っているように見えた。

筧の両手は静かに揚力を得て、そして再びゆっくりと翼を閉じ、筧の胸元へ降り立った。その瞬間に鳶は筧の両手の中で、翼を広げた平たい記号へと還った。

ステージ上なら、そこから筧は本物の鳩さえ出すこともできただろう。だが奇跡を予感させたまま、筧のふたつの親指は外れ、ゆっくりと両手は左右に滑っていった。最後に両の指先はまるでチャイナリングの演技のようにすれ違い、再び交わることなく離別し、余韻を残してそのまま身体の両脇へそっと下ろされた。

数秒間の無言が続いた。誰も動かなかった。最初に顔を上げ、言葉を発したのは筧だった。申し訳ありませんでした、ぼくにも多くの恩人がいます、いずれきちんとお礼を申し上げたいと思っています、直接会って話したい方はたくさんいますから――。

筧が撮影者に気づき、こちらに目を向けた。画面が大きく揺れ、明後日の方角を向いた。そして唐突に終了した。しかし直前にレンズは筧の表情を捉えていた。それは戸惑いの表情ではなく、穏やかだが、しかし決意を固めた男の顔で、運命を受け入れたひとりの人間の顔に見えた。

――教授からの電話を切った後も、理央はPCモニタからしばらく目を離すことができずにいた。気がつくと全身が強張っており、両腕で自分をかき抱いていた。

私たちの手は生き物としての制約に満ちている。カードやコインという無生物を扱う私たちの手は、張り詰めた後に緊張をほどいた皮膚の皺でコインを隠し、つかんでいるはずの筋肉の緊張を忘れることで眼前の観客の目を欺く。そのマジックの醍醐味を、筧はどれほどの苦労を重ねて義肢で再現してきたのだろう。人ができないことをおこなうのはもはや魔法ではない、それは人に恐怖と圧迫しか与えない。義肢がカードやコインを人間のように操ることに、いったいどんな意味があるだろう。人間を超えて操ることにさえ、いったい何の意味があるだろう。筧の存在に驚き、不思議を見せろ、もっと不思議をと強要する人たちは、本当はマジックなど求めていないのだ。筧は帰国するまでずっと世界のどこかで、その苦しみと闘ってきたのかもしれない。筧がマジックを続けるには、マジックを変え、世界を変えるしか方法はないのだ。

いつしか雨が窓を叩く音が聞こえていた。

それから何をしたのか思い出せない。真夜中を過ぎて、理央は不意に猛烈な孤独感に襲われ、ベッドに蹲(うずくま)った。しばらくその姿勢のまま動けず、しかし涙のこぼれない自分の瞳を呪った。

蹲ったまま、両手は自分の胸に押し当てられていた。心臓の鼓動がてのひらに伝わっていた。泣けなくとも肉体は代謝をしてエネルギーを発し、その熱は理央のてのひらを温めていた。その熱を感じ取れるのは、この手が自分とつながっているからだ。このてのひらが温まるのは細胞たちが生きているからだ。理央は空っぽになりそうな心の中で唱えた。教えてください、アラカザール師。理央は初めて一九世紀の偉大な魔術師に心の中で願った。あのころに戻れるなら、自分のいのちを削って差し出します、だからアラカザール師、私に本当の魔法をお教えください。

# 6

「吉岡さん、本当にありがとうございました。すてきでした。拍手を――。それでは続いて本多さん。あなたならどのようにカードをお客様に一枚引かせますか」

「ええ、それなんですけど……」

本多洋平は苦笑いをした。「お客といっても、まだぼくは家族に見せるくらいですから。なんとか娘に喜んでもらいたくて」

「じゃあ、娘さんに引いてもらうわけですね」

「そうなんです。先生、うちの娘の役をやってもらえませんか」

前回のレッスンで、本多はそのように切り出した。それには理央も意表を突かれた。学生のころから男女問わず人に好かれる明るい笑顔で両手を合わせ、理央だけに見える角度で一瞬ベロを出した。

「娘の名前は結花（ゆいか）といいます。理央先生、結花になって、そこにある魔法の杖を用意しておいてください」

「ええと、どうすれば？」

「はい、じゃあ始めます」

本多はそういって手もみし、テーブルの上のデックを理央の前に置いた。

「これから結花の魔法を見せてもらうよ。そこに杖があるだろう。そいつは結花の魔法の杖だ」

本多の芝居は堂々たるものだった。もしかしたら彼は役者志望だったのかもしれない。これまでレッスンで何度も自信なさげに手先の動きを習得していた本多が、いまはひとつの躊躇いもなく言葉を発していた。

「ああ、まだ杖はそのまま。魔法使いになって、カードをよく切るんだ」

理央はいわれるがままにカードをシャッフルした。本多の指示に従って両手の中で扇状に広げる。

「よし、結花は魔法使いだ。ちゃんとなりきって。頭の中で自分を魔法使いだと考えて。魔法使いはどんなカードでも一発で当てられる。結花はパパの引いたカードを魔法の杖で当てられるんだ。どんなふうにパパに引いてほしい？」

あっ、と受講生数名が声を上げた。理央はにやりと本多に笑みを返してみせた。どうやら一本取られたらしい。本多自身の左利きのハンディも見事に克服した、うまい演出だ。

「そうね……、パパのいちばん好きなカードを。ママを探し出すようなつもりで」

「おいおい、そんなこと娘はいわないよ」

「一枚取って」

本多は左手でカードを一枚差し引いた。それを自分のもとへ引き寄せ、両手で胸にぴたりと当てて覆い、ぎこちない手つきでそっと表のマークを見るそぶりをした。そしてカードを手の中で裏返し、他の受講生たちにも見える角度で確認させた。再び両手で胸に当てて覆い、理央に目配せをすると、テーブル脇の杖を指差した。理央がカードやシルクなどと共に教室へ持ち込んでいる小道具のひとつだった。

「それを持って、このトランプに魔法をかけるんだ」

最近の女の子が見ている魔女っ子番組のおまじないは知らない。テクマクマヤコン、テクマクマヤコン、とずいぶん古い魔法をかけた。本多は怖がるような演技を見せ、そして理央にデックをまとめ、カードを弾いてくれと頼んだ。

「ストップ」

その隙間に、本多はたっぷりの演技と共にカードを裏向きに差し込んだ。再び魔法の杖の出番だった。テクマクマヤコン、テクマクマヤコン。軽快なおまじないの言葉をこうして声に出すのは久しぶりだった。魔法は女の子の特権だった。

「魔法使い結花さん、ではカードを当ててください」

「これで？」

理央は演出に乗ってみせた。他の受講生を見回し、彼らが種を見破っていないことを察した。うまくいく。そう確信して、理央は一気にデックをテーブル上に裏向きでリボンスプレッドした。

受講生たちの目が一点に注がれた。スプレッドされた青色のカードの中央に、一枚だけ赤色のカードが混じっていた。その赤色は見事なほど鮮やかに見えた。

「結花の魔法が効いたんだ」

本多に促され、理央は赤いカードを返した。顔には決して出さなかったが、理央は少し驚いた——それはエラリイ・クイーンのカードだったのだ。拍手が起こり、はたしてそれが本多の引いたカードだと理解して、理央は微笑み、残りのカードを手早くまとめた。

そしてシャッフルして、本当に彼が引いた一枚を、神様さえわからない場所へと紛れ込ませた。

## 7

午後六時を過ぎ、窓の外には雨雲が低く立ちこめて、いまにも雨が降り出しそうだった。もう一度携帯電話をかけたが応答はなかった。

理央が学生として在籍していたころから、湯浅教授は秘書に電話を取らせず、すべて自分で対応していた。そのためいつもつかまらないと、皆から文句をいわれていたものだ。そのくせ自分がかけたいときは構わずに夜中でも電話する。いまもそれは変わらないのだろう。理央は秘書室にかけ直すことはせず、メールをしたためて送った。携帯電話やスマートフォンの小さなボタンを押すことは苦手だが、理央の指先は軽々とブラインドタッチでPCのキーボードを奏でることができた。

身支度を調え、傘を片手にマンションを出た。遠く西の方角ではすでに雨が降り始めているらしい。暗い紗(しゃ)が空からビル群へと降りている。早足で行けば徒歩二〇分は一五分になる。途中、二度ほど赤信号を突っ切った。ごめんなさいと笑顔でドライバーに謝っておいた。

店にはいつものようにマスターが先に入っており、氷の準備を進めていた。理央は挨拶をしていったん裏の物置部屋に入り、着替えをすませた。それがこのマジックバーで働くときの、十年以上続けてきた手順(ルーティン)だった。部屋の壁はどこも雑貨でふさがっているが、扉の内側には大きな姿見が貼りつけられており、理央はいつもこの鏡に自分を映してお辞儀や立ち振る舞いを鍛錬し、スライハンドの調子を確かめてきた。そして厭な客に罵倒され、セクハラまがいの発言を浴びせられたときには、この鏡の前で腫れた目を拭い、笑顔を思い出した。

扉の横の小棚にはマジックの小道具が詰め込まれ、バイシクル・ライダーバックのポーカーカードが山積みになっている。赤や青色といった定番だけでなく、黒や緑色といった変わり種もある。このバーで演ずるマジシャンは、ここからその日に使う新品を自由に取ることができ、使い終わったカードは自分のものにできるのだった。学生だったころ、そんな小さな特典さえも理央には嬉しかった。持ち帰ったバイシクルカードを使い倒して練習した。

山積みの中から裏が赤色のものを手に取る。ふと、二日前のカルチャースクールで本多洋平が演じたおとぎ話を思い出し、理央はふっと笑って、未開封のカードケースを胸に当てた。本多はこうやって、心臓の鼓動をカードに聞かせるようにして、我が子の魔法を引き出そうとしたのだった。子どものいない自分は未来のためにこの鼓動をカードに伝えようと理央は思った。

鏡越しに理央は自分の心臓の上に置かれた両手を見つめた。丁寧にマニキュアを塗り、クリームをつけたその指先を、初めて見る物体のように見つめた。

なぜ〝手品〟は手という人間の身体に縛られているのだろう。てのひらはコインを隠し持つには不向きなかたちをしている。コインマニピュレーションの達人の指先は、ときに異星の生き物のように見える。それほど人の日常を超えた手技が彼らの指先には積み重なっているのだ。

だから練達のマジシャンほど、ステージの上でよもやの失敗に遭遇し、手の先からコインが甲高い音を立てて床に落ちたとき、こちらがはっとするほど苦悶の表情を浮かべる。そのとき彼らは人外の何かに魂を抜き取られるのだ。理央はステージでコインを取り落とした老練のマジシャンの話を聞いたことがある。彼はその半年後に亡くなった。

理央は鏡の中の両手を見つめたまま、心臓の上でカードケースを消した。指を組み、てのひらを前へ、そして自分の側へ、再び前へ見せ、箱を出現させた。斜めに立ち、片手で持ち直し、いったん消して袖口から拾い上げた。

なぜ本多はハートの4を引いたのだろう。偶然だろうか？　それは理央と筧が最初の夜にふたりで同時に開いたカードだった。本多にあの夜のことを話したおぼえはなかった。この偶然も運命の一部なのだろうか？

あの雨の夜、筧と向き合いながら、筧の差し出した青い裏面のカードを両手の中で広げたとき、理央は無意識のうちに左の小指を一枚のカードに添えていた。それは相手に特定のカードを引かせる手技だった。しかし理央はそのカードの素性を本当に知らなかった。筧がその一枚を選んだときも、カードの表を知らなかった。

いまでも理央は不思議に思う。なぜあのときふたりのカードは一致したのだろう。筧も同じことをしたのだろうか？　それともあれは一種のメンタルマジックで、理央は知らず知らずのうちに操られていたのだろうか？　あれ以来、ずっと理央は考え続けてきたが、どうしても種はわからなかった。

筧のいったように、あれは本当に魔法だったのだろうか。

そして運命だったのだろうか。

昨日の朝、ようやく理央は出版社から送られてきた宅配便を開けた。手紙を添えてきた翻訳書担当の編集者は若い女性だった。整った美しい字が便箋に綴られており、理央の活動内容も雑誌記事や動画配信サイトなどで拝見しましたと記されていた。何気なくプルーフをめくり、理央はそこに印字されているエピグラフに目を留めた。理央が子どものころ反発した、伝説の大魔術師アラカザールの言葉だった。

――よもやおまえさん、そのことを忘れたわけじゃあるまいな？

理央は息を呑み、その英文を見つめ続けた。

一日半かけてプルーフを読み、興奮した気持ちのまま編集者にメールを打った。詳細なあらすじ紹介と作品の評価、そしてこれは求められてはいなかったが、勝手に冒頭三ページの試訳も添付して送った。すぐに電話がかかってきた。彼女は便箋にしたためるペン字と同じくらいチャーミングな声をしており、理央を訳者の候補として社内でプッシュすると請け合ってくれた。

一連のルーティンを自動で終え、理央は鏡の中の自分に向かって呟いた。

いいえ、いいえ、アラカザール師、忘れてなんかいません。

九歳のときから忘れていません。あのクリスマスからひとときも。だから私はマジシャンになったんです――私たちはマジシャンになったんです。

## 8

やがて雨は降り始め、午後十時過ぎからはアスファルトを叩きつけるようなシャワーになった。それは理央にとっては幸いといえた。豪雨でなければネットに流出した数々の噂に焚きつけられて、バーを荒らしに来る客もいただろう。客足が途絶え、店を閉めようかという雰囲気になったそのとき、駆け込むようにびしょ濡れの若いカップルが入ってきた。男性の手には小さな折りたたみ傘しか握られておらず、ふたりとも悲鳴を上げていた。

さすがにマジックバーでも客を一瞬のうちに乾かすことはできない。タオルを差し出しながら理央は言葉をかけた。

「大変でしたね。ちょっと前からざんざ降りになって」

「でも今日しか時間がなくて。ぼくら、遠距離でつき合っているんです。彼女がどうしてもマジックを見たいというものだから」

「まずはタオルでお拭きになってください。その間、カードをいろいろな方法で切り混ぜてみます。見ているだけでも楽しいですよ」

カウンター席に座ったふたりを前に、理央はカードケースの封を切り、マジシャンが使うトランプの特徴を説明しながら、カットやシャッフルの手法を披露して見せた。切り混ぜたように見せかけて実はカードの配列がまったく変わらない方法もある。そうした基本の切り方を駆使するだけで、いつでも同じカードがいちばん上に現れるなどの現象をつくり出すこともできる。もっと派手なのは両手の間でくるくるとカードを回転させながら切り混ぜてゆく、サーカスのような特殊な技法だ。理央はデックをカウンターの上で表向きに広げ、あれほどカットしてもデックがダイヤ、クラブ、ハート、スペードのエースからキングまで、すべて最初の順番通りに並んでいることを見せた。カップルは髪の毛をタオルで拭きながら目を丸くした。

「すごいですねえ、さすがマジシャンだ」

理央は微笑みを返したが、これらの技は練習がすべてであり、マジシャンの資質とはあまり関係がない。カードハンドリングに特化した機械の指先なら、おそらくは人間より美しく切り分けることができるだろう。

デックをふたつに分けて左右の手で持ち、ふたりの前に置いた。

「カジノのディーラーはこうやってふたつの山を重ねて、交互に弾いていきます。この完璧なシャッフルを八回繰り返すと、五二枚のカードは理論上、最初の順番通りに戻ることが知られています。なかなか大変なんですけどね」

「へえ、完璧な機械にならないとだめなんですね」

「成功の確率は……わかりません。やってみますね」

そしてふたつのパケットに手をかけ、息を詰めて弾いた。

カップルが見守るなか、理央は二回目、三回目とシャッフルを続けた。ふつう、この手技はプラスチック製のデックでおこなわれる。だが理央は以前から、あえて紙製のデックで練習を続けていた。七回目のシャッフルで最後の数枚を逃した。その時点で失敗は確実になったが、表情には出さず理央は八回目まで続け、デックの表を広げて見せた。最後まで集中して見ていたカップルは、ほんのわずかな濁りが紛れ込んだことを知ると地団駄を踏んで悔しがった。

「残念だなあ。そうか、これもマジックの種のひとつなんですね」

「本当のマジックには、絶対に種がわからないものもありますよ」

「そんなものがあるんですか？」

「ええ。種がわからない、つまり種のないマジックです。私もむかし、一度だけそんなマジックを、仲間とやってみたことがありました」

理央はカードを今度はふつうにシャッフルしながらいった。

「まずふたりが引くカードを予言します。そして相手にカードを一枚引いてもらう。自分も相手からカードを一枚引く。ふたりとも予言のカードを引き当てる確率は〇・〇三七パーセント。そのとき私たちは同じ予言のカードを引いて、恋人同士になりました」

「すごい。そんな相性ってあるんですね」

女性のほうは無邪気な声を上げたが、男性は少しばかり気まずそうな表情をつくった。理央と筧の噂をどこかで見ているのだろう。しかし理央の直観通り、男性はそうした話題には踏み込まず、真っ直ぐな好奇心を示してみせた。

「ぼくたちにもできますか」

「片方だけでも難しいですよ」

「一方に引いてもらって、カードを当てるということでしょう。それなら確率は五二分の一ですよね。二パーセントくらいだ。悪くない数字だと思うな」

「ええ？ ちょっと、ねえ、外れたら悲しいじゃない」

「トランプ、貸してもらえますか」

男性は乗り気になっていた。理央が手渡したデックを花札流に何度も切り混ぜる。そしてゆっくりと両手の中で広げ、女性に向けた。

彼女は迷いながら一枚に手を伸ばす。男性は強い口調で待ったと声を上げた。

「どうしたの」

「そんないい加減に引くなよ。こっちだって真剣にやっているんだ」

「はいはい」

理央はふたりのやりとりを控えめな姿勢で眺めていた。女性がついに一枚引くまで、男性はじっと彼女の瞳を見つめていた。次第に女性もその気になったらしい。引いたカードを運命の一枚のようにそっと両手で挟み、表を見ずにカウンターに置いた。男性は残りのデックを乱雑にまとめて脇へ置き、女性の瞳の奥を探った。

「よし、わかったぞ」

「へえ?」

「ダイヤの9」

理央はさりげなく男性の置いたデックを手元に引き寄せていた。ふたりの気づかないうちに表をざっと観察し、男性のいったカードのところでブレイクをつくり、タイミングを計って女性のカードとすり替えるつもりだった。

なんてことだろう。

男性は自信に満ちた態度で女性に目線で合図を送った。彼女は一気にめくった。

ダイヤの9だった。

「……すごい」

女性は心底驚いていたが、理央も同じように驚いていた。

「すごい、すごい!」

「すごい!」

女性の歓声に、理央も思わず唱和していた。女性と手を取り合って喜びを分かち合った。端で見ていた冷静沈着なマスターでさえ、目を丸くして吃驚（びっくり）していた。彼女はきらきらと瞳を輝かせて彼の首にすがりつき、頬にキスした。そのくらいのリアクションに値する幸運だった。理央はふたりにカクテルをおごった。ふたりは最高のカップルになるに違いない。心からふたりを祝福した。

ふたりの髪が乾いても、まだ外の雨は止まなかった。彼らはさらに一杯ずつ飲み、マスターが気を利かせて差し出した小さな花束を快く受け取り、再び小さな折りたたみ傘を手にした。扉を開けると雨音が一気に響いてきて、湿気が店内へと吹き込んできた。雨の勢いは衰えず、アスファルトと戦争をしているようでさえあったが、ふたりはその中へ飛び込んでゆくのになんの躊躇いもないように見えた。

彼が傘を開いたとき、彼女は振り返ってそっといった。

「最後に、今度は私に予言させてください」

「予言？」

「今夜、理央さんにもきっといいことがあります」

理央はにっこりと笑ってみせた。「ありがとうございます」

「社交辞令じゃありません。当たります、きっと」

豪雨の中を駆けてゆくふたりを見送り、理央は扉を閉めた。

早いけれど今夜は閉めよう、というマスターの声に頷き、そのまま理央は扉に準備中の札をかけて施錠した。

ぱん、と店内にクラッカーが鳴った。びくりと肩をすくめて振り返ると、早業で派手なエプロンに着替えたマスターが、ワインボトルを片手にいった。

「誕生日おめでとう」

理央は笑った。

「なんだ、忘れられたのかと思ってました」

穏やかに会話を交わし、ふたりでボトルを一本空けると、ちょうど深夜の一二時を過ぎていた。

今日の後片づけはぼくがやるからとマスターは優しさを見せてくれた。理央は深く感謝の気持ちを伝えて物置部屋に戻った。ほろ酔い気分で着替えを終え、携帯電話を確認すると、湯浅教授からメールが入っていた。翻訳の仕事の躍進を期待するとあった。

最後に挨拶をするため店内に戻ると、椅子を上げているマスターがカウンターの隅を目線で示していった。

「そういえば、プレゼントを託かっていた」

青色のバイシクル・ライダーバック。表を返すと、それはハートの4だった。

カードを手にして、理央は裏口から飛び出した。

「やあ」

激しい雨の中、狭い庇の下にひとりの人影があった。

背が高く見えた。そうだ、憶えている。彼は実際の身長よりずっと高く見えるのだ。

レインコートを着た筧伊知郎が立っていた。

## 9

驚きでしばらく口が利けなかった。理央はどうすればよいかわからず、その場に立ちつくした。この七年間、狂おしいほど想い、絶望し、日常の中に押し込めてきた男が、いま目の前にいた。彼が人間であるのか、怪物であるのか、理央にはわからなかった。彼が何であるのかわからなかった。ようやく言葉が出たとき、理央は自らの怖れを隠すために笑みを浮かべていた。

「七年ぶりで、その挨拶？」

「リハーサルを抜け出してきたんだ。新幹線の最終にようやく間に合ってね。どうしても逢いたかった」

「どうやって帰るつもり？　もう東京行きの夜行バスも出ちゃってるけど」

筧は困ったような笑みを浮かべて、理央のもとへ歩み寄った。マスターと飲んでいる間、彼はここで待っていたのだろうか。レインコートの生地は雨に滲んでいた。筧の差し出した両手に、理央は触れた。

初めて義手というものに理央は触れた。湿気を含んだ合成樹脂は死んだ獣のように冷たく、吸いつくようで、その奥には多数のアクチュエータがじりじりと動き続けているのがわかった。それでも、義手の細部は、かつて理央が見とれた筧の指先をよく再現していた。中指の長さも、小指のかわいらしさも、親指のつけ根の硬さも、その義手には宿っていた。

「このままだと濡れちゃう」

慌てて理央はハンカチを取り出し、義手を拭いた。筧は抵抗しなかった。その代わり、ゆっくりと両手を持ち上げ、理央の頬を抱いた。

「前と変わったかい」

理央は義手の冷たさを感じながら、じっとその大きさや柔らかさを吟味し、小さなアクチュエータの音を耳で捉えながらいった。

「……あまり変わらない」

「よかった」

「その笑窪も変わってない」

「そうかな」

筧は笑った。そして不意に、遠ざかるような眼差しになり、静かにいった。

「この手が本物で、ぼくが機械になったらどうする」

理央は筧を見つめた。激しい雨音が四方で暴れていた。

「……わからない」

「この両手だけが生きていたら？　それでも前と変わらないと思うかい」

「わからない」

「そうだな。ぼくもわからないよ」

筧の両手の冷たさが、理央の頬を凍らせていた。筧はゆっくりと手を離した。冷たさは残り、しばらくの間、唇は動かなかった。

それをごまかすために理央は携帯電話を取り出して開いた。

「待って、タクシーを呼ぶから」

「もったいない、走っていこう」

「土砂降りなのに？」

「あのときよりは濡れない魔法があるさ」

そういって筧は指差した。地味な男物の黒傘が壁に立てかけられていた。理央が思わず吹き出すと筧は肩を竦めた。

「あいにく、種を仕込んでいないんでね。さあ」

傘をつかみ、理央の背を押した。

「雨に濡れたら、腕が」

「濡れないさ」

理央は筧とふたりで、人のいない豪雨の町を走った。

一二年前と違うのはただひとつ、理央の片手が筧の指先とつながっていないことだった。あのとき理央は指先を絡めたまま小さな折りたたみ傘の中を走り続けた。しかし一二の方位を互いにひとまわりしたいま、ふたりは互いの傘を持ちながら、互いに水溜まりを避け、飛沫(しぶき)を立てながら、滲む深夜の町を笑顔で走った。

理央のマンションまで辿り着いたとき、ふたりは息を切らしていた。互いの顔は雨に当たり、髪の先からしずくを垂らしていた。エレベーターに駆け込み、上昇する間に背伸びをしてハンカチで筧の髪を拭いた。しかしハンカチそのものがすでに濡れており、ただ髪を撫でつけただけだった。玄関先で筧はコートを脱いだ。動画で見たときと同じジャケットを羽織っており、そちらはかろうじて筧の予言通り無事の様子だった。理央は急いでバスタオルを取り出し、ひとつを筧に放った。

「待って、ドライヤーで乾かさないと」

「ぼくは大丈夫」

理央はバスルームに駆け込み、急いでTシャツに着替えた。

筧は立ったままリビングで待っていた。

理央は歩み寄り、筧の右手を取った。

「まだ冷たい」

「寒かったからね」

筧が指先を動かすと、アクチュエータの動く音がかすかに聞こえてきた。それほどの静寂の空間にいま理央たちはふたりでいるのだと、改めて知った。

理央はその手をゆっくりとさすりながらいった。

「……どうすれば温められる？」

答は返ってこなかった。静寂だけが広がっていった。待ち焦がれて理央が顔を上げたその瞬間、筧がそっといった。

「魔法がほしい」

「私の魔法？」

「理央の心臓で」

筧の右手が近づいてくる。理央は両手でその義手を包んだ。彼の指先が左の胸元に触れた。はっとして、理央は筧の目を見つめた。筧の右手が胸を押さえ、理央は両手で包み、その手を抱いた。

心臓は動いている。理央は言葉を見つけられなかった。筧の義手の冷たさが、Tシャツの薄い生地を通して肌に伝わってくる。理央は咄嗟に首を振り、泣き笑いの表情でいった。

「温まった？」

「わからない」

理央はくすくすと自然に笑っていた。わからないのは当たり前だった。

「私の鼓動はわかる？」

筧が戸惑った顔で首を傾げた。そんな表情も懐かしくて、理央は笑って彼の手を離し、その指先にそっと口づけをしていった。

「だめ、だめ、これじゃ失敗」

「どうしたんだ？」

「最初は失敗してみせるのがお約束でしょ。だって、私の心臓はここじゃない」

筧は眉根を寄せる。理央は自らの胸の真ん中を指差して告白した。

「私の心臓は少しだけ右についているの。完全内臓逆位といってね、すべての内臓が左右逆向きなんだって」

筧は狐につままれたような顔をした。なんてことだろう、理央は自分のふるまいがばかばかしくなった。マジシャンなのに最後まで嘘を押し通せない性分なのだ。筧がむくれ気味にいった。

「全然知らなかったよ」

「だって、種明かしする機会なんてなかったもの。どんなときにいえばいいの？　ジプシー刑事みたいに一生に一度のトリックに使う？」

「おい、何の問題もなかったぞ」

「あったら困るでしょう」

「ずるいな、まったく。七年ぶりに逢って、ここで一世一代の引っかけか」

「騙されていい気味。だからもう一度、ここへ」

「次は本当の魔法なんだな」

「早く」

筧は肩を竦め、今度は左手を差し出した。理央は両手でその手を迎え、自らの右胸に押し当てた。Tシャツ一枚を介して、理央と筧は再びつながった。

互いのくすくす笑いが少しずつ退いていった。やがて笑いは消え、理央と筧は息を殺していた。ぽたりと筧の髪からしずくが落ちた。

筧が囁いた。

「今度は鼓動がわかる……」

「……本当に？」

「ああ、理央の魔法だ」

筧の顔が近づいてきた。理央は直前までその瞳を見つめ、そして最後の瞬間に瞼を閉じて口づけをした。初めての夜に筧の手元からカードを引いたときのように。

そして、気づいた。

唇が離れたとき、鼓動は早まっていた。筧の手を包む胸と両手に体温が集まり、心臓の鼓動がその熱を得てさらに拍動を早めていた。無数の想い出が突然フラッシュバックのように脳裏を駆け巡り、すべてが一斉につながっていった。切羽詰まった思いで理央は囁き返した。

「あのとき、どんな魔法を使ったの。同じカードを引き当てるために、私と同じようにデックの中から――」

「しっ」

筧はたしなめる。だが理央はやめなかった。

「カードをめくるとき、あなたの動きが鏡のように見えたのはなぜ？　あのとき、私は右手でカードを取って、あなたは左手でカードを――」

「静かに」

「だって、ほら、この手――」

理央は胸に包んでいた筧の手をさすった。自分の心臓に押しつけ、手の甲を何度も、何度も、自らの手でさすった。

理央は歓声を上げた。

筧の左手には温もりが宿りつつあった。彼の左手は脈を打ちつつあった。理央はその手をまじまじと見つめ、そしてキスの雨を降らせた。

見事なスライハンドだった。こんな大きなギミックを気づかせずにすり替えるとは。テレビの特番で自在にペンを回したその左手に、理央はありったけのキスの雨を降らせた。

筧が七年前と変わらぬ笑顔をつくった。理央は彼の両手を取り、右の義手と左の手を見比べた。これまで見た筧の演技が次々と心に蘇ってくる。どうして気づかなかったのだろう。彼は誰よりも努力をしていたのだ。理央でさえ知らないところで、大学に入る前からずっと。利き手の〝ハンディ〟を克服するために。

「ねえ、待って、本当はわかっていたんでしょう。私の心臓がどっちにあるか、本当は知っていたんでしょう。知っててわざと最初に間違えたのね？」

「さあ、どうだろう」

筧は茶目っ気たっぷりに答えた。「秘密は知らないままのほうがいい。それはなんと味わい深く、すばらしいことか」

ときは一九世紀半ば、大魔術師アラカザールはついに時期が来たことを告げ、若者に最後の教えを授けた。

「よいか、おまえさんはステージの上でも、お客さんと間近に接するテーブルの席でも、ただ自然にふるまえばよい。完璧なる自然なふるまい――それこそがおまえさんの手元から秘密を隠してくれる見えないカーテンなのじゃ。おまえさんが自分ならではの芸術をおこなうための、それが唯一の確かな秘訣、真にすばらしい味方なのじゃよ。わしがおまえさんに教えられることはもう何もない。自然だけがおまえさんを育て上げる。だから若者よ、信頼してそこにおまえさんの秘密を預けよ」

躊躇い気味に、若者は尋ねた。

「師よ、おっしゃることはよくわかります。しかし、師よ、告白します。私が本当に自然であるとはどういうことなのか、私には永遠にわからないような気もするのです。私はこれから変わってゆくでしょう。世界も変わってゆくでしょう。見て下さい、劇場の外を。蒸気機関車が走り、ジャカード織機が人知を超えた計算をして、モールス信号は地球の裏側まで飛び交っています。いったい何が真の自然なふるまいであり続けるのでしょう。私は死ぬまで奇術を続けながら、そのことに悩んでしまいそうです」

おや、と大魔術師は意外そうな顔をした。そして自慢の髭を撫でつけながら、慈愛に溢れた眼差しで若者を見つめていった。

「おまえさんは成長したよ。ならば緞帳(どんちょう)の裏へ出てゆく前に、いま一度よく見よ、仰ぎ見よ、この世界を」

大魔術師アラカザールは両腕を大きく広げた。若者はそれに釣られて周囲を仰ぎ見た。舞台の袖口で、はるか高い天井と、そこに架かる多くの照明灯を見上げた。師のように両腕を広げ、ゆっくりと回って世界を見た。忘れていないつもりでも、多くのことを忘れていたことに若者は気づいた。そして両手を天に向かって伸ばし、自らの手の甲を、その指先を見つめた。子どものころ鳥たちや夜空の星々をつかもうとした自らの手を見つめた。

大魔術師アラカザールの姿は消えていた。若者はひとり深く息を吸い、そして舞台へと進んでいった。幕が上がり、拍手が沸いた。

【参考文献】アラン・ゾラ・クロンゼック『大魔法使いアラカザール　マジックの秘密』（角矢幸繁訳、二〇〇二、東京堂出版）

# 静かな恋の物語

人は恋に落ちるものであって、自ら恋愛を制御できるものではない、という趣旨の文章に哲学書で出会ったとき、なるほどと感心した覚えがある。林檎が樹から地球の中心へと落ちるように、私たちは恋に落ちるのだ。重力、電磁力、強い力に弱い力、それに最近はヒッグス場が持つ力や質量のもとになる湯川結合というのもあっただろうか、宇宙を統べる力が目に見えないように、人を引きつけ合う力もまた見えない。

これは私自身の物語ではない。友人ふたりの恋のおとぎ話だ。あのとき私たちは大学一年生で、小室哲哉の「GRAVITY OF LOVE」がヒットしていた。もちろんそのことは私たちと直接の関係はなく、私が恋愛の不可能性について読むのもずっと後のこととなる。

なぜあのとき大学のカフェテリアに屯していたのかと問われても理由など思い出せない。私たちはいつもずっといっしょだった。しかしあのころから私たちは少しずつ、それぞれの道を歩み始めていたのだろう。次の講義まで同じように時間を潰していたとしても、私たちが一時間後に向かう教室は決して同じではなく、迎える教授たちも同じではなかった。誰がいい出したのか憶えていない。私たちのたわいもない雑談は、やがてオイラーの等式は美しいかという話になった。

$e^{i\pi}+1=0$ ——リチャード・ファインマンが「私たちの至宝」と呼び、後に小説『博士の愛した数式』でも広く知られるようになる等式だ。ここに登場する記号はいずれも難しいものではない。中学生や高校生なら充分に理解できるものだろう。

私たちは仲間意識の強い幼なじみで、誰もが未来に憧れていた。科学に自らの道を定め、人の役に立ちたいと願いながら、しかしまだ何者にもなり切れていないただの卵に過ぎなかった。数学科に進んだ女子は熱心にその等式の美しさを説いた。工学部に入った男子はそれに頷いてみせた。医学部の男子は少し斜に構えた感じでそのやりとりを聞き、ぼくにもわかるよと最後に口を挟み、どこかの科学書で仕入れたこの式に関する小咄（こばなし）を披露した。

薬学部の私はといえば、この等式を美しいと発言するのは気恥ずかしいように思え、仲間たちの会話がひとしきり循環するまで言葉を控えていた。この等式に美しさや情緒を感じることが、まるで科学を理解することの踏み絵であるかのように聞こえ、意味もなく反発を覚えたのだった。この等式を褒め称えない者は科学の本質がわからない子どもだと、仲間から嘲笑されることを怖れたのだった。あるいは理系の研究者を目指そうとしている自分たちが、オイラーの等式をこのように無批判に美しいといってしまうことが、自らの未来を枠に塡めてしまうようにも思えて怯えたのかもしれない。

「エレガントな式だと思う」

そう発言したのが真弓だった。理学部に進んだ彼女は後に理論宇宙物理学を専攻し、ダークマターを研究することになる。エレガント、という言葉を発するそのときの彼女は、涼やかに伸びる背筋の美しい女性だった。その姿勢のために、椅子に座っているだけでカフェに入ってきた教員たちがつい目を向けてしまうほどだった。

真弓は数学と物理学の何がエレガントであるかを私たちに語った。この宇宙の理がシンプルで美しい数式によって成り立っている。宇宙を表現するその数式が、私たちの心に美しいという感情をもたらす。その世界のありようがこの上なくエレガントなものなのだと彼女は語った。その口調は意外なほど熱を帯びていて、私は真弓の別の一面を見たように思った。

いずれ、すべての学問は物理学と数学になると思う。

来世紀のうちにはきっと、生命も環境も社会もエレガントな数式で記述されるようになると思う。そう彼女は私たちに語った。私たち人類はまだ生命をうまく見て取ることができていない。けれどもさらに理解が進み、遺伝子や物質の働きが細かくわかるようになれば、生命現象も数式で記述される。生命科学も物理学や数学に還元されてゆくだろう。遠からずそのような時代はきっとやってくる。私はそう信じている。

彼女がそう語る間、私たちは一度も言葉を差し挟まなかった。相槌を打つこともなかったと思う。そうした行為は何か真弓の言葉を貶める夾雑物のようにも思えたのだ。

彼女の唇が再び閉じられた後、わずかな沈黙が続いた。カフェテリアのゆったりとしたざわめきが私の耳に蘇り、ふと周囲に目を向けたことを憶えている。そのとき声を発したのが一紀だった。

「どうしてなのかな。天文学者とか宇宙物理学者って、よくそういう話をするだろう。生命科学者や医学者たちにずいぶん失礼じゃないか。自分たちの学問が世界でいちばん純粋で優れていると思っている」

私たちは一紀を見つめた。このときふたりがすでに恋人同士だったのか、私は知らない。ふたりは同じく理学部に進み、しかし真弓が宇宙物理学であるのに対し、一紀は生命科学を目指していた。一紀の言葉は同じ学部の同級生だからこそ向けることのできた率直さだったのかもしれない。なぜなら真弓もまた同じ率直さで一紀に答えたからだ。

「だって、それは真実でしょう。ただ真実を語っているだけ」

「そうさ。宇宙物理学者はそれが真実だと思い込んでいる。自分たちの科学観が狭いことに気づいてさえいない。そうした宇宙物理学者の発言を聞いたとき、生命科学者がどうするか知っているだろう。みんな笑って聞き流している。彼らのほうが人間として成熟しているからさ。いいたい奴にはいわせておけ、でも生き物だって美しい、と心の中で呟くんだ」

　薬学部に道を定めた私は、ふたりの対話の行方を見守っていた。私はついに言葉を挟むことができなかった。自分で考え抜いた自分だけの言葉を、そのときはついに見出せなかった。ふたりの意見のどちらも理解できたからである。私はマウスを使った動物実験を学び始めていた。数十四のマウスに薬物を投与し、数日後に解剖して臓器を摘出する。そこに見られる特定のタンパク質の量を調べる。

　私はすでに知っていた。同じ遺伝子を持つ同じ週齢のマウスを使っても、同じ分量の薬物をどんなに注意深く注射しても、取り出されるタンパク質の量は個体によってばらついてしまう。生体とはかくも〝汚い〟ものだ。そのため生き物を扱う研究者は何十匹ものマウスを用意し、何十匹ものいのちを費やして、平均値を取って棒グラフに描く。棒線の上に飛び出す標準偏差の髭が、すなわち生体の〝汚さ〟の指標だ。その髭が長い、短いといい合いながら、生命科学者はいのちを比較し、重箱の隅をつつくような議論を戦わせる。私は十年後に自分がそうした世界に飛び込んでゆくことを、まだ二〇歳になる前から充分に理解していた。そしてそのことが生命科学の〝汚さ〟であり、数学や物理学のエレガンスとはほど遠いものであることも理解していた。

　一紀の発言もそのことを示した。

「生き物を扱う実験が例外だらけでデータがばらつくことはぼくも知っている。それをもってきみたちは、生命科学がエレガントではないというのだろう。しかし宇宙はそんなにきれいなものなんだろうか。まだぼくたち人類は、宇宙のことを単によく知らないだけかもしれない。もっと宇宙を観察して、もっと宇宙を知るようになれば、細胞の中と同じように宇宙も複雑で〝汚い〟ものだとわかるかもしれない。そのときもまだきみたちは、宇宙がエレガントだといえるだろうか」

「生き物のかわいらしさや美しさと、いま話している数式の美しさは違うことでしょう」

「もちろん違う。しかし数式の美しさは生きていることの美しさよりも尊いものなんだろうか。それはきみたち物理学者が勝手に美しさの定義をそのように狭めているだけなんじゃないだろうか」

人を引きつけ合う力は目に見えない。すれ違い、離れてゆく力もまた見えない。あのときどのようにしてふたりの対話が終わったのか憶えていない。いずれにせよ私たちはカフェでの雑談を終え、それぞれの講義へと向かったはずだ。私たちは仲間だったが、時が経つにつれやがてその結びつきは解けていった。何人かは生まれ育った場所を離れ、アメリカや欧州といった新天地に向かった。

一紀と真弓は大学院の博士課程を共に修了し、その一年後に結婚した。真弓は母校の理学研究科にそのまま職を得て、一紀は首都圏にある国立の研究施設に新しい実験机（ブラッツ）を得た。

ふたりは互いに遠く離れた場所で研究に勤しみ、そして科学者となっていった。

物書きと同じで、科学者の生活に休暇はあってないようなものだ。研究室で理論をノートに書きつけるときも、二〇秒に一匹のペースで次々とマウスのしっぽに静脈注射をしてゆくときも、ふたりで浴衣を着て縁日の屋台で金魚すくいに興じるときも、科学者はつねに世界を見つめている。レストランで食べた料理や秘密裏に入手した地酒の美味しさを思い返し、ふたりで手を取り合って歩きながら語る。秋の紅葉はいつも同じ枝葉から始まるんだろうか？ あそこに見える紅い枝は、去年も他の枝より早く色づいたのだろうか？

彼らふたりの心が惹かれ合うのは、いつも互いに眼前の世界を見つめるときだった。ふたりが互いの瞳を見つめるときは、互いの違いを認め合うときだった。科学者の恋がつねにそのようなものであるかどうかは知らない。だが少なくとも一紀と真弓はそうだった。科学者は対象と自らの関係をなによりも謙虚に受け止める。見つめ合う対象が恋人ならば、彼ないし彼女は自らと相手との間に存在する愛を、なによりも謙虚に受け止める。だから見つめ合うとき彼らは愛に溺れたりはしない。目と目を合わせて対話するのは、互いの違いを確認し合うときに他ならないのだ。自分が美しいと思ったものを、相手が美しいと思うとは限らない。相手が心地よいと思うことが、自分にとって心地よいとは限らない。目と目を見て話すことはそうした人間同士の異和と違和を見つけ合い、認め合う行為だ。それは理解と行動の間を取り持つ勇気だからである。

よって彼ら若き科学者は、サン＝テグジュペリが記したように、ふたり並んで共に世界を見つめる。そのときのみ彼らは科学の悟性から自由になり、互いにひとりの人間として愛し合うことができるのだろう。一紀と真弓はまさにそのようなふたりだった。

真弓は結婚する前に一度だけ未来の夫の研究室を訪ねた。真弓は生命科学の研究室が動物と薬品の匂いに包まれ、絶えることなくフリーザーや遠心機がうなりを上げていることに驚いた。ソファの脇にはマンガ雑誌が乱雑に積まれ、コーヒーメーカーのガラス瓶は注ぎ口が欠けており、試薬の分厚いカタログがスチール棚を占領していた。一紀はその研究室でいちばんきれいな白衣を探し出し、真弓に羽織るよう指示して、細胞培養室へ連れていった。一紀は三七℃に設定された培養器の中から小さなプラスチック製のフラスコを取り出し、光学顕微鏡の台（ステージ）の上に置いて、接眼レンズに両眼をあて、くるくると人差し指で黒いつまみを回した。もう片方の手でフラスコを何度か小さく動かし、そして静かに身体を退けて真弓に譲った。

真弓は接眼レンズに眼を近づけた。

「レンズの幅を調節するんだ。自分の両目に合うように」

真弓は中学生のときに習った顕微鏡の扱い方を忘れていた。ふたつのレンズは指で動かすと幅が変化した。両目を当てると細胞が見えた。一紀がさらに言葉を添えた。接眼レンズの片方に調節ねじがあるだろう、それを回せば両目の視力にピントが合う。真弓はいったんレンズから眼を離して顕微鏡を観察した。一紀のいうとおり接眼レンズの一方には黒いねじがあり、それを指先で摘みながら再び両目を当て、ゆっくりねじを回していった。真弓は小さな歓声を上げた。そうした驚きは真弓にとってなによりも楽しく、感動的なことなのだった。中学校の科学部の生徒でも知っている顕微鏡操作の基本が、理論物理学者として一歩を踏み出した真弓にとっては新鮮な発見に他ならなかった。

　真弓はレンズの向こうに生きる細胞たちを飽くことなく見つめた。一紀の説明によれば、それはある遺伝子を欠損させた特別ながん細胞で、温度という外界のストレスに敏感に反応する性質を持っているのだった。

「ぼくたちの細胞は、目に見えないさまざまな力を感じて、その情報をＤＮＡに伝えている。温度だけじゃない、周囲の圧力も、それに重力だってストレスの一種だ。ぼくたちの研究室（ラボ）はそうした目に見えないストレスを見ようとしている。ストレスを可視化することで、重力を細胞の中に見つけようというんだ。細胞内の情報伝達経路を視覚化する蛍光色素を開発したり、産生されるタンパク質のわずかな違いを測定したりする方法だ。写真を見せよう」

　一紀は真弓を自分のデスクに連れ戻し、ＰＣに保存された幾つものデータを披露した。それはちょうど天文学者が電波望遠鏡で天体からの電磁波放射を測り、スペクトルを七色の色彩で視覚化したデータにも似て、暗い空間の中に緑や赤や青色の灯が画像の中に息吹いていた。特定のタンパク質に結合する蛍光物質が、光学顕微鏡では決して目に見えない情報を、私たちに鮮やかな色彩で教えてくれているのだった。

「私たちは可視光で世界を見ている」と真弓はデータを見つめながら静かにいった。「私たちの太陽は六〇〇〇℃という高温で、そこからいろいろな電磁波が出ているけれど、可視光でいちばん強く光っているの。だから太陽の光を浴びて生きる地球上の私たちは、可視光で見ることのできる目を持っている」

「そうか、ふしぎだな、だからこうしてぼくたちは、目に見えないものを懸命につかまえようと研究している」


博士課程の最後の夏、ふたりは時間をつくってプラネタリウム施設に行った。こと座のベガ、はくちょう座のデネブ、わし座のアルタイル、夏の大三角が天の川をまたいでふたりの頭上に線を結んだ。ベガは織姫星、アルタイルは牽牛星。やがてプラネタリウムの投影装置は蛸のように巨大な頭を大きく回転させ、ふたりを時空間の旅へと連れていった。

「小さいころからふしぎに思っていたんだ。どうして銀河にはところどころ黒い靄がかかっているんだろう？　ぼくの目が悪いのかな」

それが暗黒星雲だと真弓は答えた。そして、その疑問を口にできる人は少ないのだと言葉を添えた。誰でもあの暗い染みは目に見えるけれど、なぜか理由を尋ねてはいけないような気がして、ほとんどの人は心にしまってしまうのだと。

　あれは分子のガスがたくさん集まっているところ、と真弓は答えた。とても冷たくて、温度はマイナス二五〇℃くらい。そのガスがあるから後方の星の光を遮っている。人間の目では見えないけれど、電波望遠鏡で観測すればわかる。宇宙にはそうした見えない分子雲があちこちに漂っていて、その意味を探るのが私たちの研究。電波を調べれば分子がどのように動いているか知ることができる。そこからわかってきたのは、暗黒星雲が星の赤ん坊をつくっているということ。分子ガスの密度の大きいところと若い星の分布がよく一致しているの。ガスは自らの重力で互いに集まって、やがて円盤状に回転して、角運動量を逃がすために上下からジェットを噴き出すの。たくさんの雲を観測してその性質を比較すれば、星が生まれる歴史がわかる。

　プラネタリウムのドームから出てふたりは歩く。一紀は答える。なるほど、見えない重力は暗黒星雲から星をつくり、きみたちの望遠鏡で観察される。見えない重力はぼくたちの顕微鏡の下でタンパク質に影響を与え、遺伝子に作用し、蛍光の虹を灯らせる。コミュニケーションというのはつまり重力のことかもしれないな。質量があるから力が働くんだ。どうして質量は生まれたんだっけ。

　真弓は笑みをつくる。それは難しい質問じゃない？

　そうして質量を持つふたりは手をつないで歩き、通路の巨大な窓の向こうに広がる満天の星空を仰ぎ見る。そこでしばしふたりは立ち止まり、言葉のないまま宇宙を見つめる。

ふと、一紀は横に立つ将来の妻へと目を向ける。その視線に気づいた真弓は、微笑んで将来の夫を見つめ返す。夫は再び天を見上げる。それを見た妻も夫の視線の先に広がる天へと目を向け直す。

夫が静かに囁く。ぼくはきみの眼差しに惚れたんだ。妻は静かに微笑んで囁き返す。そんなことをいうなんて意外。そうかな、と未来の夫は口をとがらせる。未来の妻は笑いを堪えながらいう、眼差しはお互いを見つめ合っているときにはわからないものね。そしてふたりはつないだ手の指先に小さな力を加え、相手の力を確かめ合う。

人は運命をあらかじめ見ることはできない。ふたりは結婚し、離ればなれに暮らした。ふたりは科学者を目指し、論文を書き、学会で発表し、若い人たちを育てた。宇宙物理学は宇宙生命科学と呼ばれる分野を生み出してゆき、真弓もそうした新興の学問に関わるようになっていった。一紀はシミュレーション科学へと仕事の幅を広げた。生命現象をヴァーチャル環境で構成論的に扱い、あり得たであろう別世界の生命を検証する新しい学問だった。

ふたりはメールで語り合った。PCの小さなカメラ越しに手を振り、笑顔を送り、言葉を交わした。ウェブページやソーシャルネットワークのシステムで互いの仕事ぶりを確認し合った。ひとつひとつの言葉は小さくても、互いの心に温かく降り積もってゆく。それでふたりは満足だった。

ふたりの間に子どもは生まれなかった。結婚して七年目のことだ。一紀の病気が見つかった。

急性白血病と診断された。彼はぎりぎりまで研究を続けたが、ついに身体の無理が利かなくなり、長期の入院措置となった。真弓はその間も研究を続けていたが、自らを偽り続けることはそれ以上できないと考え、大学を離れて彼のもとへと向かった。

結婚前に訪れたときほどではなかったが、重力の変化はやはり真弓にとってつらいものだった。夫にようやく面会できたとき、すでに夫の病状は進行して、彼は抗がん薬の副作用で髪の抜け落ちた頭を帽子で隠しながら、弱々しい笑みを妻に見せた。

科学者は観察する対象と自らの関係に謙虚であるため、自らの肉体が物質であり、いつまでも自由であるわけではないという単純な事実を忘れてしまう。自然界の理(ことわり)は一個人の意思で変化するものではないから、その真実に向き合うあまり、自らの肉体の脆さを見失うのだ。自然界がずっと美しい等式で表現されてゆくのと同じく自分の理性や悟性も続いてゆくのだと安心してしまう。だがそれは私たちが運命を見ることができないために生じる誤解に過ぎない。

星の運命は予測できても人の運命は予測できない。一紀や真弓や私たちは第一世代であり、重力がどのように人の一生に影響を及ぼすのか、手探りの状態で一歩ずつ歳を重ねてゆくほかなかったのだ。それが私たちの宿命であり、しかし個々の運命とはまた別の話なのである。一紀の体内で白血病が進行した理由は厳密にいえばわからない。

夫の病室に窓はなかった。しかし壁のモニターは外の景色を映し出した。ふたりは夜の空にかかった月を見上げた。

きみのいう美しさを、まだぼくはわかっていないのかもしれない。そう夫はベッドの中で呟いた。大学のカフェテリアで話して以来、ずっと考え続けてきた。きみのいう美しさは確かに理解できるとは思う。でも本当に心から実感できているか、いまでもぼくにはわからないんだ。

妻は夫の声に耳を傾けながら月を見て答えた。

私もあなたのいう美しさをずっと考え続けてきたの。私も本当にわかっているかどうか、わからない。でもね、ときどき、わかった、と思えるときがある。

夫は答えた。そう、ぼくも同じだ。きみのいう美しさがわかる、そう思えたときがこれまで何度かあった。それはね、笑われるかもしれないが、顕微鏡を覗いていたときなんだ。自分の研究に没頭して、細胞を見つめているとき、ふっと宇宙とつながるような気がした。きみのいいかたで表現すれば、きっと生命科学が物理学や数学になった瞬間なんだろうね。

妻は答えた。いいえ、それは物理学が生命科学になったのだと思う。宇宙に電波望遠鏡を向けて見えない力を見ようとするとき、私もあなたの研究室で顕微鏡を覗き込んだことを思い出すの。

夫と妻は互いに思った。美しさを感じるふたりの心が、いつか重ね合わさるときはあるだろうかと。互いの指先のように触れ合っていても、それはもどかしく、まだ人類の目には見えないかすかな力だ。さらに科学技術が進めばその力は見えるようになるだろうか。

これからも探し続けるよ、きみのいう美しさを。

夫の言葉に妻は答えた。私も探し続ける、あなたのいう美しさを。

その一ヵ月後に私たちの仲間である一紀は四〇年に満たない一生を終えた。真弓は遺言に従い、彼の遺灰を持ってシャトルに乗った。彼女の姿を多くのテレビ局が追い、マスメディアは第一世代の健康状態について意味のない憶測をまき散らし、少なからぬ人々が興味本位でそれらのニュースに接した。しかし真弓をはじめとする私たち第一世代はそれらの狂騒には取り合わなかった。

真弓を乗せたシャトルはシャクルトンの尾根に降り立った。私の出迎えを真弓は静かな表情で受け入れ、私たちはそのまま基地のいちばん外れへと向かった。

小室哲哉のあの曲から一〇年ほど経って、ポルノグラフィティというバンドが登場し、彼らの「アポロ」という曲が流行った。月に人類が定住しなかったもうひとつの世界を歌ったポップソングで、私たちはそれをこの地で聞いた。

私たちはアポロチョコをおやつに囓(かじ)ってこの地で生まれ育った。私たちがいなかったもうひとつの世界はどうなっていただろう、とときに空想を巡らせることがある。もっと科学技術の進歩は遅かっただろうか。小惑星探査機はやぶさはイトカワから地球へ帰還する軌道に乗ることさえ叶わなかったかもしれない。欧州合同原子核研究機構(CERN)はいまだにあの巨大な円形加速器の建造にも着手できず、ヒッグス粒子の正体を探ることなど夢のまた夢という状況だったかもしれない。もっと卑近な話をするなら、私は薬学の道を進んだまま日々の生活に満足し、こうして作家になることさえなかったかもしれない。

しかしいま私が思うのは、果たしてあり得たであろうもうひとつの世界では、美しさの概念も変わっていただろうか、ということだ。

重力の異なる環境で育った私たちのような世代がいない社会では、科学の見据える美しさの概念も、別の方向へと発展したかもしれない。そのことには少しばかり興味がある。なぜなら愛とは見えない力であるからだ。

私たちはスーツを着込み、建物の外へ出て、静かに広がる世界を見つめた。私たちは黒く細かな砂塵(さじん)を踏みしめ、いくつもの足跡を残しつつ、シャクルトンの尾根に立った。

ほんの数十年前までここは人類が誰も見たことのない場所だった。月の自転軸の傾きはわずか一・五度であり、ここ南極付近にはほとんど真横からしか太陽の光は射し込まない。そのためシャクルトン・クレーターの内部は一年中光が当たらず、永久の影をつくってきた。人類はCERNの円形加速器の直径約二・五倍にも及ぶこのクレーターの尾根に基地を据え、国境を越えた大学をつくった。六〇〇〇℃の太陽は私たちが生まれたときから地平線の向こうにあった。クレーターの底に沈む永遠の見えない影。その間近に生きることを誇りに感じながら、私たち第一世代は歳を重ねた。

小室哲哉の曲より数年前、私たちが中学生だったころ、ティナ・ターナーが「愛の魔力」を歌っていた。原題は「What's Love Got to Do with It」、彼女はこれでグラミー賞をもらった。同じ題名の科学書を私は大学生のときに読んだ。セックスと愛の関係について書かれた一般向けの読み物だった。

それが愛とどんな関係があるの？——もちろんどんな関係があるかだなんて、いまはまだわからない。しかしそこに関係があるという事実だけは誰もが知っている。

真弓は遺言に従い、法の定める手順を踏んで、夫の遺灰を世界へと撒いた。

彼女の手から散ったその遺灰は、月の砂と混じり合った。私はそっと彼女の横顔をうかがったが、ヘルメットの反射でその表情は読み取れなかった。代わりに私は彼女の肩に手を置き、彼女の眼差しが向いているであろう宇宙を見上げた。

これは私の物語ではない。彼らふたりの静かな物語であり、だからこそ他者である私が書き留めたものだ。私たちは気づくと恋に落ちている。それがなぜなのか、私には哲学書を読んでもわからないが、それはおそらく私たちが、質量というものを持っているからだろう。そして私はいま思う。恋の物語が美しいのは、それが見えないものであるからだと。

# ロ　ボ

自然史家の小屋に辿り着いたとき、太陽は平原の向こうにある先住民族の森へと近づき、空は茜色から紫へと変わりつつあった。その建物は煉瓦と木材を組み合わせた堅牢なつくりで、住居というよりは牧場の離れの倉庫として使われていたものに見えた。馬を追いはぎ結びで厩舎脇の木に繫いだ。馬が短く震え、白い息を吐き出した。

ノックしようとしたとき遠吠えが聞こえた。これまで聞いたことはなく、記憶のどこにもない声だった。手を止めて耳を澄ました。かすかな抑揚を忍ばせ、晩秋のウィニペグの空に、どこまでも続く長い遠吠えだった。天を見上げ、視界の向こうに星々の小さな姿を認めた。大気が薄れてゆくその限界まで、手を伸ばすその先の深い宇宙まで、届きそうな声だった。

夕暮れどきになったのは、途中で出会った牧場主の老人と少し話し込んだからだ。自然史家の小屋は幹線道路からかなり奥まった場所にある。あの先生は、ひとりでカンバスや日記帳と向き合うのが好きなのさ、と老人は笑って教えてくれた。被害は？　と尋ねると老人はブラックベリーを取り出し、手袋をしたままの大きな手でタッチパネルを操作して、牛たちの現在位置と喰い殺された六頭の死に場所を見せてくれた。指先で触れるごとに老人の手袋とパネルがマッチ棒の火のように灯る。老人は無意識のうちに端末を両手で揉んでいた。指先を温めてくれる携帯端末の赤外線機能に、老人はもうすっかり依存しているようだった。

層雲は濃い色に染まり、空気は透き通っている。ここ数日ですっかり冷え込んだと牧場主の老人が教えてくれた。翌週には本格的な冬の到来となるだろう。刻々と闇が近づいている。世界は逆さまになって、静かに夜の中へと沈んでいった。

ひとりで待ち続けた。長い時間が経ち、ようやく深夜近くになって自然史家は馬に乗って帰ってきた。革ジャケットにジーンズ、つばのついた帽子。雲の隙間から届くわずかな星明かりでその姿がわかった。豊かではないもののいくらかの口髭を生やしている。荷袋の膨らみから一日の仕事を終えてきたことが知れた。小屋の前までやってきて彼はいった。

「驚いたな、聞いてはいたが、本当にやってくるとは」

「罠を仕掛けてきたんですね？　そこに入っているのはブランカの死骸ですか？」

自然史家は答えず、馬を下りて厩舎の扉を開けた。そして自らの愛馬と来訪者の馬を中へと入れた。バケツに水を汲み、軽く清掃をしてから、荷袋を肩に担いで厳重に施錠した。

「そこは気をつけろ。罠がある」

声を潜めていう。「一三〇年前と変わりはない。生き物の肉体を捕まえるには機械で締め上げるのがいちばんだ。匂いは知性を奪う」

男は鍵を取り出し、住まいの扉を開けた。空調設備は整っているようだったが、寒々として、外部よりもなお暗かった。男は無言で促し、ランプに火を灯した。

広い室内に、いくつもの絵が飾られていた。男がランプを梁に提げると、部屋全体が暖かく浮かび上がった。

「昔の絵がたくさん……。あなたの絵もある」

部屋の北側と東側の壁には、古い雑誌の表紙絵が飾られていた。窓からの紫外線にも灼けることなく鮮やかな極彩色を保ったそれらのイラストには、AMAZING STORIESやSTARTLING STORIESといったわくわくするような大きな文字が躍り、かつての空想小説の中で大活躍したロボットたちの勇姿が誇らしげに描かれていた。円柱や立方体を組み合わせた筐体から伸びるいくつもの鞭のような触手は、画面の端で無言の悲鳴を上げる男たちのもとへと差し伸べられ、あるいは紅蓮の炎を掻き分け進む、科学の理性と果敢さの象徴であった。多脚で支えられたその身体は、イラストをひとめ見ただけでどのような動きをして、どのような驚異を人々にもたらしたのか、手に取るようにわかった。

北から東へ、壁面に沿ってイラストの年代は下ってゆく。検索をすることで各々の画家の名前がわかった。フランク・R・パウル。ヴァージル・フィンレイ。エド・ヴァリガースキー。メル・ハンター。荒れ果てた未来の大地にステレオセットを置き、椅子に座って足を組み、巨大化した太陽を眺めるヒト型ロボットの後ろ姿を描いたFantasy and Science Fiction誌の表紙イラストには、哀愁が巧みに込められていた。もはやそこに描かれたロボットは、地球を侵略する宇宙人の手先でもなければ投石される異形の怪物でもなく、自我を持つ一個の独立体であった。なぜこのロボットはひとりだけここに残っているのだろう。人類はどこへ消えたのだろう。この終末の景色を見つめ、何を思っているのだろう。どのような音楽がこの情景にふさわしいと感じているのだろう。このイラストを見た当時の人々は、空想を広げていったことだろう。

東から南へ、そして西へ。壁際に置かれたイーゼルと、そこに無造作に掲（かか）げられた描きかけのスケッチ。テーブルの上に広げられた小さな実験器具類とガラスプレート。クロマトグラフィの装置。書棚に並んだ動物解剖図鑑といくつかの骨格標本となめした毛皮。自然史家がこの一五年で描き続けてきた水彩と黒炭スケッチ。

小犬のかたちをした銀色のロボットも置かれていた。かつてたくさん市場に出回り、そして消えていったパートナーロボットのひとつだ。目の部分に仕込まれたLEDが、呼吸するようにゆっくりと明滅している。しかしドックに接続されて座り込んだ身体は動かず、デコイのようにただまっすぐ顔を前方へ向けているだけだった。

「もらいものさ」と彼は弁明するかのようにいった。

「名前はつけましたか」

「ビンゴ」

「愛犬なんですね、あなたの」

　彼は文筆家であり、そして画家であった。壁に掲げられた最初の一枚は、二〇〇一年の初頭に発売された、ハルという名のロボットのスケッチだった。文献で読んだことがある。当時は空前のロボットブームで、人々はロボットに未来を感じ、展覧会はどこも熱気に溢れていたという。そうしたブームのさなかに発売されたハルはすぐさま完売し、何万人もの人に愛された。やがて、ハルには心がある、と〝飼い主〟の一部が主張し始め、その議論は社会問題へと発展した。彼は飼い主とハルの生活を描いて人々に名を知られるようになった。縁側でうたた寝をする子どもの顔に近づき、小首を傾げて覗き込むハル。朝焼けを浴びた海岸の防波堤を、セーラー服の少女と歩いてゆくハル。コンパニオンアニマルと何ら変わらないロボットたちの姿が四角い絵の中に閉じ込められていた。

　ハルの時代を過ぎると彼のスケッチの対象は広がっていった。子どもとサッカーゲームに興じる車輪型の知能ロボット。夜の工場で動き続ける無数の多関節ロボット。満身創痍になりながら地球への帰還を続ける小惑星探査ロボット。コンテストでボールを投げ入れようとするロボットと、それを見守る高専の生徒たち。飛行ロボットの翼を丁寧に組み立てる学生たちの真剣な眼差し。人工網膜を埋め込まれたウサギの顔を覗き込む若き工学者。深夜の地下道にレスキューロボットを無線で送り込む女子大学院生。

少しずつ彼のタッチは変化してゆく。静止画のようだった初期の作品を抜け出し、輪郭はラフに、何本もの線で描き込まれるようになり、しかし腕や脚など動きの要所となる部分や、ロボットの瞳となるCCDカメラの部分には、それまで以上に綿密な光沢や質感が込められてゆく。ちょうど多くの画家が人物画でその人の瞳を丁寧に描き込むように。

やがて彼は想像の世界も描き始める。取材を通して知った複数のエピソードをつなぎ合わせ、この世には実在しない架空のロボットとそのパートナーを創案し、キャラクターを生み出していった。彼のイラストと文章は多くの雑誌のページを飾った。

そして五年前、一斉にメディアから消えた。

「きみはよい目をしている」

いわれて振り返ると、彼は馬の背に積んでいた荷袋を持ち、目を細めてこちらを見ていた。

「前にもいわれたことがあります」

彼は荷袋の口を広げ、ブランカと呼ばれた雌オオカミの死骸を取り出した。真冬の山頂の雪にも似た純白の毛が、抱え上げた彼の手元でしんなりと揺れた。土埃が残っている。

地面に匂いをつけるためロープで括られて引きずられたのだろう。それでもなおその体軀は、ランプの朱い炎を受けて、体温を宿しているように見えた。

ブランカの首を抱き、その顔を自らの頰へと近づける。

男は目を閉じてブランカの匂いを吸った。

静かに、深く。

「ランプのままでいいかな。家にいるときはこのほうが落ち着くんだ。いつもこの灯りで日誌を書く。インク壺にペン先を入れて、この右手でね。自分の手と腕が熱を帯びてくるのがわかるのさ。炎が揺れると、文字がページの上で生きて見える。それが大切なことのように思えるんだ……。こうして声に出す言葉も同じだと思う。きみさえ構わなければ……」

「ええ、構いません。よく見えます」

男はきびすを返し、荷袋を事務的に片づけ始めた。死骸を医療用のビニール袋に入れ、きつく口を縛ってタンクの中に収めた。

「H10N1に感染していたのですか」

「ブランカのことかい。キットではプラスと出ている、少なくともね。もちろんシークエンスしなければ確かなことはいえない。気道の細胞や血液は採取したが、ここではウイルス分離もできないよ。カナダ人獣健康科学センター(CSCHAH)まで送って調べてもらうが、明日まではそれどころじゃない」

男は手を洗い、湯を沸かした。マグカップにインスタントコーヒーを無造作に入れ、回すようにやかんから湯を注ぎ込んだ。カーテンを引いてテーブルに差し向かいで座った。

あの遠吠えが、再び聞こえた。

同じ動物だった。

彼は顔を上げ、窓の向こうに広がる遠い森へ、さらにその先にある宇宙へと瞳を向けた。遠吠えの余韻がどこまでも続き、ずっと、ずっと、遙か彼方へと届くまで、彼はそうしていた。梁に提げられたランプの光が揺れ、じじじと小さな音が立ち、ようやく彼は首を傾けたままこちらに視線を動かした。口髭を蓄えた彼の唇が薄く開き、空気を呑み込んだ。彼は同意を求めているようでもあった。きみも聞いただろう、あの悲痛な遠吠えを、ブランカー！　ブランカー！　そう嘆いているようじゃないか――一九世紀末に書かれたあの物語が、いまここに再現されていると無言で伝えているのだった。

「用件を聞こう」

「話していただけませんか。あなたと、ロボのことを」

月夜に踊るオオカミの噂が広まり始めたのは半年前のことだ。

アメリカ・ニューメキシコ州にかつて棲んだカランポーの狼王が蘇ったのだと囁く人も

現れた。目撃談によれば、そのオオカミはおよそ七五キロの巨体で、黄色がかった灰色の毛をまとっているという。猟師の撮影した足跡の写真によって、その大きさのほどは実証されていた。殺されるのはきまって一歳の雌牛だ。しかも狼王は腹肉の軟らかい部分だけを賞味し、あとはいっさい手をつけない。贅沢な殺戮であった。よって残された死骸は官能的で、卑猥な想像を人々に掻き立てることさえあった。

あまりに被害が広範囲なため、最初のうち多くの人は個々の目撃談をつなぎ合わせようとはしなかったという。ある者は深夜に立ち上る灰色の影を認め、ある者は林木の幹から幹へと跳躍する伝説の四脚の獣を見た。ある者は天を覆うような翼を持つ渡り鳥の小群に翻弄されたといった。間近でその視線に射貫かれた男は蒼ざめた馬の騎手（ペイルライダー）だと語った。ヨハネの黙示録に描かれた疫病をもたらす死の騎士は、しかし後で考えれば狼王の特徴をよくとらえていたのかもしれない。馬を操り馬の動きと一体となる異形の人間こそ、ヒトと動物の知能の境界を翻弄する狼王のふるまいそのものだったからだ。

ただし狼王は孤独の存在ではない。ふだんは五頭ほどの小群で行動し、他のオオカミと出会ったときは合流することもあった。負傷した老オオカミをかばうときもあるという。狼王の小群には純白の毛をもつ雌オオカミがおり、彼はそのブランカを深く愛していた。

二一世紀に入って畜産農家は急速に減少しつつあったが、ウィニペグ郊外ではいまも牧畜が大きな産業のひとつだ。高層ビルの建ち並ぶ市街から車で一、二時間も走れば、平原と林が視界全域に広がる。巨大な湖には毎春数万羽の渡り鳥が降り立ち、国立公園地帯には野生のアメリカ熊や箆鹿(へらじか)が棲息する。もちろん一世紀前に比べれば森林も開墾されたが、寒暖の差の激しい気候はいまも変わらない。農家はこの大きな土地を少しでも活用するため、コンピュータを導入して家畜や作物の品質管理に努め、長引く不況に耐え続けてきた。そのような時代に、人狼(ルー・ガルー)のようなハイイロオオカミが出現したことは、地元の農民たちを戸惑わせたのだ。

オオカミの行動圏は一般に体格の大きさに比例する。狼王は一晩で二〇〇キロの距離を難なく疾駆することもあったが、群を率いる場合はブランカの脚力に合わせていた。群のときはブランカが先頭を切り、狼王がそれに続き、仲間の雄オオカミが彼らを追った。

前年まで狼王の巨体を目撃した農民はいない。一部の牧場主は囁き合った。やつらは変異動物だ。牛を食べてウイルスがうつり、変異を起こして大きくなったのだと。

春先に牛の間で流行り風邪が蔓延した。症状はさほどのものではなく、いくらか濁った鼻汁を垂らす程度で、たいていは数日もすれば治ったという。もっと大きな異変に気づいたのは、全地球観測システムのポータルサイトを見て安楽椅子旅行を楽しんでいたひとりの青年である。以前から畜産牛に関して噂があった。放牧されている牛は地球の磁力を感じて一定の方向に頭を向けているのだという。青年はその噂を思い出し、自分の生まれ故郷のウィニペグにカーソルを合わせてみたのである。牛たちがばらばらの方角を向いていることに、青年は逆に驚いた。そして地元の知人に連絡を取った。青年の観察は事実であったが、青年が考えていた以上の驚きをもたらした。ウィニペグの牛たちはたんに気まぐれな方角を向いていたのではない。互いに会話をしていたのだ。

ウィニペグの畜産農業は早くからハイテク化を推進してきた。コンピュータ制御による品質管理システムはその先駆けだが、近年注目されていたのは、地元の生命科学者や獣医師らによって開発された、インフルエンザウイルスのシュードタイプを用いたリアルタイム家畜健康管理システムの構築である。

牛がインフルエンザウイルスに感染するかどうか、数年前まで人類は確たる証拠を持たなかったが、それは牛がインフルエンザ様症状（ILI）をあまり見せなかったことと、あえてウイルスを分離してみようと考える研究者がいなかったことによる。だがインフルエンザウイルスはシアル酸を末端に持つシアロ糖鎖を細胞表面上に発現する生物なら理論上は感染できるはずだ。シアロ糖鎖は自然宿主（ナチュラルホスト）である野生水鳥の腸管に存在するが、地球に生きるほとんどの哺乳類にも分布するといわれ、牛の気道細胞にも認められる。CSCHAHの研究者らによってデザインされた人工ウイルスは、点鼻によって牛に容易に感染した。この予備実験を経て研究者らが推し進めたのは、複数の人工ウイルスを牛に同時に感染させることで、自律的に牛の体内でバイオセンサを活性化させようという目論見（もくろみ）であった。それぞれの宿主細胞は同時に複数のインフルエンザウイルスに感染することができる。

ウイルスの遺伝子に細工を施し、機能的タンパク質の断片を組み込んでおく。すると複数のウイルスが同じ細胞に感染することで、それらの断片は牛の細胞内でアセンブルされ、人工的なタンパク質複合体をつくり出すのである。

ウイルスは糖鎖ウイルス学の技術を駆使した巧みな表面抗原デザインによって、ごく微量だがほとんど不顕性感染のようなかたちで宿主動物の体内に生き残り続ける。一度感染させれば後はウイルスが勝手にマシンを体内に供給してくれるのだ。ストレスタンパク質に類似した部分構造を持つそれらのバイオセンサは、牛のストレス状態などいくつかの体内情報をモニタする。そして血液循環に乗って体内を巡り、さらなるアセンブルマシンと最終的に結合することで体内情報を分子ポテンシャルへと変換する。その情報はアセンブルマシンによって赤外線として放出される。牛の首元に括りつけられたカウベルがその赤外線を受け取り、情報を電波に乗せて基地局へ無線で送る。契約会社が解析した情報をほぼリアルタイムで受け取ることによって、農家個々の牛の健康状態や品質を管理できる。カウベルから逆に赤外線で牛の体内に指示を送り、アセンブルの状態を変えることもできる。

ウイルスが蔓延したらどうするのか、と当初は激しい反発が起こった。しかしCSCHAHは、複数のウイルスを用いることで環境汚染の可能性は極限まで抑えられると強調し、数々のシミュレーションデータで安全性を保証した。この研究はインフルエンザウイルスという汎用性のあるウィルスがバイオ産業に有効利用される輝かしい第一歩だと訴えた。そして開放試験に踏み切ったのである。ただし、安全に安全を重ねる意味で、ウィルス粒子を不活性化した粘膜ワクチンも準備された。

　むろん、哺乳類といってもそれぞれの動物種や個体によって、シアロ糖鎖の三次元構造や体内分布は異なる。ＣＳＣＨＡＨはそれらも踏まえた上で、ウシの気道細胞によく結合するウィルススパイクをデザインしたと主張した。ヘマグルチニンとノイラミニダーゼの亜型は、自然界でほとんど発見されることのないＨ10Ｎ1が選択された。この開放試験で安全性が確認されれば、牛だけでなく馬や鶏（にわとり）、家鴨（あひる）、豚、猪など、人類が飼育する多くの家畜に応用できる。それだけでなく、インフルエンザウィルスの自然宿主（ナチユラルホスト）である鴨などの渡り鳥の行動調査にも活用できる。一部の根強い不安をよそに、研究者らは地元の牧場主と契約し、ウィルス溶液をウシの鼻に垂らした。五年前のことだ。

　そして今年になって、雪解けのころから牛が鼻水を垂らし始めた。ＣＳＣＨＡＨのウィルスはＩＬＩを見せないことになっている。従ってウィルス自体が自然界のインフルエンザウィルスと遺伝子再集合を起こして新型ウィルスに変化してしまった可能性が真っ先に考えられた。しかしＣＳＣＨＡＨ側は公式にその推測を否定しており、さらなる解析が進められている。ただ、通報してきた青年の話を聞いた牧場主たちがすぐさま思い出したのは、牛たちの行動の変化だった。

草地に放たれた牛たちが、前年よりも群れやすくなっていたのである。番犬につつかれて、ようやく離れることもある。牛たちは互いに顔を寄せ合い、鼻先の脇をこすりつけるような動作を繰り返し、目と目で見合った。まるで何かを囁くかのように。カウベルのトラッキングデータを分析した若手の獣医師が奇妙な行動パターンを発見した。牛たちはコミュニティを形成するかのごとく、特定の個体と小群をつくり、互いに囁き合うとゆっくり別のコミュニティへと流れてゆくのだ。頻繁に顔を合わせる個体同士もあれば、決して動線を交えない個体もいる。慌ててその獣医師は過去のデータを掘り起こして比較してみた。かつての群にはそのような特定のパターンは見られない。越冬したとたん、牛たちは社会をつくり始めたのだ。牛たちの健康に何ら問題があるわけではない。家畜としての品質が落ちたわけでもない。人間たちに反抗を始めたわけでもない。だが牛たちは磁力に左右されることをやめ、無言で囁き合っている。

囁き合っているのではない。互いの発する赤外線を感知しているのだ。

最初にそう唱えたのが、五年前からウィニペグに移り住んでいた自然史家だった。丹念に記録を遡る(さかのぼ)と、雪解けの前から家畜はオオカミに襲われていた。最初からオオカミたちが巧妙な手口を習得していたわけではない。当初、彼らはただ空腹を満たすために家畜を襲っていた。しかし初夏のころから彼らの狩りはゲーム性を帯び始めた。初期には群から離れた個体を狙っていたが、やがて小群の中でコミュニケーションリンクの多い個体に標的を定めるようになった。人工ウィルスのトラッキングのおかげで、すべての個体の行動履歴が解析できる。小さな群をつくるようになった牛たちは、人間社会と同様にさまざまな軋轢を抱えているようだった。人気の高い個体もいれば、そうでない個体もいる。狼王たちが狙うのは、成熟した大人の牛たちに特にかわいがられ、よくコミュニケートする雌牛に限られていた。

彼らの襲撃は洗練されていた。こいつはアメリカンフットボールだ、と呟いた農民もいる。湿地に残されたオオカミたちの足跡を地図上にプロットすると、監督の指示を無線で聞いてフォーメーションをつくり一気に駆け抜けるフットボール選手の動きを思わせるのだという。地図に描き出されたトラックがきわめて幾何学的なのだ。

オオカミは一般に学習能力が高いことで知られる。たとえばオオカミが人を避けるようにふるまうのは、銃弾の届く距離を学習し、その知識が代々受け継がれたからだとされている。人間の仕掛けた罠も一頭の個体が見破ればその知識は他の個体にも広まってゆく。だが狼王の仲間たちが共有するのは、そういった体験に基づく知識ばかりではなかった。彼らはいつしか獲得した大きな跳躍力と強い持久力を駆使して、創意工夫を重ねて見せた。可憐な雌牛を狙うとき、まず先頭を走るのはブランカであった。しかし雌牛が怯えて群の込み入ったところへ体軀を押しつけようとするその瞬間を狙い、残りの仲間たちがブランカの背後から一斉に飛び上がり、ブランカの頭上を越えて牛たちを蹴散らすのだ。そして最後に姿を見せるのが灰色の狼王であった。ブランカがわずかに身を除けたそのとき、狼王は一撃で雌牛の喉元を攻め、牙で動脈を切り裂き、地面に叩きつける。抵抗の隙さえ与えず腹肉に牙を突き立てる。ブランカはその狼王の姿をじっと見つめ、残りの仲間たちはぐるぐると回る。狼王が振り返って初めてブランカは犠牲者に食いつく。残りの仲間たちはふたりの後に貪るのだった。

最初は人目につきにくい明け方に現れたが、初夏のころには白昼堂々と姿を見せるようになった。グレイハウンドが彼らを追跡したこともある。だがブランカを先頭に駆け出した彼らは、一直線に重なる足跡を残した後、ある地点で渡り鳥のように四方へと拡がり、追っ手を翻弄した。林の中に飛び込んだ彼らは小刻みなジャンプを繰り返し、低木の幹から幹へと飛び移って、自らの匂いの道筋を毛糸玉のように絡め、猟犬たちの嗅覚を嘲笑した。

グレイハウンドの追跡をかわすとき、彼らの足音はジャズのセッションのように聞こえた。あるいはストリートでダンスを披露し合う悪童たちのように見えた。あちらで小枝が鳴ると、向こうで別の枝が鳴り、目の前と頭上で緑が揺れた。グレイハウンドはオオカミ以上に獰猛な動物で、その追跡行動は執拗である。しかし狼王たちは彼らの動きさえ自然現象の一部として了解しているような節があった。猟犬たちの複雑性をさらに捻り、絡め、弄ぶのである。彼らは動物らしからぬ三次元の動きを多用した。小枝に飛び乗り、宙返りをした。

オオカミたちは明らかに、人間の行動に興味を示し始めていた。牧場主の乗る馬に突然近づき、ギャロップのような足取りで併走して見せた。馬の足下を擦り抜けるゲームに興じた。ある農場主は崖から自分を見下ろす狼王に気づいた。灰色の狼王は口角をゆがめ、鼻先にしわを寄せて目を細めた。牧場主は馬上で息を呑んだ。その表情は、牧場主自身にそっくりだったのである。

彼らは仕掛け罠や毒餌に嫌悪を示した。軽蔑というより悲しみや哀れみの目つきでそれらを遠ざけた。人間が銃を持つことは卑怯だと思っているようでもあり、銃を向けられたときは自らの跳躍力を誇示して見せた。

真夜中に彼らが牧場の真ん中に現れたことがある。ブランカが前足でリズムを取ると、仲間のオオカミたちが跳ね始めた。それを見据えた上で狼王が輪の中心に進み、ゆっくりと動き始めた。月明かりのもとで踊る彼らを双眼鏡で見つめていた人々がいる。狼王のステップは奇妙だった。やがて人々はその意味を察し、絶句した。狼王は馬に乗る猟師たちの動きをまねていたのだ。ひとりひとりの仕草を再現し、口元で表情までつくってみせた。その猟師たちを煙に巻く自らの体験を、狼王は演じているのだった。遠吠えに遠吠えが重なり、ブランカたちが狼王の周りを走り始める。その輪の中から狼王が踊り出し、月に向かって一直線に跳ね、そして見えない雌牛の喉元に食らいつく。ブランカたちが互いの背に乗りながら跳躍に跳躍を重ねる。くすんだ色の多い仲間のオオカミの中でブランカの白さが月明かりで際立つ。それはまるで白い衣服をまとった精霊の姿のようでさえあった。天から降りてきた精霊が、狼王の儀式を祝福している。双眼鏡でその一部始終を見ていた人々は互いに顔を見合わせた。オオカミたちは何をしているのか？　自分たちの精霊を表現しようとしているのか？

「いや、違う」

と、自然史家はいった。狼王たちの捕獲を買って出た彼は、双眼鏡を目に当てたまま呟いた。

「彼らはヒトをまねているんだ。ヒトの社会を。ヒトの精神を。ちょうどぼくらが動物を擬人化して舞台で演じるように。雲雀(ひばり)の啼き声を音符にしてフルートで演奏し、耳や尾をつけて踊るように」

マグカップの中は空になっていた。

自然史家は最後の一滴を啜り、立ち上がって再び湯を沸かした。同じように瓶からインスタントコーヒーを入れ、回すように湯を注ぎ入れて戻ってきた。

「動物が登場する映画を見たことは？」

「ええ。映画は好きです」

「最近の映画はよくできているよ。CGアニメの技術が進んだ。人間らしい表情で笑わせてくれる。ぼくたちはCGだとわかっているから違和感なく動物のキャラクターを見て笑える。映画だという前提で画面を見ているから驚かずにいられる。でも、ときどき、本物なのかCGなのかわからなくなるときがある。きみにも経験はないかな。よくできたCGだと思って、感心しながら見終わった後、そこに映っていた人物が本当は実写だったと教えられたときの居心地の悪さを」

「ロボたちもそんな顔を?」

「いや……、違うな。そうじゃない」

自然史家は書棚から大きなスケッチブックを取り出して机上に広げた。彼自身が描いたハイイロオオカミの全身像と骨格図だった。ページをめくると顔面の筋肉を描いたスケッチが現れた。

「オオカミの筋肉では人間の細かな表情をつくることはできない。だから彼らは相手を誇張する。動きにメリハリをつけて、一連の仕草で表現する。ヒト型ロボットが人間の動作をまねるときはどうするか知っているだろう。ヒト型ロボットの自由度はいまでも五〇から七〇といったところだ。それだけの動きで、二〇〇以上もの関節を持つ人間の動きを再現してみせる。ものまねの巧みさを文章で逐一表現することは難しい。なぜならそれは時間を伴う一連の動きだからだ」

「ロボの踊りはビデオに収めていないのですか」

「ビデオは無意味だよ」彼はスケッチブックを閉じた。「きみは、ロボットの学会に行ったことはあるか」

「はい。よく連れて行ってもらいました」

「研究者たちがかつてどのようにプレゼンしていたか思い出してみるといい。彼らはロボットの動きをビデオに収めて、PCのボタンをクリックしてその映像を再生し、聴衆に見せていたはずだ。学会発表は時間の制限がある。彼らはごく短いムービーをひとつかふたつ示して、そのロボットの特性を伝えたような気になっていた。しかし、わずか数十秒で伝えられる動きとは、しょせんそれだけのものに過ぎないんだ。ぼくはこうして生きている。たったの三〇秒でぼくの何が伝えられるだろう。人間としてのぼくの特性を、切り取られた三〇秒という時間で、いったいどれほど記述することができるだろう」

「長くなればぼろが出ると？」

「ぼくがいま話しているのは動きの連続性とその知能だよ。まだぼくたちは動きの知能を解析する手段も、記述する方法も、見出せていないということなんだ」

「でも、そんなことをしたら、誰かの動きを別の誰かに伝えるためには、人生すべてを追体験させなければならなくなります」

「そのことだよ、ぼくがずっと考えていたのは」

会話が止まり、沈黙が降りた。

この沈黙を、映像はどのように記録できるだろう。自然史家のいうことは理解できた。いつかこの対話を文章として記録することがあるかもしれない。そのとき彼と共有した時空間をどのように切り取り、何を彼の言葉として残し、何を要約すればよいのだろう。彼のいう連続性の知能を、どのように再構築すればよいだろう。

「あなたは工学者でした。ロボットを研究してきました。なぜここに移り住んだのですか」

「さあ。子どものころ、ボーイスカウトに入っていた。縄結びが好きで、生き物が好きだった。それを思い出したのかもしれない。日本を離れたところからロボットについて考え直してみたかったのかもしれない」

「あなたは批判を受けて、社会的地位も失墜した。日本に居づらくなってここに移ったのですね」

彼は答えない。言葉を続ける。

「あのテロ戦争はまだ始まっていませんでした。いまほどの移住制限もなかったでしょう。あなたはＣＳＣＨＡＨの研究者らと共同で、この土地にウイルス管理システムを根づかせようと努力もした。あなたはもともと精密工学の出身で、バイオセンサの研究をやっていた。この五年間、あなたはこの土地で動物の観察にのめり込みながら、ロボットの専門家として働き続けてきた。このあたりの人たちに、あなたはよく知られるようになりました。ロボやブランカの退治を、あなたは買って出たのでしたね」

「何を訊きたいのかな」

「目的は何ですか」

「目的？」

彼は目を眇め、マグカップを少し啜った。「害獣を駆除することの他に？」

「それは、まねに過ぎません。ぼくが訊きたいのはあなたの本当の目的です」

「きみのいっていることがわからないな」

「あなたは五年前にこの土地へやってきました。最初の理由は、あなたのおっしゃる通りだったのかもしれません。でもあなたはいま、何かを企んでいる。ブランカを捕らえ、ロボへの罠を仕掛けた今夜、あなたはいままでとは違うことを考えている」

「ほう。そうかな？」

「あなたの目的を教えてください。なぜあなたはアーネスト・シートンのまねをしようとしているのですか」

彼の瞳が、ランプの光を受けて揺れた。

ロボットに愛着を持たせる。

かつてそのようなテーマが、ロボット研究者の間で真面目に議論された時代があった。人々に愛されるロボットをつくることが、次世代ロボット産業への鍵だと信じられた時代があった。それほど昔のことではない。つい一〇年ほど前のことだ。

かわいらしい顔と声が与えられた。仕草のタイミングが工夫された。マスコットキャラクターに仕立て上げる市町村が相次いだ。しかしそのころから研究者たちは気づいていたのだろう。確かにロボットを開発すれば、マスメディアが好意的に取り上げてくれる。ロボットのイベントを企画すればそれなりに人は集まる。だがほとんどの人はロボットとのインタラクションに興味など持たない。人々はロボットが好きなのではなく、嫌いなのでもない。無関心なのであった。

だからこそ、人間とロボットの交流を描いてヒットを飛ばした映画や文章作品は、貴重な成功例として研究者から賞賛を受けた。いま自然史家としてこのウィニペグに暮らす彼も、そうした賞賛を受けたひとりだった。ハルとそのパートナーの人生模様を綴った連作の画文が話題を呼び、彼は人々の期待に応じるかたちで、その後もロボットと人間の関係を描き続けた。

彼のスタイルは動物を観察して記述する博物学のそれに重ねられた。取材対象となるロボットのもとへ何度も足を運び、その動きをスケッチし、開発者や所有者との関係性をメモしてゆく。それらの事実を組み合わせ、ロボットの気持ちになって世界を語るのである。

ロボット競技大会を目指す全国の子どもたちは、彼の紡ぐ物語に夢中になった。一時期低迷していたペットロボットの需要もわずかに復活した。彼は数々の講演もこなした。壇上ではポケットから小さなロボットを取り出して動かして見せ、会場に足を運んでくれた小さな子どもたちのためにお話を語った。抑揚をつけて、リズムに乗せて、身振り手振りも交え、ロボットの心のうちを表現する。彼にかかると、ロボット競技大会の体育館はアメリカの大平原になり、ロボット開発の現場は古きよき農家の暖炉脇になった。ひとつひとつのロボットが英雄だった。作家は読者がつくり上げる。彼もそうしてつくられたひとりだった。彼は工学教育賞を受賞し、かつて大人に向けて書かれたはずの彼の物語は、やがて子どもたちのマンガ雑誌を飾った。

あるとき一篇の論説が新聞に掲載された。寄稿者は日本のロボット界の重鎮で、かつてはヒト型ロボットの開発プロジェクトを推進し、ヒト型ロボットの真の有用性を真剣に考え抜いた人物だった。その彼が書いた「本物の、そして偽のロボット学」は、研究者や作家を実名で挙げ、偽のロボット学と斬って捨てるものであった。

ロボットを擬人化するような記述はたんなるフィクションに過ぎない。ロボットと人間の交流をあたかも事実であるかのように描き出すそれらのフィクションは、科学や工学の精神を蔑ろにするばかりか、健全なロボット学の発展に害をもたらすと断じた。またそれらの物語を無批判に賞賛し、ロボットに愛着を持たせようと浪費を重ねる研究者らは、おもちゃ業界にはふさわしいかもしれないが、偽の科学者であり偽の工学者であるとまでいいきったのである。

すぐさま反論が挙がったが、この論説はロボットに対して無関心である大方の人々の心情にフィットした。この論争は結果的に、ロボットには愛着など必要ない、携帯電話のようにいつでもどこでも使える道具であればいい、という社会のニーズを炙り出すこととなった。以後、ロボット製品のデザインは変化した。あからさまなかわいらしさや親しみやすさはなりを潜め、シャープで、機能的で、自己主張しないものが大勢を占めた。ロボットはパートナーではなく家電製品になり、競技会で苦楽を分かち合うチームメイトではなくサッカーボールそのものになった。そして社会に浸透し始めた。

着陸寸前の旅客機を次々と襲う広域テロ事件が発生したのはそのころのことだ。唐突に日本はテロ戦争の只中に入り、人々は引き返せない世界へと否応なしに足を踏み入れ、膨大なニュースと不安の波に呑まれていった。撃ち落とされ、燃え上がる数々のジャンボジェットの映像に、人々は息を呑んだ。事件は連鎖し、各地で人命が奪われていった。ニュース映像を見ながら人々は焦り、願い、声を上げた。一刻も早い救助活動を。人の力が及ばないなら重機やレスキューロボットの出動を。もはやロボットに愛着など不要だった。現場ですぐさま逞しく働ける、無骨だが頼もしい機械こそが、日本国民の望みであった。

自然史家の居場所はなくなっていた。

「あなたの本はたくさん読みました。初期のものから、日本を離れ、そしてこの地で書いたものまで。画風だけでなく文体も、それにロボットの書き方も、あなたは大きく変わっていったのですね。最初のころは決してあからさまに擬人化なんてしていない。きちんと対象に一定の距離を置いて、過度な感情表現も差し挟まず、抑制の効いた筆致でロボットと人の関わりを描いていましたね。でも本の売り上げが伸びるにつれて、あなたはより小さな子どもに向けて、幼い子でもすぐ共感できるように、ロボットの心を描くようになっていった。そのときにはもうあなたの作風は、緊張した当時の雰囲気を映し取る、いわば時流作家の筆づかいからは遠く離れていましたね。とはいえ自然をそのまま描写するのでもなかった。あなたはロボットを愛そうとするがゆえに、ロボットというかたちを通して目に見えない〝無垢〟や〝童心〟を追い求め、そして世界から剝がれてしまった――そう感じていたのでしょう？」

彼はすぐには応えなかった。世界の中に消えてゆく声たちを、その心に留めようとしているかに見えた。

やがて彼は椅子に凭れ、口を開いた。

「ウィニペグにやってきて最初の春、渡り鳥の大群を見た」

文脈のつながらない回想のようだったが、そうではなかった。人間は過去を思い出すとき、中空を見つめる癖がある。その先にあるものが宇宙なのか、時間なのか、わからない。

ただ、そうしたときの目つきはすぐわかる。瞳が眼の機能を超えて何かを見ているのだ。彼がこれまで描いてきたロボットにも、そのような目つきをしたものがあった。しかしそれは科学的ではなかった。なぜならロボットはまだその目つきを獲得できていないからだ。

「初めて見る光景だったよ。空が視界に入りきらないんだ。首を回して、あちこちを見て、それでも全体がわからない。それほど自分は空に包まれていると感じた。空が泡立つように啼き声が膨らんでは弾けるんだ。羽ばたく無数の動きが縦糸と横糸で紡がれたタペストリーのようでね。ロボットよりもロボットらしい、とそのとき震えたよ。ロボット以上のロボットらしさとは、生き物そのものなんだと思った」

「あなたはそれから動物を記述し始めたのでしたね」

「近くに国立公園がたくさんあるからね。いくらでも見る機会はある。保護区に行かなくてもすぐそばには牧場がある。夏にはいやというほど蚊の生態も観察できる。スケッチしては破り捨てた。文章を書いては削除した。それまでぼくが描いてきたロボットは、まだまだ限定的なものに過ぎなかったと痛感したよ。同時に、博物学者が観察対象を擬人化したり、物語風に描いたりする理由もわかってきた。すべては動きのつながりなんだ。一連のつながりなんだよ。ぼくたち人類は、まだそれをうまく表現する方法を獲得できていないんだと初めてわかった」

「ビデオは無意味だ、という話ですね」

「写真で一瞬を切り出して、動物たちの躍動を示すことはできる。獲物に飛びかかる直前の緊張や、一斉に皆が走って逃げ出すその瞬間も撮影できる。だが、それらが記録として機能しうるのは、ぼくらがずっと自然を見続けてきたからだとわかったんだ。科学的な記録のように見えるそういった記録さえ、ぼくたちは脳の中でそれまでの無数の体験や、社会全体の経験と照らし合わせて、動物たちの関係性やダイナミズムを補完して感じ取っているだけだとわかったのさ。同じことをロボットに置き換えてもうまくいかない。ぼくたちはまだロボットとの経験を積み上げていないのだから。過去の博物学者たちはおそらく、無意識のうちに気づいていたんじゃないかな。だからあえて事実をつぎはぎして、フィクションとして記述することで、動きのつながりを表現しようとした——でも、たぶんそれはぼくたち人間側の限界なんだよ。そしてたぶんそれは、何かを偽物だといってしまう科学自身の限界でもあるんじゃないかな」

彼が身を乗り出し、言葉に力を込める姿を見ながら、これまで多くの民俗学者や看護学者が現象学をツールに、対話を科学にしようと格闘してきた歴史を検索して辿った。

彼が告白していないことがあった。くだんの論説記事で批判された書き手は彼ひとりではない。だがもうひとりの人物は日本を去ることはなかった。彼の描いた物語はそのまま読まれ続けた。

あのころ、自然史家は子どもたちの要望に応えて、ロボットをより気高く、親しみやすく、率直な存在として描いていった。しかしそんなロボットに、人々はままごとのような甘さを感じるようになったのかもしれない。ロボットはともだちであるという生温かな前提に、人々は飽き飽きしたのかもしれない。遅れて登場したその作家は、ロボットと人間の共生ではなく、ロボットが人間社会からはみ出してゆく姿を緊迫した筆致で描き、大人たちの注目を集めた。

その作家の描くロボットは、過酷な事件を通して次第に得体の知れない機械そのものへと還ってゆく。そのヴィジョンがかえって斬新なものとして多くの人の目に映った。その作家はたまたまロボットを題材に選んだに過ぎなかった。いくつかのロボット物語を書いた後、あっさりと彼は他の社会問題へと筆を進めていった。彼はロボット研究者からの賛辞にも批判にもまったく無関心だった。無関心であることが作家としての彼を延命させた。ロボット研究者たちが議論の泥沼に陥っている間に、彼は次の分野から次の分野へと渡り歩き、キャリアを重ねていった。

しかし、ロボットに無関心でいられなかったもうひとりの人物は、書き手としての尊厳を失ったのだ。

夜はゆっくりと回転していた。天の歯車は確かに星座を回し、月を動かしてゆく。

彼の二杯目のコーヒーはずっと前になくなり、カップも乾いて、もう一度啜る仕草さえ受けつけずそこにあった。

「文字記録も限界なのですか」

「文章は時間を加工できる。ただし一直線にしか加工できない。そのかわり文章は不可能な空想を表現できる。歯車はあちこちへ動力を伝えられるけれど、基本は回るしかない。それと同じだよ」

「博物学はやっぱり偽物だということですか」

いや、違う。

という返事が来ると思ったが、そうではなかった。

自然史家が不意に身を乗り出した。いつの間に用意していたのだろう、右手にフラッシュメモリがあり、その端子が眼前に迫った。

プログラムが侵入した。

知覚に何か変化が起こっただろうか？　情報処理が変わっただろうか？　自然史家が様子をうかがっている。相手の押し込んだプログラムは切り離され、全体に影響することはない。しかし試みに走らせた瞬間、時空間が斜めから捻り上げられた。ぼくは動物として、目の前の人間を見た。

「これが目的だといえば、答になるかな」

プログラムを終えて室内に戻ったとき、自然史家のいいたいことは理解していた。彼の口調はかすかに熱を帯びた。

「博物学にとってもっともふさわしい記述法は何だろうと、ぼくはずっと考えてきた。相手がロボットであっても動物であっても関係ない。文章で綴ったり、演台から語りかけたり、ビデオに収めたり、ぼくたちはたくさんの試行錯誤を繰り返してきた。しかしいまきみが体験したこと、それがたぶん答なんじゃないかな。いまのぼくたちは残念ながらそれを体験できない。感じて、表現する手段がないんだ。でもぼくたちが読み取れない方法で集積し、記録することはできるんだよ。それらを比較して、分析することもできる。ウィニペグで開発されたインフルエンザウイルスが届けてくれる情報は、博物学者たちがずっと求めてきた〝言葉〟なんだ。まだぼくたちはその〝本〟を直接読むことはできないが、きみたちならぼくたちより一足早くその博物誌を読むことができるかもしれない。本当は、偽の博物学者なんてどこにもいないんだ。どこにも」

自然史家の言葉はそこでついに途切れた。

次の言葉を待ちながら、彼のプログラムによって起ち現れた世界を反芻した。ウイルスが感じた世界。無数のウイルスが向き合い、記述し、描き出した、鮮やかな時空。その広がりを表には出さず、新たな彼の言葉を待った。しかしそれは叶わなかった。だからいった。

「アーネスト・シートンも、一時期は擬人化が過ぎていると学者たちから厳しい批判を浴びたのでしたね」

彼は無言だった。言葉をつないだ。

「学者だけじゃない、狩猟仲間だった当時の大統領からも手厳しい批判を受けて、シートンは社会的な名声を、自然史家としての信用を急速に失い、ほとんど作家生命を絶たれたと評伝で読んだことがあります。彼は社会から離れてこつこつと地味な博物誌を書き続け、後年になってようやくその仕事は評価されたそうです」

彼は聞いているはずだった。しかし言葉は発しなかった。

「当時の批判が妥当だったのか、さまざまな意見があると思います。少なくとも自然を総体として記述しようとするとき、シートンのような書き方はやはりひとつの手段だったのだろうと思います。それは人間が文章表現することの可能性と限界であったと、あなたは考えているのですね。シートンが直面した批判こそ、あなたにまっすぐつながる切実な問題だったのでしょう。それがあなただけでなく人間が観察するこの世界と、ロボットが生きるこの世界に、まっすぐつながってくる問題だとあなたは気づいていたのでしょう。あなたはシートンに自分を重ね合わせ、人々が見据えるこの世界をシートンの記述に重ねながら、それを超えるものをつかもうと格闘していたのではありませんか。オオカミたちがいつからロボと呼ばれ、ブランカと呼ばれるようになったのか、記録を辿ってみました。あなたが直接名づけたわけではない——でもあなたは人々が自然とそうした渾名（あだな）で呼ぶように仕向けたのではないですか。そうすることであなたはあえて、批判によって抹殺されかけたシートンに、自らを近づけていったのではありませんか」

そしていった。

「あなたがシートンなら、もうひとりの書き手は『野性の呼び声』や『白い牙』のジャック・ロンドンでしょうか」

ここまで語りかけても彼は無言だった。新たな彼の言葉を聞きたかったが叶わなかった。文脈は離れていない。彼の心に届くことを願って最後につけ加えた。

「ボーイスカウトは、もともとシートンがコネチカットで指導した少年キャンプの活動がもとになって生まれたのですね」

沈黙が降りた。

言葉は彼の少年時代につながったはずだった。それでも彼は応えなかった。

「――偽の博物学者なんてどこにもいないとおっしゃいました」

だからいった。

「それが、論説を書いた研究者と、あのとき批判されたもうひとりの書き手を、ウィニペグに呼んだ理由ですか」

まっすぐ見つめて静かに言葉を継いだ。

「あなたはいまも心が揺れているのではありませんか。あなたはふたりと話し合いを持ちましたね。論説を書いた研究者とは二日前、ウィニペグ市内のホテルで会ったはずです。ここへ来る前にお目にかかりました。それから、ロボへの罠を仕掛けた後、あなたはどこに行っていましたか。ここへ戻るのが遅かったのは、牧場までやって来た小説家と会うためではなかったのですか」

「では、ぼくからも訊こうか」

ついに男はまっすぐに向き直っていった。「きみこそ、ここへひとりで来た目的は何だ、ケンイチ」

ぼくはいった。「あなたを犯罪者にしたくないのです」

彼は立ち上がった。

そして銃を手に取り、安全装置を外してぼくに向けた。

「ケンイチ、きみのバッテリーはあとどれくらい保つ？」

「およそ二時間です」

「信用しておくよ。つまりあと二時間、きみをこの部屋に拘束すれば、きみはただの木偶(でく)の坊になるわけだ——ぼくが何をしようと、きみは止められない。なぜきみがひとりでやってきたのかわからないな。油断するとでも思ったのか？　悪いがうちは自家発電でね、きみに供与できる電力の余裕はない」

「あなたはまだ迷っているのだと思います。いまぼくに見せてくれた体験は、科学者としてのあなたの成果です。それを活用できるのも、自然史家としてのあなたなのだと思います。ブランカの捕獲と、今夜のロボの捕獲を物語にしようと考えているのでしょう。あなたは社会的な地位を取り戻したいと願っている。きっとそれは叶うと思います。それだけでは不充分なのですか。そこの実験机に置かれているクロマトグラフィの結果は、あなたが招いた作家のものでしょう。あなたは彼のうがい液をもらって、気道粘膜のシアロ糖鎖を染めて、彼がウイルスに感染しやすい体質かどうか確かめたのですよね」

「牧場を視察してもらうために安全性を確かめただけだ」

「では、なぜ粘膜ワクチンの溶液をすり替えたのですか」

「何の話だ」

「不活性化したウイルスではなくて、感染力のある変異ウイルスのボトルにすり替えて、牧場主に渡したのはあなたですよね。ロボット・コミュニケーションの専門家として、この地で信頼を得たあなたは、CSCHAHとも共同研究を進めていました。CSCHAHに仲間がいるのですか。でも、どうしてそんなことを？　あなたにとって有益なことは何もないのに。なぜそんな矛盾したことを？」

「矛盾か。そうかもしれない。きみのいう通りなら」

「シアロ糖鎖とウイルスの結合性は、まだわからないことも多いと聞いています。変異ウイルスにぴったり合う受容体を持っている人はごく一部かもしれない。たとえ感染しても体質によっては増殖しないかもしれない。それほど難しいことであるはずなのに」

「ああ、矛盾している」

「あなたはブランカを捕らえ、ロボの罠を仕掛けながら、何を考えていたのですか」

「わからないよ。わからない」

「あなたは本当に、ロボットに愛着を持ったことはあるのですか」

「答えたくないな」

「動物はどうでしょうか。ブランカや、ロボには？　あなたの愛犬ビンゴには？　あなたがずっと描き続けてきた、たくさんのロボットたちには？　あなたと同じ人間に対してはどうでしょうか。あなたの両親には？　あなたがむかし好きだった人には？　あなたは一度でも、本当の愛着を持ったことがあったでしょうか」

「日本を離れているうちに、ロボットも演技がうまくなったものだ」

「あなたは、愛着に憧れを持っていたのですよね。うまく愛着が持てない自分に気づいていたからこそ、ずっとロボットと動物を描き続けてきたのではありませんか。自分がこれまでやってきたことの証を、あなたはこの変異ウィルスに求めたのではありませんか」

「どこまで演技が続くのかな」

「愛着というのはつくるものなのですか。人間が勝手につくるものなのですか。ぼくたちは、もう、世界に生まれてきたのです。人間の赤ん坊のように」

「きみはロボットなんだよ、ケンイチ」

「あなたは人間です」

「そうとも、ぼくたちは別々なんだ」

「もうひとつ訊きます」

「答えないぞ」

「あなたは感染していますね」

彼は目を剝いた。銃口が揺れた。ぼくは続けた。

「ブランカのくしゃみを浴びて、あなたは感染したのだと思います。あなたはまだはっきりとは気づいていないかもしれない。でもあなたの体内では、いまも変異ウイルスがどんどん増殖している。たくさんの分子センサが血液と共にあなたの体内を巡って、生き物としてのあなたを感じ続けている。あなたの喉元から赤外線を発信し続けているんだ。あなただって、他の動物の赤外線を感じ始めている。だからあなたはブランカの死骸の匂いを嗅いだ。ブランカのセンサと呼応したんだ。あなたはブランカとつながったんだ。何十万人にひとりという特異なシアロ糖鎖を持つあなたは」

「ケンイチ、きみに何がわかる」

「ぼくの目が人間と同じだと思っていたんですか」

彼が銃を構え直したそのとき。

ビンゴがびくりと震えた。

ぼくは聞いた。

中空に目線を向けることはなかった。ぼくの目は人間とは違う。ぼくは相手の銃口に注意を向けたまま、耳の奥に届いたその音を感じた。

「牛たちが啼いています」

ぼくの言葉に、彼はわけがわからないといったふうに首を振った。

「牧場の牛たちが集まって、声を上げているんです。ここへ来る途中、ブラックベリーのお爺さんからタグを教えてもらったんです。牛たちのカウベルが基地局を通じてぼくにも知らせている――ロボが罠にかかったんだ！」

ビンゴが音を立てて、もがき始めた。そのときぼくは初めて知った。デコイのように座っていたこの愛犬に、彼はこれまでもずっと牛たちのデータをつなげていたことを。そしてぼくは気づいた。この愛玩ロボットにもセンサは組み込まれている。ビンゴが見た光景や聞いた音の連なり、ビンゴが感じた人間の手のぬくもり、それらも同時に、通信でカウベルに届いていたのだとしたら？

ロボやブランカたちは、雌牛を食べながら、ビンゴともつながり合っていたのだとしたら？

ロボたちはこの数カ月間、オオカミとしてこの世界を見ていただけだったのだろうか？もし、そこにロボットの――

自然史家が動いた。

荷袋を素早く点検し、棚から銃弾を取り出した。革のジャケットを着込み、帽子をかぶった。小銃を懐にしまい入れ、ライフルと荷袋を抱え、そして厩へと向かった。

解錠して、寒さに震える馬を引き出し、無言で準備を進めてゆく。そしてぼくを再び一瞥して、馬に跨り駆け出した。

ぼくも馬に飛び乗り、後を追った。

東の空がわずかに霞んでいる。新しい一日が回ってくる。馬は冷え切った空気を裂いて走り続けた。たてがみを握りしめ、両足を引き締め、馬の揺れに身体を合わせる。馬といっしょにぼくは進む。

動物のまねをする人間。人間のまねをする動物。その動物の中に入り込むロボット。ペイルライダーという人間の幻想に重なり人間の心を刺激するオオカミのふるまい。そしてぼくはいま馬に乗って馬とひとつになって走る――夜明け前の大地が蹄のリズムをぼくに跳ね返してくる――ロボットがいつか人間に愛着を持つようになるかどうか、いまのぼくにはたぶんその答がわかっている。それよりも、ぼくは自然史家のことが心配だった。

徐々に朝が近づいてきている。前方に自然史家の馬が見えた。そしてその向こうに、解放されたばかりの畜牛が集まっているのが見えた。しきりに啼き声を上げている。彼は馬を飛び下り、銃を抱えてその群に向かって走っていった。

牛たちが彼に道を空ける。掻き分けようとしていた彼が一瞬、戸惑ったように歩を止めるのが見えた。牛たちが彼に近づいてくる。彼は短銃を振り回した。だが発砲音は聞こえなかった。牛たちは彼の動きに驚いていったん散り散りになりかけたが、再び集まり、彼の背を押し始めた。

ようやく追いつき、ぼくも馬を下りて走った。シートンの描いた物語では、ロボは四つの脚をすべて罠に挟まれ、身動きの取れない状態に陥っていた。熟達の捕食者ロボも、愛するブランカを探すことは諦められず、悲痛な遠吠えを上げ続け、さまよい、ふだんなら決して嵌（はま）ることのない罠に捕らえられたのだ。シートンが現場に到着したとき、ロボの周りには無数の牛の足跡が残されていたという。力を奪われた絶対君主を牛の大群が取り囲み、相手の牙が届かないぎりぎりのところまで近づいて、さんざんに辱めた痕跡だった。

自然史家は短銃を構えたまま牛に押されて進んでゆく。

二一世紀のロボもかつてと同じように辱めを受けているのではないか。彼は咄嗟にそう思ったかもしれない。一三〇年前、シートンはオオカミの首を絞める投げ縄（ラッソ）を持ってロボと対峙した。いま彼は銃を持っている。彼の背中は震えていた。だがそれは自分が博物学者をまねることへの怖れではなく、牛たちから放たれる赤外線に、身体が反応しているためかもしれない。地面に蹲る灰色の毛が牛たちの間から見えた。ぼくはついに追いつき、自然史家の後ろからロボの姿を捉えた。

ロボは四肢を罠に挟まれたまま、立ち上がった。

自然史家が言葉にならない声を漏らした。膝をつき、呆然とロボを見つめ、そして周りを取り囲む牛たちを見つめた。

ロボが彼の顔を見つめる。自然史家は銃を捨て、おずおずと手を差し伸べた。ロボはそのまま迎えた。

ふたりは顔を近づけ合った。

自然史家は両手でロボの顔を包み、頬を寄せた。ロボが鼻を鳴らし、自然史家が何度も匂いを吸い込んだ。ロボは自然史家の肩口の匂いを嗅ぎ取り、目を伏せてそこに口の先を押し当てた。そして懐かしげに鼻を動かし、そっと嚙んだ。

牛たちがふたりに鼻を近づける。自然史家は驚きの表情を浮かべ、困惑し、戸惑い、眉根を寄せ、苦しみと慈しみの入り交じった顔をした。牛たちは狼王を辱めていたのではなかった。牛たちもまた、狼王と赤外線で通じ合い、種を超えてぐるぐると入り交じる感情を浴びていたのだった。

陽が大空に射した。

「――ケンイチくん、聞こえる?」

　ぼくは耳を澄ました。確かに声が聞こえた。

　ぼくはずっと前からの習慣に従って、咄嗟に周囲へと顔を向けていた。人間をまねる必要はなくても、大切な人を捜すときだけ、もはやぼくにはそれが自然なふるまいになっていたのだ。姿は見えないが、その声は通信回線を通して確かにぼくに届いた。

「視察の作家に粘膜ワクチンのボトルを点鼻させないよう、牧場のお爺さんにことづけていたのね。いい機転の利かせ方だったわ」

　ぼくは叫んだ。

「レナ!」

「念のため搬送車でウィニペグに行ってもらったけれど、感染の心配はない。そちらにもいますぐ搬送車を向かわせるから、彼にそう伝えて」

「ずっと探していたんだ、もう一年も、レナ!」

「ケンイチくん、あなたも消毒しないといけないわよ。私と会えるのは三、四日後になる」

「そんなこと構わないよ!　レナに会いたい。またレナといっしょに暮らしたいんだ!」

「ええ、ケンイチ、あなたとなら数日後に会える——。でも彼の場合、症状の出方によっては、これから過酷な運命を辿ることになるかもしれない——」

「ユウスケはどこ？　そこにユウスケはいるの？」

「いいえ。でもケンイチくん、これからはふたりで捜しに行くの」

ぼくが牛の群を離れて駆け出そうとしたとき、自然史家が声を上げた。

「ケンイチ！」

ぼくは振り返った。彼が牛の群を分けて出てきた。彼の口元から白い息が小刻みに溢れていた。「どこへ？」

ぼくはレナからの言葉を伝えた。彼は言葉を呑み込み、やがてゆっくりと、一度だけ頷いた。そして牛たちへ、気高く立つ狼王へ、色づき始めた大きな空へと目を向け、息を吸い込んだ。冬の兆しの朝露は、彼の肺の中で無数の小さな結晶になっただろう。

「ケンイチ、少しの間でいい、そばに来てくれないか」

彼は両腕を広げた。ぼくはそっと、彼のもとへと戻った。牛と狼王はぼくたちを見守っていた。彼はぼくに手を差し出そうとしたが思い留まり、身を震わせた。触れるとぼくの表面にウイルスをつけてしまうことを知っていたのだ。彼は両腕を広げたまままいった。

「少しの間でいい、ぼくの喉に近づいてほしい。ぼくの心を見ていてほしい。ぼくたち人間が動物を描いてきたように、いつかきみがきみ自身の手でぼくの心を描いてくれるなら

――」

彼はぼくを抱き寄せなかった。ぼくは開かれた腕の中で、彼の胸に顔を近づけた。彼が息を詰めているのがわかった。自分の吐き出すウイルスを少しでも抑えようと、懸命に口を噤んでいるのが手に取るようにわかった。ぼくたちは夜を通して一度も接触しなかった。これからも接触することはないだろう。

ぼくたちは離れた。ぼくは馬に乗り、たてがみを握った。

自然史家が叫んだ。

「いつか……、いつか、きみを描きたい！　ケンイチ、ぼくはきみの未来を描きたい！　いや、ぼくは描くぞ！」

ぼくは答えなかった。狼王でさえ愛するブランカの匂いを追わずにいられなかったことの意味を、ぼくは理解した。

ぼくは馬を鼓舞した。もう振り返ることはなかった。ぼくたちは疾駆した。前へ。まっすぐ、レナが待つ場所へと。

# For a breath I tarry

あれ、とぼくが声を上げ、あら、と琉美(るみ)が呟いて、ぼくたちは互いが指した絵に目を向け、そして顔を見合わせた。

一瞬、琉美に困惑の表情が浮かんだ。彼女がそんな顔を見せるのは珍しいことで、ぼくのほうも戸惑ったが、実際はぼく自身も琉美と同様の表情を浮かべていたのだ。

「きみはロボットを選ぶと思ったのに」

「直樹(なおき)こそ、花を選ぶと思った」

百貨店の八階に用意された、ちょっと洒落(しゃれ)たギャラリースペース。ふたりの共通の友人である望月海(もちづきかい)——小柄でアクリル人形のような質感の女性だ——の個展だった。その入口でぼくたちは、この二枚の絵と対面したのだった。

そこに据(す)え置かれていた二枚の絵は、ぼくのマンションに届いたハガキに印刷されていたものだ。パネルは屏風のようにわずかに翼を広げて設置されている。入口をほとんど覆っているので、ギャラリーの内部を見るにはパネルを左右どちらかへ回り込んで進まなくてはならない。つまりこの二枚の絵は、ここからどちらに一歩踏み出し、ギャラリーをどちらから見てゆくかを選択する、いわば無言の道標の役割を果たしていた。

どちらも成人男性の身の丈ほどもある大きな絵だ。左と右ではタッチもテーマも対照的だが、ふしぎと全体の構図はよく似ていて、あるひとつの物体を両側面から捉えた作品のようにも思える。左の一枚は秋を思わせる淡色の和紙にやわらかな黒の木炭で描かれた、花と蕾と果実と蔓で構成された幻想画だった。上へ向かって伸びてゆく植物の途中には、しかし虚ろな人間の顔が浮かんでいる。巨大な花に呑み込まれた屍体のようでもあるし、ここから人間が自然発生しようとするさまを描いた古い博物学の図像のようでもある。

右の一枚はむしろモダンな色彩があちこちにスポットされた、シャープな印象の抽象画だ。中央に積み重ねられているのは鋼でできたがらくたのようでもあるが、その先端部分は帽子をかぶったロボットの頭部にも見える。

花と機械。生命と非生命。いのちの境界。

「美術館に行ってさ、どこから見て回ればいいのかわからなくて、まごつくことってないかい」

ぼくが絵の前でそう囁くと、琉美はすばやく響き返す。

「あるある。左回りに見ていこうとしたのに、気がついたら他の人が反対の方向から押し寄せてきて身動きが取れなくなったり」

「人の流れに合わせるほうに気を取られて、展示を見るのがおろそかになったり」

「ここはどっち回り？」

辺りを見回したが、順路を示す矢印記号はない。

「どちらか気に入った絵のほうから入れってことだよ、たぶん。だから正面に二枚の絵がある」

「二枚の絵、ね」

琉美が並んで絵の前に立つ。〝二枚の絵〟といったら何を思い浮かべる？　そんな問いかけをするまでもなく琉美は呟く。

「二枚のドガの絵」

ぼくもそれに返す。

「ルーベンスの二枚の絵」

ふたりは似たもの同士ということだ。

『刑事コロンボ』に『フランダースの犬』——年齢も同じなら接してきたテレビドラマやアニメも同じ。スティーヴン・キングとディーン・R・クーンツを片端から読み漁（あさ）るところも同じ。思考パターンも似ている。だから大学を卒業して二年間も、互いのマンションを行き来しながら半同棲生活を続けられる。

琉美は工学出身で、介護福祉に使える要素技術の開発研究を大学でおこなって博士号を取った。ぼくは同じ大学の物理学出身で、複雑系の研究講座を経由して知能ロボットの研究者になった。しかしなぜかいつも周りには生命科学の仲間がいた。生命の素材を工学的に扱う遺伝子工学のような分野ではなく、本来の生命科学、すなわち〝生命とは何か〟を追究する生命科学者たちだ。だからぼくも生命についてはずっと興味を持ち続けてきたし、最近は自分でも構成論的な手法で生命現象を扱うようになってきている。

「好きなほうを指差して決めよう。そっちの側から中に入る」

「オーケイ」

「せーの」

そしてぼくの右に立つ琉美は、右手で左側の花の絵を指し、左利きのぼくは左手で右のロボットを指したのだった。ぼくと琉美の間に、遮断機のように二本の腕が伸びていた。

なるほど。ぼくたちはよく似ている。

なぜぼくはロボットのほうを指したのか。たぶんそれは、こちらのほうが琉美の選びそうな絵だと思ったからだ。女性だから花の絵を選ぶのは当たり前にすぎる。その凡庸さは琉美に似合わない。だがそのあては外れた。琉美も同じ算段だったろう。大学で日々ロボットを扱うぼくが、ロボットを選ぶのは陳腐だと。

ぼくは自分の左腕をどのようにすればよいかわからなくなり、そのままおずおずと掌を琉美に向けた。琉美もまったく同じように動いていた。まるで対称性の破れを怖れる自然現象のように。

じゃあ、と琉美がいい、じゃあ、とぼくがいった。

互いに一歩、反対側の足を踏み出した。その最後の瞬間に、琉美の後ろ姿が少しだけ目に映った。

パネルの右を抜けるとギャラリーの中が見えてくる。海は科学研究とアートを組み合わせたような動きのある展示物のほかに、伝統的な油絵やアクリル画を組み合わせた独自の表現が得意で、今回の個展もその両者がうまくブレンドされている様子だった。

「こんにちは、直樹くん」

いつの間にか海がぼくの目の前に立っている。〝かい〟とは変わった名前だが、これで本名なのだそうだ。人工物のような雰囲気を湛えた彼女には、むしろよく似合った名前に思える。ぼくたちが海と知り合ったのは都内の科学館での展示がきっかけだった。ぼくがパンフレットに科学解説を寄稿したロボット展に、海の作品が出展されていたのだ。以来、三人でときどき飲みに出ては、アートではなく研究の話で時間を共にする。

「右回りと左回りは、何か意味があるのかい？」

「世界観が変わって見える仕掛けなの」

「へえ。じゃあこの左回りは？」

海はそっと近くの壁を目で示す。ぼくは絶句した。憶えのある言葉が、そのまま展示のテーマとして掲げられていたのだ。

〝人はほとんどロボットである〟

海が笑いを堪える。肌もきめ細かくて整った顔立ちをしたこの芸術家は、実は無類の悪戯好きなのだ。

「ごめんね、あなたたちの会話、使わせてもらった」

その通り、以前に琉美を加えて三人で飲んでいたとき、人間はどこまで知的な存在かという話題になり、研究者の卵として若干の基礎的な講義をぶつ羽目に陥ったことがあった。

ロボットの人工知能の分野にフレーム問題と呼ばれる難問がある。それは簡単にいえば世界の記述方式に関する問題だ。

ロボットにコーヒーカップを運ばせるとしよう。ロボットはどのように環境から情報を得て、処理すればいいだろうか。ロボットは機械だから、すべてプログラムによって制御されている。もしきちんと給仕させようと思ったら、何がカップの動きに影響を与え、何が与えないのか、いちいちわからせておく必要がある。ソーサーを持ってもテーブルは動かないことや、コーヒーカップを運ぶことで核ミサイルが飛んでこないこともロボットは知っておかなくてはならない。いちいちあれは関係あるのか、これは関係ないのかと考えていたら、情報処理が追いつかなくて、頭がぱんぱんになってしまうだろう。

環境に何かを働きかけようとするとき、その影響はどこまで及ぶのか。しかしその範囲をロボットに教えるには、いちいち膨大な記述が必要となり、情報が爆発してしまう。その煩雑さをいかに回避し、いかに物事を端折（はしょ）らせるか。これがフレーム問題だ。

なんてロボットは融通が利かないんだと、あなたは笑うだろうか？　しかし人間もこのフレーム問題に悩まされることがある。自動車教習所で初めて車を運転したとき、あなたは目に見えるものすべてが危険に思えて、ほとんどパニック状態になり、何を無視すればいいかわからず困ったはずだ。つまりぼくたち人間は、社会の中で成長するに従って、何に注意し、何を無視すればいいか学習して、自動的に動けるようになってゆく。

「――〝つまり、人はほとんどロボットなんだよ。フレーム問題を回避するために、ぼくたちは逆にロボットになるんだ〟」

海はぼくの口調をまねてみせる。しらふで聞くと赤面ものだ。照れ隠しに肩を竦（すく）め、ギャラリーを見回した。

「いいよ、わかった。じゃあ、右回りでギャラリーに入ったら……」

しかし、海がそれに答える余裕はなかった。

ぼくたちの間を黒い人影が通り過ぎてゆき、会話が遮られたからだ。その人物はコートの襟（えり）を立てて顔を隠しており、性別さえ判然としなかった。足早に入口のパネルの脇を抜け、ギャラリーを出て行こうとしている。その意味がぼくには摑み取れなかった。

ぼくたち人間はほとんどロボットだ。明日の朝もきちんと目覚まし時計が鳴るとぼくたちは信じている。山手線が無差別テロの影響で運休する可能性や、世界戦争が起こる可能性は無意識のうちに脇へ除けて、いつもと同じ日常がやってくると信じて行動している。ボールは放物線を描いて飛んでくると信じ、ファールフライの球をその予測に従って避ける。ぼくたちは成長するにつれて世界の物理法則と社会常識を身につけ、ほとんどあり得ない事象についてはいちいち考えなくてもいいよう反応を省力化し、世界に慣れてゆく。コーヒーを淹れて琉美へと運んでゆくとき、ソーサーを持てばカップが落ちないことも、コーヒーを注いだからといって核爆弾が落ちるわけではないことも知っている。

そう、ぼくたちはほとんどロボットだ。コート姿の人影が通り過ぎたとき、次に何が起こるかというプログラムは身につけていない。

次の瞬間、世界が爆発した。

ぼくの背後で突然時空が膨張し、爆風が何もかもをなぎ倒して広がっていった。時間の経過がわからなくなった。粉塵を吸い込んで噎せ返り、ようやくそこで自分が生きていることを悟った。ぼくの横で海が倒れていた。

そこから後に起こったすべてのことは、生々しく、暴力的で、何を端折って何を考えればいいのかわからないほどの、何が適切な行動で何がパニック状態なのかさえ判別できないほどの、濃密で圧倒的にリアルな事象の集合体だった。それは二名が亡くなり六名が重傷を負う大事件となった。犯人の足取りは摑めず、被害はギャラリーだけでなく同階の店舗にも及んだ。

もちろん、ぼくはすぐさま琉美を探した。だがめちゃくちゃになったその現場から、ついに彼女の遺体も、存在の痕跡さえも、見つけることはできなかった。

琉美は消えたのだ。跡形もなく。

その意味がぼくにはわからなかった。琉美は粉微塵（こなみじん）になったというのか？　そんな馬鹿なことはない。爆発が起きる前にどこかへ行ったというのか？　そんなこともあり得ない。だが琉美は消失した。右回りの世界観と共に。

海の二枚の絵も大破した。後で気づいたがぼくのコートのポケットに海からの招待ハガキが残されていた。失われたあの二枚の絵が印刷された、小さな長方形の枠組み（フレーム）。

その翌朝、ぼくの目覚まし時計はいつものように冷たい空気を裂いて鳴った。一睡もできなかったぼくは時計の頭を叩いた。ベッドに横たわったまま薄く瞼（まぶた）を開いた。しかしかすかな希望さえ打ち砕かれて、空白の時空はぼくに微笑み返しはしなかった。

「――エプスタイン・バー・ウイルス」

「えっ、なに？」

「あの本だよ。青色の洋書。背に書いてある」

目線で壁際の小さな書棚を示す。海は眼を細めて、そちらを見つめた。いつから伊達眼鏡を掛けるようになったのか、紫色のフレームをつけた海はあまりにも整いすぎて、どこかのショールームに据え置かれた上質のマネキンのようにも思える。眉間に寄った皺さえ対称的で、匠の技が生んだ刻印のようだ。

昼過ぎから新東京美術館で展示の準備を始めて、食事も摂らないまま夜の八時を過ぎてしまった。疲れは溜まったがなぜか腹は空かず、ふたりでひとまず裏口から抜けて近くのスターバックスに入った。古い洋書が店内のあちこちにアクセントとして置かれている。もっとも、周りの客はそんな本には興味を示さず、それぞれの会話や試験勉強にいそしんでいる。

カバージャケットもどこかへ失われてしまった、ハードカバーの洋書だ。なんとか英語の文字を読み取ったらしい海は、眉間に皺を残したままいった。

「エプスタイン……なんとかって、なに?」

「悪性リンパ腫の原因ウイルスじゃなかったかな。むかし聞いたきりだから忘れた」

「バイトの学生が置いていった本じゃないの?」

「そんなはずはないさ。あれ、たぶん二〇年くらい前の本だぜ」

海は携帯電話を取り出し、モニタの部分に触れた。海はいま伊達眼鏡のレンズ越しに、バーチャルな影を見ているはずだ。ぼくの視点が投影する世界観の影と、海から見た世界観の影。ふたつの影が書棚で交叉しているのだろう。

影はついに重ならなかったのか、海は再びモニタに触れてビジョンを閉じた。

「……直樹くん」海が溜息をつく。「なんだかごめんね」

「なんの話？」

「うん、琉美ちゃんなら、いまみたいな話もうまく転がせただろうなって思って」

ぼくたちの会話はそこで止まる。

あれから十二年が過ぎていた。犯人はついに発見されず、琉美も消えたまま、あの事件は世間から忘れ去られた。琉美は誘拐、失踪、さまざまな可能性に沿って捜査が続けられたが、琉美の両親もすでに心の中でひとつの決着をつけたように思える。それが何という名の道筋に収束したのか、ぼくには彼らの気持ちを言葉でうまく表現することはできない。だが無数の可能性はいつしかひとつに束ねられ、もう二度とむかしに戻ることはないのだった。

ぼくと海はその収束の道筋を横から見つめつつ、こうして十二年の歳月を過ごしてきた。目覚ましは毎朝ブザーを鳴らし、慣れきったルートでアトリエや学校に向かい、どうすれば笑い、どうすれば泣けるか、その自動性を体得して、ほとんどロボットとして生きたのだった。

「京都の居酒屋だったよね、直樹くんが料理ロボットの話をしたの」

思い出した。夫婦でいっしょに料理をつくると脳の若返り効果があるとか何とか、そんな話が報道されていて、人間はどのくらい知的なのかという話になったのだった。

「料理も適材適所、できるほうがやればいいと思うけどね」

「へえ、すごい。男の人でなかなかそういえる人っていないない」

「ロボットの研究をしているからだよ」

何気なしにそう答えて、「ええー、ロボット？」と海が顔をしかめたことも憶えている。女性をロボットと見なした意見だと勘違いされたのだ。もちろんぼくにそんな意図はなかった。ロボットのことを万能の鉄腕アトムだと思い込む人は多いけれど、皆が考えるほどロボットは優秀ではない。それどころか、ほとんど何もできないといってもいい。だから今後ロボットと人間が共生する時代がやってきたときも、ロボットにすべてを任せようとするのはナンセンスだ。ロボットの得意な作業をこちらが積極的に見つけてやって、それを伸ばすようにロボットをデザインしてゆく必要がある。互いに得意なことをやればいい。そういいたかったのだ。

ぼくたちはほとんどロボットなんだ、という言葉は、その文脈で出てきたのだった。ロボットだったらどうなるだろう？　と考えることで、逆に人間とはどういうものかがわかってくる。ちょうどそういう考え方に基づいたロボット研究が若手の研究者の中から立ち上がろうとしていた時期だった。

「琉美はどうなの。工学出身のハカセとしては」

海は琉美に話を振った。そのときの彼女の答を忘れてはいない。そうね、とひと呼吸置いてから、ぼくの隣で琉美はいった。

「私たちは、ほとんど生命、だと思う」

店員が追加注文の鍋を持ってきて、そのセッティングに入り、会話が途切れた。話題は続いたが、ぼくは琉美の言葉の真意を聞きそびれた。ふたりで宿泊先のホテルに戻り、半端な大きさのベッドで眠りにつく前に、ふとその言葉が頭に蘇り、足下に虚空の渦(うず)を感じたことを憶えている。

海も同じだったのだろう。ぼくと海の心には、彼女の言葉が残ったのだ。ちょうどそれは一陣の風で、ぼくたちの足下に枯れ葉の渦を置いて消えたのだった。

十二年前のあの事件は、生命の進化を左右する、突発的な災害のようなものだったのかもしれない。いつからかぼくはそんなことを考えるようになっていた。犯行の動機も、本来の標的も、何もわからないままぼくたちは取り残された。テロの理由がわからないのなら、それは降って湧いた天災と同じだ。

カンブリア紀の浅瀬で繁栄していたたくさんの生物たちも、きっと突然の土砂崩れになす術(すべ)はなかっただろう。偶然にも一部の種は生き残り、ほとんどは絶滅して、次の進化の道筋がつくられた。生きるということは、不可解なシンギュラリティ現象の関所を潜り抜けてゆくことに他ならない。もちろん種としての進化の過程と個体の生存とではまったく別の話だけれど、琉美が消失したという理屈のつかない奇妙な現実は、両者のパースペクティヴを同期させてしまう。

琉美はあの爆発の瞬間に、別の世界へ飛ばされたのだ。ぼくはそう思うようになった。きっかけがある。事件から数年後、BRT――〈BREATH〉という名のバーチャル世界がインターネットの中に構築され、一般に開放された。それはゲーム会社が構築した世界だったが、たちまち芸術家や科学者たちがその世界の虜になった。人は誰でもBRTの中に自分の分身をつくることができる。その分身はつねに自分の電脳プロフィールと〝共鳴〟し、あり得たであろうもうひとりの自分として勝手にBRTの中で生き続ける。BRTがオープンソース化されると世界中の人々はさらにのめり込んだ。自在にその世界の物理定数や社会的なパラメータをつくり替え、無数のパラレルワールドをレイヤーとして創造するようになった。そこでは無数の私たちが、無数のあり得たであろう世界の中で暮らし続けている。いまぼくたちの住むこの世界からは手が届かないが、どこかにあるであろう世界。だが、この技術がさらに進んだとしたら？　いつかはぼくたちが住むこの世界も、BRTが生み出す無数のレイヤーのひとつになるのではないだろうか？

だからぼくは思うようになったのだ、あのコート姿の人物はきっと未来世界の犯罪者で、何らかの可能性を破壊するためにやってきたのだと。ぼくたちの住むこのレイヤーから何らかの可能性を奪うためにテロをしかけた、歪んだ知的設計者だったのだと。ハルキゲニアの棲む海辺で土砂崩れを起こせば自分が世界の王になれると信じた偽物の神だったのだと。そのために琉美は消えたのだと。

「そろそろ戻って続きを」

海が立ち上がる。ぼくも続いた。今回ぼくたちはまったく新しい概念で科学とアートの共鳴を成し遂げようとしているところだった。琉美がいなくなってからも友人としてのぼくたちの関係は続いた。海は国の支援を受けて海外にも大いに活躍の場を広げ、ぼくは教授の肩書きになり、実体のあるロボットから離れてもっと直截(ちょくせつ)に数理の立場で生命現象を扱い始めていた。世界と生命の関係そのものをアートにする。それが今回のぼくたちの目論見だった。さきほど海が携帯電話のモニタで確認したホログラフのような映像もその一環だった。

店を出て、夜の路地を美術館へと歩く。展示の準備は明け方までかかるはずだ。そして家に戻り、少しばかり寝て、携帯電話のビープ音と太陽の陽射しで再び目覚め、大学へ行く。積み重なってゆく毎日だが、この十二年で確実に世界は変化した。電車の中で携帯電話のモニタを見つめる人々。飛び交うメール。それら電脳内の痕跡によって無数の自分と共鳴しながらぼくたちは生きてゆく。世界が重層化されてゆくこの世界観は、十二年前なら夢物語だったろう。ぼくたちがもっとも捉えることの難しいもの、それが〝世界観〟というものなのだ。

ぼくは歩きながら自分の携帯電話を手にした。たちまちその小さな機械は、ぼくの掌から分泌(ぶんぴつ)される微小な生体分子を捉え、いま現在の体調をぼくの目の前に見せてくれる。数時間後にベッドの中で目覚めたとき、ぼくはサイドテーブルに手を伸ばして携帯電話を摑むだろう。すぐさま携帯電話はぼくの個人認証を終え、マジシャンのカード捌(さば)きよろしく多数の平面を浮かび上がらせ、ぼくの指先の力加減に応じてシャッフルしてゆくだろう。薄目を開けてぼくは〈BREATH〉の世界に創造された生命たちの様子を見るだろう。海と共に生み出した新たなアートだ。ファンデルワールス力が減少した環境では、まさに海の中で鏡像異性体のグリセルアルデヒドが形成されようとしているだろう。葉緑体の代わりに紅の色素体が植物の光合成において支配的となったおとぎの国では、燃えるような森林がどこまでも続き、渓谷の岩を紫色の鹿たちが飛び跳ねてゆくのが見えるだろう。

「――酸化と光合成リン酸化における化学浸透共役(きょうやく)」

「灰色の本(グレイブック)でしょ」

そう、尿素回路とクエン酸回路を発見した生化学者クレブスの自費出版本。そんなものが極東の国の店内ディスプレイに使われるのだ。歩きながら、ぼくは琉美の言葉を思い出す。つきあい始めて半年経ったころ、ふたりでミスタードーナツに入ったときの会話。ぼくが呟くと彼女は壁際の書棚を見ることもせず、そういってエンゼルフレンチを齧(かじ)った。女はいつでもそうかもしれないが、彼女は男であるぼくより世界がすばやく見えるのだった。

「いつかああいうところにすごい掘り出し物があるんじゃないかって想像するんだけどね」

　琉美はすぐさま響き返した。

「むかし、ガイドブックがあったよね、ほら、都会のビルの大理石とかに、ときどきアンモナイトやベレムナイトの化石が削り出されているじゃない。街を歩きながら化石を見て回ろうっていう企画本。あれって化石をわざわざ見せるように石を切り出してくるのかな」

「どうせマラケシュの贋化石みたいなものだろう」

「そう？　あれって世界観が切り出されているのよね、きっと」

　それ以降、ぼくは東京を歩くとき、つねに巨大ビルの壁に目を向けるようになった。

　ぼくたちはどのような化石なのだろう？　琉美から見えていたこのぼくという個体は、どのような側面(アスペクト)で切り取られた平面だったのだろう？　そして海には何を見せているのだろう？　ぼくにはずっとわからないことがあった。なぜ十二年前の事件で、ただひとり琉美だけがこの世界から消えたのか？　琉美は人類にとって重要な関所で、琉美がいなくなることでこの世界の進む道筋は変わったということだったのか？　それとも犯罪者の目的は別にあったのか？　消し去られるべきは琉美ではなく他の誰か、あるいはぼく自身だったとしたら？　いや、もしかするといまぼくがいるこの世界のほうが別の世界で、ぼくだけが琉美たちの世界から飛ばされていたのだとしたら？

ぼくは琉美の世界観に、何をしてあげられたというのか？

ぼくは足を止め、細い路地の途上で海に向かっていう。

「なぜぼくたちは美術館で、右回りか左回りかを決めなくちゃいけないんだろう？」

海は静かに振り返り、目を細めてぼくを見つめ返す。ぼくはいう。

「なぜぼくたちはひとつの視点からでなければ世界を見渡せないんだろう？」

「それが今回の展示の意味でしょう」

「そうだよ。でもぼくは自分が本当に理解しているのかわからないんだ。この携帯電話が本当に誰かの何かを変えるんだろうか？」

「直樹くん、まさか世界を忘れたの？」

そのときだった。不意に、ぼくは風を感じた。

路地の向こうから、遥か前に沈んだ太陽の方角から、茜色の匂いと共にやってきて、ぼくの頬を、髪を、衣服を動かしていったのだった。

ぼくは思わず息を留めた。ぼくの身体がここにあった。

「それはね、直樹くん」海がいった。「愛し合いたいから」

ぼくは海を見つめた。伊達眼鏡の向こうで目を細めたまま微笑む海は、その瞬間、ほとんど生命に見えた。


――たった五分でよくわかる、生命進化のひみつ。

生命はどのようにして生まれたのだろうか。古来人類はこの問題を考え続けてきた。生命が生まれる瞬間を試験管の中で再現しようとする試みも繰り返されてきた。小さな分子をたくさんフラスコの中にぶち込んでばちばちと雷(かみなり)を光らせればアミノ酸ができる？なるほど、確かにそれは太古の惑星環境を模擬しようとした実験だ。いまとなっては素朴にすぎてまじめに取り上げられることはないその実験も、生命と環境が表裏一体だということを示した点では評価できる。

ヒトも犬も銀杏(ぎんなん)も大腸菌も、ぼくたちはみなひとつの祖先から生まれた。体を構成するのは糖に脂質にタンパク質に核酸。ぼくたちはみな同じ物質を使い、同じ化学反応でそれらを代謝し、同じシステムでエネルギーをつくっている。あり得たであろうさまざまな可能性の中から、なぜかぼくたちの祖先はたったひとつの道筋を選び取り、そこからぼくたちという子孫を生んだ。

生命などという複雑な事象が偶然に生まれるはずはない。だから生命は知的な創造主が生み出したのだ――そう考えるかもしれないが、実際は途方もなく小さな確率の事象であっても、長い時間をかければほぼ確実に起こることは、簡単に数字で示すことができる。コインを投げれば表か裏のどちらかが出る。その確率は半々だが、表が出る確率を九九・九％にするにはどうすればよいか。たった一〇回投げてみればいい。一度でも表が出る確率は九九・九％になる。サイコロなら三八回、ルーレットなら二五二回、七桁の宝くじでも六九〇〇万回引き続ければほぼ必ず当たる。ぼくたちの祖先は、信じられないほど長い時間をかけてくじを引き続けた辛抱強い大金持ちのようなものだ。そして一度でも当たりが出れば、関所は開かれたことになる。そこから生命進化の歴史が始まる。

このように生命進化にはいくつかの重大な関所があり、そこを乗り越えてゆくにはいくつかのパターンがある。どうすれば関所を越えられるだろう。何度もくじを引き続けて当たりを待つ場合もあるだろう。しかしそればかりではない。偶然に他のライバルたちが力尽きていなくなったり、たまたま定員割れで自動的に合格したりというケースもある。あるいは完全に偶発的に決まるが、一度関所を潜ったら決して戻れないケースもあるだろう。

もともと生命の基本要素は、物理化学的に、決定論的につくられるものだ。原子と原子の反応は、宇宙の定数によって決まってくる。しかし生命は進化の過程で、環境がつくり出す関所を潜ることで、特異的な姿を持つようになる。

たとえば、物質には鏡像異性体というものがある。化学反応は右利きの物質と左利きの物質を分け隔てることはない。それなのにぼくたち地球上の生物はふだん片方の側しか利用しない。Ｄ‐グルコースはＤ‐フルクトースと反応してショ糖になるが、鏡に映ったかたちの対象物質はぼくたちの栄養素にならない。どちらも等しく化学反応が起こるのに、なぜかぼくたちは片方の側しか利用しない。たぶんそれは生命進化の過程で、たまたまぼくたちの祖先が〝片方の側だけを使う〟という関所を抜けてしまったからだ。

多数の可能性がひとつに絞られる進化の転換点のことをシンギュラリティという。なぜ〝片方の側だけを使う〟というシンギュラリティ現象が起こったのかはわからない。しかしひとついえることは、そうして関所を潜ってしまった生命は、それによってさらに物質をつくり出し、周りの環境を変えて、その環境によってまた新たな次の関所を潜るということだ。それが生命の次の進化を促し、その結果がまた環境を変えてゆく。

生命の進化を研究するということは、つまりこれらの偶然と必然を考え抜くことに他ならない。フラスコに分子をぶち込むだけではだめだ。まずはそのフラスコの物理定数を変えて、生命の決定論的な要素を調べることが必要になる。そして関所のあり方を見直してゆくのだ。そんなことができるのかって？　もちろん〈ＢＲＥＡＴＨ〉の世界なら自在にできる。ぼくたちは本当の意味で生命を探究できる。

しかしそれだけでは生命を解明できたとはいえない。ぼくたちは生命を〝生命らしさ〟として捉え、感じることができる。生命とコミュニケーションが渾然（こんぜん）一体となった生命観を持っている。極端な話、ぼくが見たらそれは生命っぽいが、あなたからすれば生命らしくないと思える場合だってあるだろう。いったいそのとき、生命現象の本質はどこにあるのだろうか。

ぼくたちはほとんどロボットである。しかし私たちはほとんど生命なのだ。

ぼくと海が携帯電話のホログラフに仕込んだアートとは、BRTに共鳴した電脳データをもとに、人々の世界観を〝影〟というかたちで視覚化するシステムだ。ぼくはぼく自身の側からこの世界を見ている。そのパースペクティヴに従い、見えるものすべてに影が落ちる。しかし別の人がその光景を見たら、同じ場所に立っていたとしても、違った影のかたちが見えるだろう。

文化。イデオロギー。コミュニティの内と外。この世界がギャラリースペースだとしたら、ぼくたちはいつでも右回りと左回りを選択させられ、それぞれのパースペクティヴから作品を見ている。互いの影は交叉して虹を描き、だからぼくたちは世界と生命を知る。

証拠をひとつお見せしよう。

裏口から再び美術館の中に入り、エレベーターを上がって展示室へ戻ると、そのさまはぼくたちが中座したときと一変していた。

「世界を忘れかけた人がここにひとり！」

海がぱん！　ぱん！　と高らかに手を叩くと、空間の中央に羅針盤のホログラフが現れた。〝共鳴しますか？〟という問いかけに海が答えると、周りのスタッフが一斉に携帯電話を掲げ、モニタをタップした。

展示室の床に、無数の結晶が浮かび上がった。それは結晶ではなく、十二の方位それぞれに伸びる世界観の影たちだった。スタッフが統率された動きで一歩を踏み出す。それに応じて床の虹が回転し、開展してゆく。さらに一歩ずつ、皆が進む。海がぼくの手を取り一歩進む。また一歩進む。また一歩進む。やがて歩調は少しずつ振動を始め、それぞれの周期は分散し始め、スタッフは一般の来場者となる。

ぼくと海は展示空間の中央へと進んでゆく。そこにはぼくがつくり上げたBRTのレイヤーが、上から下へ、下から上へ、滝のようにシャッフルされていた。それぞれのレイヤーに生息する生命たちが、ぼくたちの世界観によって影を得て、十二の方位へ色とりどりの幾何学模様を描いてゆく。ある人はそこに生命を見出し、ある人はそこにアーティフィシャルを感じ、それらすべてを背負った生命状態たちが、ぼくの目の前で次々と進化を遂げてゆく。

海がステップを踏み始めた。ぼくは驚きの声を上げた。展示ケースの背後から、パネルの向こうから、海を象ったアンドロイドたちが現れたのだ。彼女たちの世界観がさらに重層され、ぼくの生命たちは虹の尾を引いて踊り始めた。踊るようにぼくには見えた。海がぼくから手を離し、アンドロイドたちの中に紛れた。

人間そっくりのアンドロイドは、すでに何年も前から開発され、イベントやテレビ番組にもよく出ている。高額な料金を支払いさえすれば、いまや誰でもカスタムメイドのアンドロイドを自分のものにできる。モニタの中の世界はもっと進歩が早い。有名人そっくりのCG映像がいたるところに氾濫し、誰もがポルノビデオの主役になる時代だ。それらと本人たちを映した映像は、もう素人目では区別がつかない。わずかな差異を見出してそこに不自然さを憶え、非生命を強く感じ取る人もいる。だがその差異はそれを訴える人だけのものだ。ぼくたちは自分の目からそのCGを判断するしかない。ある人にとっては操り人形である映像は、別の人にとっては生きて動いている記録にしか映らない。ぼくたち人間という存在は、パースペクティヴによってあっさりと生命らしさの境界さえ滲ませてしまう。そのことを発見し、その衝撃にさえも慣れてきたのが、ここ数年の人間社会だった。

海のひとりが再びぼくの隣に立った。ぼくたちの前にはいつの間にか、翼のようにわずかに開いた二枚の絵があった。

「好きなほうを指差して決めよう」あのときと同じ言葉が海の口から聞こえた。「せーの」

ぼくたちは同時に指差した。

左利きのぼくは左の絵を。

右手を挙げた海は右の絵を。

　ぼくたちの腕は交叉した。

　目を丸くしているぼくを見て、海がうふふと声を含ませて笑った。周りのスタッフたちが笑い、アンドロイドたちが笑った。

「世界を信じて世界を忘れている誰かさん。自分はほとんどロボットなの？　それともほとんど生命なの？　あなたを愛していた人が何をいったのか思い出した？」

　ぼくは息を詰まらせた。

「呼吸をして、直樹くん。そして留(とど)まるの、その一息の間。さっき風を受けたときのように。男の人っていつまでそうやって知らない振りをしているつもり？　次は自分でちゃんと思い出してよ」

——For a breath I tarry
——一息のあいだ、私は留まる

——彼方から、
　夕べの、朝(あした)の、十二方位の風めぐらすあの遙かな空から、
　私を織(お)りなす生命の実体が
　吹き寄せ——そして私はここにある

いま――一息のあいだ、私は留まる
まだ散りぢりになりはしない
この手をすぐ取り教えてくれ、
あなたが心に想(おも)うことを
話してほしい、私も答えよう
私があなたの助けになろう、さあ、
風の十二の方位へと
私が果てなき道を進む前に

「シュロップシャーの若者」という一九世紀の詩だ。ずっと前、確か中学生のころ、ぼくは青い背表紙の文庫本でこの詩を知った。それとは別に、人類が滅亡した後の世界でふたつのロボットが出会う小説にも、この中の言葉が使われていることを後年に知った。有名な言葉らしいから、他にもきっと引用している小説はあるだろう。しかしぼくはこの詩を遠い宇宙の旅人の歌として心に刻んでいた。

そう、一息の間、私は留まる。その小さなひとつの呼吸(ブレス)の中に、ぼくたちの生命状態はある。〈BREATH〉を創造した技術者たちは、この詩を知っていたのだろうか。ウェブサイトのトップに添えられた羅針盤の絵は、十二の方位へと吹く風を意味していたのだろうか。

また十二年が経った。ぼくは五二歳になり、研究室からは百人近い学生が巣立っていった。ぼくと海はいくつかの展示を経た。十二の方位を周れば再び同じ方角を向くことになる。しかしもうぼくはそれが以前と同じではないことを知っていた。新しい風のめぐる遙かな空が、その向こうに確かにあるのだ。

虹色の色彩が織りなす道を進み、ぼくはタリーズに入る。客も店員もそれぞれの日常に忙しい。それでも何人かの人は携帯電話を握り、受験勉強をしながら、会話をしながら、恋人と肩を寄せて目を閉じながら、それぞれの世界観を確かめ合っている。ぼくたちは生命と環境の関係を変えたのだろうか？　ぼくたちにそのつもりはなかったが、人々は呼吸するようにぼくたちのつくり上げたシステムを用いている。

注文の順番を待つ間、ふと壁に目を向けた。その言葉が視界の隅に映ったからだと気づくまでに、少し時間がかかった。

For A Breath I Tarry

ぼくは思わず列から離れ、その壁に飛びついた。列を誘導するポールに足をぶつけて大きな音が響き、店内の人たちがぼくに顔を向けた。虹が一斉に色を変えたが構いはしない。壁に両手をつき、そこに貼りつけられている古い紙片に触れた。

雑誌の一部だ。いつこの店の内装が変わったのかわからないが、洒落た雰囲気を出すために古い英字雑誌のページが無造作にちぎり取られて、コラージュ風にいくつも貼りつけられている。詩の形式が印刷されたそのうちの一枚に、確かにその言葉が記されていた。だがA・E・ハウスマンの原文ではない。タイトルのすぐ下にDEAN R. KOONTZと作者名がある。

ディーン・R・クーンツ？　あまりにも懐かしすぎて思い出すだけでも時間がかかった。頭の中の抽斗をあちこち引っ掻き回し、ようやく琉美と当時買い漁っては読み捨てていたアメリカの作家のことが記憶から蘇った。ディーン・R・クーンツだって？　ページの右隅には小さく「FALL, 1966」と記されている。あのクーンツが一九六六年に書いた詩だっていうのか？　急いでクーンツの著作一覧を検索する。彼の作家デビューは一九六八年。それより前の作品じゃないか！

確率はわずかであっても、長い時間をかければ実現する。シンギュラリティの最初の原則。

こいつは正真正銘の掘り出しものだった。

笑いが込み上げてきて、堪えきれなくなった。壁にはぼくの影しか映っていない。他の客の世界観は重なり合わない。ぼくだけがいま、この壁紙の価値を知っている。琉美がここにいたら何というだろう。

そのときだった。

コートを着込んだ人物が、すばやく店内から去ってゆくのが見えた。

ぼくは心を弾かれたように感じ、その場で張り詰め、その人物の後ろ姿を見つめた。次の瞬間、考えがまとまるより先に身体が動き出していた。あの人物が移動した軌跡を目で遡(さかのぼ)り、壁際に設(しつら)えられた小さな洗面台の上に、球状の物体が浮かんでいるのを見て取った。

逃げろ、とぼくは叫んでいた。近くにいる客の衣服を摑んで引っ張り上げ、出口へと力の限り押した。困惑の表情、悲鳴と怒声、誰もぼくの真意はわかっていない、それでもぼくは世界を掻き分け、洗面台へと駆けていった。その物体は何の支えもなく空中に浮遊していた。見たことのないものだったが、ぼくにはそれの役割がわかっていた。不意に、その物体から強い影が一本、二本と伸び、たちまちそれらは束になって、ぼくの影と重なった。店内の人々がこの物体を認識したのだ。一斉に人々が動き始める。躊躇(ためら)う間もなく物体を摑んだ。物体は時空に貼りついたかのように重く、ぼくはありったけの力を籠(こ)めて、それをガラス窓の向こうへと投げた。

ガラスが割れたその直後、爆風が渦を巻いて襲ってきた。ぼくは両手で顔を庇(かば)った。耳の奥が灼けるように熱かった。

苦しくなって、ぼくは息を吸った。焦げた匂いが肺まで達し、たちまち噎(む)せた。気がつくとぼくは床に這い蹲って、近くにあったテーブルの脚を握りしめていた。そっと目を開けると、すぐ目の前に少女の顔があった。黒く焼けた紙片があちこちで舞い、少女の髪にも落ちてきている。ぼくはとっさに紙片を払った。少女が呆然とした表情でぼくを見つめていた。

「皆さん、無事ですか！」ぼくは立ち上がって喚いた。「消えた人は！　周りをよく見て下さい、皆さん、消えた人がいないか確かめて下さい！」

吹き飛ばされた食器や食べ残しのデニッシュが壁際に散乱している。テーブルの下で蹲る少女は、その胸に物理学の参考書をきつく抱いていた。ぼくは直感した。あのコート姿の人物が狙ったのはこの子だ。この少女は将来、科学者になるのだろう。そしてぼくたち生物の進化について、新たな理論を打ち立てるのだろう。

静かだった。まだ世界は次のアクションへと動いていない。だが関所はよこしまな知的設計者の思うままにはならなかったはずだ。あと数秒もすればここはひっくり返したような騒ぎになるだろう。ぼくも警察にいろいろ事情聴取されるだろう。二四年前の爆破事件との関連が調査されるだろう。それまでのほんのわずかなひと呼吸だ。しかしそれはぼくたちが進化の道筋を行くためのブレスなのだ。

ロボットは世界のすべてを把握はできない。でも、二回目ならなんとかなる。ほとんどロボットである人間も、いや、ほとんどロボットであるからこそ、そのくらいの知能は持ち合わせているのだ。

海から連絡があったのは、その日の夜だった。すぐに展示会場へ来てと海は切羽詰まった声でぼくに伝えた。海は悪戯をするが、欺くことはない。ぼくは予感を抱いて汐留の展示場へと向かった。途中、いくつかの小さな化石の前を通り過ぎた。高層ビルが建ち並ぶ区画の地下街は、世界観の交差点でもあった。ぼくは途中で一度だけ歩を止めて、すべてを見渡した。小さな化石が浮かび上がった大理石の壁たち。平面に切り取られたかつての生命たちが、十二の方位からぼくを囲む。あり得たすべての風と、あり得たであろうすべての風が交叉するビルの峡谷の底。一息の間、そこに留まり、胸に手を当てて自分の鼓動を聞いた。

ギャラリーの入口で、海が待っていた。

翼を広げた二枚の絵が、ぼくを待っていた。ぼくのコートのポケットに取り残されたあのときの絵ではない。海はフレームの中から自分の描いた絵を消し去り、その平面の向こうに〈BREATH〉のレイヤーを重層させて、合わせ鏡のように互いのレイヤーから向こうの世界に影を落とす技術を開発していた。ぼくは海に促されて、その前に立った。そしてぼくは気づいた。

フレームの向こうに、ぼくは花を、ロボットを、そして琉美を見た。

「ここはどっち回りだろうね」

　ぼくは声を詰まらせながら呟いた。彼女も呟いているようだった。

「好きなほうを指差して決めよう。そっちの側から中に入る」

　ぼくたちは互いにオーケイと答えた。ぼくはほとんど間違っていた。琉美はほとんど正しかった。なるほど、ぼくたちはほとんどロボットかもしれない。しかしやはりほとんどは生命だ。ぼくたちは関所を越えて進んでゆく。物理化学の法則に決定されながら、こうして環境を変え、生命を変えてゆく。ぼくたちは似たもの同士だが、同時にこんなにも世界観は違う。そのことに気づくまでぼくはいったい何年を費やしたのか？

「せーの」

　ぼくたちは同時に指し示す。ぼくたちの腕はもう互いを遮断しない。また十二の方位めぐらすあの遙かな空から、ぼくたちを織りなす生命の実体が吹くだろう。まだぼくたちは散りぢりになりはしない。

　一息の間、ぼくたちは留まる。

# 鶫（つぐみ）と鶸（ひばり）

事実——一九二九年、マルセル・ブイユー＝ラフォンによって買収されたラテコエール社はアエロポスタル社と改称、南米での郵便航路拡大にさらなる力を入れていた。かつてヴェルダンの闘いで名を馳せたディディエ・ドーラはその開発部長として、彼が育て上げた飛行士たちを要職に就かせた。仲間からヘラクレスと呼ばれた飛行士ジャン・メルモーズはブラジル、パタゴニア、チリ、パラグアイ等の新規航路の開拓者として。『南方郵便機』を著したアントワーヌ・ド・サン＝テグジュペリはアルゼンチン、ブエノス・アイレスへ。ドーラがもっとも信頼をおいた、空を耕す農民の如きアンリ・ギヨメもやはりアンデス越えの航路拡大のため南米へ。フランスからモロッコを経て西アフリカのダカールに至る航路、そして南米の最南端からリオ・デ・ジャネイロ、ナタールへの路線は、それぞれ確実に開拓されつつあった。だがアフリカと南米の間には、まだ三千キロの大西洋が横たわっていた。

幕が上がる――

一九三〇年四月一一日未明

舞台袖で五〇歳前後の女性が黙々と編み物を続けている

冷気に身が震えて、男は眠りから醒めた。

ベッドの中で温もりを求め、傍らに寝ている女へと手を伸ばした。掌に強く尖った乳首が当たり、夢うつつの中で乳房を包もうとして、不意に生魚の臭気を感じ、目を開いた。男は上体を起こし、全裸の女を見つめた。理性よりも身体が先に動いていた。自分が女の名を呟いていることに気づき、数時間前まで彼女を抱いていた記憶を取り戻した。月明かりが窓から射し込んでいる。カーテンも閉めず愛し合ったのだ。彼女の肌は湿っていたが、その瞳だけは白く濁り、潤いはなかった。

男が眠りに就いた後、すぐに薬を飲んだのだ。マリーだった肉体は、いま男が寝ていたシーツの凹みに顔を向け、片手を伸ばしたまま呼吸を止めている。最後に彼の巻き毛を愛撫し、彼の寝顔を見たのだろう。

婚約者ができたことを手紙で伝えていた。夜が明ければマルセイユにジルベルトが到着する。セネガルへ飛び立つのを見送るためにやってくるのだ。その前にすべてを清算しようと、彼はリヨン駅に降り、友を誘いマリーと三人で飲んだ。

――ひとつだけお願いがあるの。最後の今夜は私と一緒に過ごしてくださいね。

彼を見据えて囁いたマリーの唇は、すでに黒ずんでいた。

彼は裸のままベッドから退いた。肉体が張り詰めたまま再び震えた。乳房に触れた右の掌に冷気が残り、腕を遡って彼の心臓まで達しつつあった。彼は拳を握り、己の脈と、血の温かさを思い出そうとした。

衣類を身に纏い、隣室の友を起こした。部屋に入ってきた友はベッドのマリーに気づいて絶句し、そして飛行士の顔を見上げた。

時間は止まることはない。どんな荒天に遭遇しても、針を戻すことはできないと彼は知っていた。時間はすべての飛行機から燃料を奪い取ってゆく。空はつねに移り変わってゆく。

窓の外では西南西の低い位置に月が輝いていた。あと半時間で夜空は白み、月は底光りの向こうへ隠れてゆくだろう。鶫の囀りが聞こえるだろう。

「急いで警察にいってくれ、マックス」

しかし、ジャン、といって戸惑う友を男は制した。

「できるだけ早く手続きを終えたい。満月を逃すわけにはいかないんだ」

飛行は遊びではない。真の目的は、望む地点から出発し、望む地点に到着することだ。それがすべてだ。

サイダの訓練部隊に所属してしばらく経ってから、あの男が友人たちにそう語った――とディディエ・ドーラは聞いている。

この世で唯一、自らの意思で変えられるものは己の信条だ。ドーラは訓練生たちに何十年もそう伝えてきたし、それ以外に伝えるべきものはないとも考えていた。天候に比べればなんと御しやすく柔軟であることか、己の意思は。あの男は訓練部隊で友を得て、そして友と同様に己を人間なるものに取り戻した。彼らはいまドーラのもとでフランス＝アフリカ＝南米の路線開拓に没頭している。

ジャンがラテコエール28・3号の片方の浮舟に飛び移った直後、朝五時の靄が晴れた。曙光が雲の向こうから天へ上った。

白く霧の立ちこめるベール湖の水面に無数の輝きが広がり、茜色に塗装された真新しい水上機の側面と飛行士ジャン・メルモーズの横顔が、わずか数秒だけ浮かび上がった。

それを目の当たりにしたとき、ドーラは若かったころの自分を思い出した――まだ身体がぎしぎしと軋まず、飛行士として機体を操ることのできた時代の自分を。いま彼は老い、筋肉質の小さな筐体だけが自分を縛る檻として残った。しかし光を浴びた機体と教え子の姿に、開発部の統括責任者であるドーラは腹の中の重石がごとりと音を立てて、この世界を後戻りできない方向へと動かしはじめたのを感じたのだ。

　くわえ煙草を湖に投げ入れ、口を真一文字に結ぶ。残光を孕んだ機体と飛行士が巨きく見えた。男の情婦が昨日亡くなったことをドーラは知っている。彼の立ち振る舞いにその影は微塵も見えなかった。

　飛行士が機体から梯子を下ろす。通信士のジミエと観測士のダブリが浮舟に移り、最後にドーラが乗り込んだ。ジミエとダブリはすぐさまコクピット後方に設置されている機材の前へと向かった。ドーラが後部座席に腰を下ろしたのを見届けてから、飛行士は一度だけ外を見渡し、扉を閉めた。彼はもうドーラに顔を向けなかった。左の操縦席に大柄な体躯を押し込め、準備を進めていった。

　エンジンが頼もしい轟音を上げる。安定した振動は心地よく響き、絞り弁のわずかな調整にもすぐさま応じてみせた。

　試験飛行に際し政府は単発エンジンによる大西洋横断を却下しようとしたのだ。しかしドーラはそれをはねつけ、より大型のエンジンを搭載させることで許可を勝ち取った。すでにこの試験機は一カ月前に四三〇八キロの距離を三〇時間二五分で飛行し、その性能を実証している。アフリカから南米大陸までの区間を一千キロも上回る数字だ。

絞り弁が全開になり、機体は加速してゆく。男が昇降舵を上向けると、機体を支えていたふたつの浮舟は水面を軽々と振り切り、空中へと滑り出した。そのまま機体は風に向かって加速を続け、最適上昇速度を獲得した。そして一気に飛翔した。そのすべての動きをドーラは椅子に凭(もた)れながら感じていた。エンジン音は天へと向かう鳥の歌声のように響き渡った。

この機体が有史以来はじめて南大西洋を開拓するのだ。

三年前、ウルグアイの四人の男が南大西洋の大陸間横断飛行を試みた。二カ月後、フランスの飛行士と整備士がパリからアメリカへ向けて飛び立ち、行方を絶った。それからわずか数週間後に、アメリカの若者リンドバーグがパリへの北大西洋横断を成し遂げた。塗り替えられる記録。熱狂的パレード。摩天楼に散る紙吹雪。またひとり英雄の誕生。

北はつながったのだ。しかし南はまだ残されている。

ドーラの育て上げた飛行士たちはフランスのトゥールーズからセネガルのダカールまで二日間の無着陸飛行を完成させていた。同じく南米ではブエノス・アイレスからブラジルのナタールまで二日間の便がすでに動いている。計四日で一万キロをカバーする航路だ。しかしダカールからナタールまでの三千キロには、いまもって十日間もの船旅を強いられている。

それを二四時間、いや、二二時間に短縮する。あの男――ジャン・メルモーズは二年前、パリのシャンゼリゼ通り沿いに聳え立つ赤いネオンサインの社屋でドーラにそう確約した。ラテコエール28号はスペインを越え、ジブラルタルを渡り、タンジールから海岸沿いにカサブランカを抜けてゆく。舞い上がる砂塵が大気を覆い、真綿のように美しい波頭を掻き消すこともあるだろう。海岸から内陸へ、風に沿って流されてゆけば、そこには乾ききった大地が広がる。熱気を浴びてエンジンが焼けつき、火を発することもあるだろう。

だが、とドーラは心の中で呟く。飛行士たちよ、どんな天候であろうと飛ばねばならない。勝たねばならない。いかなるときでも完全な機体はありえぬ。世界の只中で、われわれはつねに不充分な機体で現在を確保し、未来を準備せねばならない。

早朝、セネガルのサン＝ルイで重量二〇〇キロの郵便物がラテコエール28号に運び込まれ、二四〇〇リットルのガソリンがタンクに満たされた。

メルモーズはその様子を間近で眺めていた。郵便物を入れた大きな袋を積み込むときは手も貸した。自分が運ぶ言葉の重みと手触りを確かめるのが彼のつねだった。

二隻の護衛艦が航路上に配置されるとの最終報告がもたらされ、ドーラは離陸の許可を下した。

ほぼ正午に男たちは出発した。ドーラはそのエンジン音をサン＝ルイのオフィスで聞いた。まずはまっすぐ南へ、そして旋回して西へ。

エンジン音が遠く消えてゆくまで、ドーラは立ち上がることなく書類にサインを続けた。彼の仕事はすべての郵便航路を統括することだ。ラテ28号だけが特別ではない。しかし彼は眉間に皺を寄せ、わずかに立ち現れる不安を抑え、煙草をしきりに吸い続けていた。

扉と廊下を隔てた向こうでは通信士らがタイプライターを叩いている。ひとりの技師が入ってきて電報を差し出した。まだ若者だ。最近になってセネガルへ赴任してきたのだろう、慣れない陽射しを受けて鼻先が赤く擦り剝けている。

ドーラは文面に目を落とした。クルソー飛行士がブエノス・アイレスを発つとの知らせだった。現地の開発部長を乗せて、ナタールまでジャン・メルモーズを出迎えにゆくという。事前に知らされていた飛行ではない。ブエノス・アイレスにいるマルセル・ブイユー＝ラフォン社長が強硬に指示したのだ。

ドーラは紙片を青年に差し戻した。この男はクルソーと会ったことはないのだろう。

「ふたりは旧友だ」

それだけ言葉を添えて青年を退室させた。通信士は曖昧に了解して部屋に戻った。

背後の窓がこつこつと鳴った。桟を引き上げて入ってきたのはカニクイザルのブブだった。トゥールーズの《グラン・バルコン》で飛行士たちからずっと可愛がられてきたマスコットだ。ものまねが得意で、客の仕草をよく演じて見せていた。ドーラが育てた飛行士たちは、よくホテルのラウンジでブブと寸劇に興じ、おどけていた。

ブブは片手で空き缶を抱えながら、書棚のてっぺんまで素早く駆け上がってゆく。ドーラを見下ろして空き缶の中のココアを啜った。ドーラは思い出す。メルモーズも飛行訓練生のときはココアを少しでも多く飲もうとして、規格外の大きな空き缶を持ち、よく酒保に足を運んでいた。

ブブが首輪の鎖を鳴らした。陽射しはじわりと朱く霞み、室内が翳った。

再び通信士が入ってくる。青年はブブの存在にまったく気づかない様子だった。

「読んでみろ」

ドーラは最後の書類に目を落としながらいった。顎を撫でると髭が伸びてきているのがわかった。夕刻になるといつも目立つのだった。

青年は立ったまま躊躇いがちに、マルセイユから転送されてきたその内容を読み上げる。文法の復習のように一字一句を声にしてゆく。

《私のジャン　私はおまえと一緒です――段落――ママン》

ドーラは顔を上げた。紙片を受け取り、文面を確かめた。青年は辛そうな表情でドーラを見つめている。

――七時間も前に……、この人はまだ息子がベール湖にいると信じて……。

「ラテ28号にすぐ伝えろ。いまなら大西洋上であの男は母親の言葉を聞ける」

——しかし……、彼女は自分の息子の愛人が亡くなったということを知っているのでしょうか。それも、同じベッドの中で……、婚約者がやってくるその日の朝に……。

「伝えろ」

通信士はすぐさま戻っていった。

その足音を聞き届けてから、部屋に残ったドーラにブブがいった。

——おまえたちはいつも煙草を吸っている。女も男も、夜も昼も」

ドーラはブブの声をはじめて聞いた。

ドーラは答える。

「空では別だ」

「煙草は地上のためということか。抜け殻になりそうな自分の正気を保つために？」

ドーラは黙っていた。ブブがくしゃみをして、首輪の鎖が鳴った。

「おまえは憶えているだろう。あの男メルモーズも、クルソーも、おまえがモントードランの飛行場で育てた」

「……あの男は最初の飛行でアクロバットを誇示して見せた。だから私は荷物をまとめて故郷へ帰れといった」

「その後もあの男は麻薬と女に溺れた。冒険心と征服欲からも離れられなかった」

「すでにあの男が乗り越えた時代だ」

「だが、いつでも人はその若き時代を繰り返すものだ」

ドーラは無言で認めた。あの男だけではない、郵便航空事業そのものにも、彼と同じような若き時代があった。今後もそれは繰り返されるのだろう。うぬぼれと排斥の時代、他者の評価を怖れて正当さにすがりつく未熟な時代……。

「あの男はかつて詩を口ずさんだそうだ」

世間話のような口調だった。ドーラは会話を切り上げたかったが、ブブは寂しさを紛らわしたいのか饒舌だった。

「夜明け前、友たちと酔って宿へ帰るとき、あの男はよく歌っていた」

「知っている」

ドーラはいつも夜明け前に車で飛行場へ向かった。若者たちの泊まる《グラン・バルコン》はその途上にある。若者たちはまだ暗い舗道でふらふらとたむろし、くわえ煙草で歌っていた。

「ドーラ、おまえは歌わないのか」

ドーラが応えなかったので沈黙が降りた。書類の最後まで目を通し、サインを書き入れ、煙草を吸った。むろんブブが尋ねていることの意味はわかっていたが、三分以上続く会話をドーラは好まなかった。短く言葉を押し出す。

「……歌うのは彼らだ」

「いつの時代でもおまえはそういう」

ブブは缶を抱えたまま棚から降り、ドーラの机上に座った。

「ブエノス・アイレスのサン＝テックスは、おまえのことを書く」

そのこともドーラは知っていた。『南方郵便機』を書いたその男はジャン・メルモーズの知人であり、そしてドーラが育てた飛行士のひとりでもあった。

ドーラは生涯にわたってその本を二度だけ読んだ。いまこの時点ではまだ一度だ。なぜ一度で止めたかといえば、『南方郵便機』の主人公ベルニスが絶望に魅惑されてゆくからだった。ド・サン＝テグジュペリ――あの飛行士は必ずドをつけてサインをした――が今後このような厭世的な失墜を書かないようドーラは願っていた。ベルニスの絶望はただ小説という形態への譲歩にすぎない、と彼は感じていたのだ。もしド・サン＝テグジュペリが出版の成功に甘んじ、飛行機乗りであることを止め、小説というジャンルのみに閉じてしまえば、彼の小説はそれだけのものになってしまうだろう。だが真実の世界は天と同じだ。なぐさめのために嵐が消えることはない。

「夜についてのその物語で、サン＝テックスはおまえを冷血で苛酷な指導者リヴィエールとして描くだろう。一切の感情を圧し殺し、自分の育て上げた若者に対してはどんな些細な慢心や過ちも赦さず、未来を創るべき重石としてオフィスにひとり構え、世界のすべてを律し、若者たちの到着を待つ――おまえは超人の象徴として、いわば神として描かれるのだ。サン＝テックスはおまえの信条をこう書く、彼にとって人間は捏ねなければならない生のままの蠟であった、この物質にひとつの魂を与え、意思をつくり出してやらねばならなかった――また批評家は描かれたおまえをこう評価する、人間を鍛え上げるものなら相手への屈辱も含めて何でも利用する男だと」

「屈辱が人間形成のひとつの方策でありえた試しはない」ドーラはいった。「少なくとも私はそのような方法を知らぬ。これからもだ」

「人の心に生き続けるのはおまえの思うおまえではない。語り継がれるのは演じられたおまえだ」

「そんな方法は知らぬ。それだけの話だ」

「友は死んでゆく。サン＝テックスは未来を奪われてゆくぞ。想像力は人を怯えさせるものだ。あの男――ジャン・メルモーズはこれから英雄となる。あの男はアンデス山脈を前にして死を想像し、引き返したこともあった。おまえはあの男の心から詩を削り取ることで死の想像を奪い、あの男を利用し、航路を拡大した。しかしあの男は再び征服欲に酔うぞ。おまえが育てたあの男は神話を再び求めるようになる。そしてやがてはファシストとなり、英雄としての名声も、すべて死とともに失ってゆくのだ」

「詩は奪えぬ」ドーラはきっぱりといった。「もしそうなのだとしても、私が取り上げたのはわずかにかりそめの想像だけだ」

ドーラは会話を切り上げた。

ブブもようやく口を噤んだ。

短くなった煙草を最後に強く吸い、ドーラはそれを灰皿で揉み消した。もだえるように立ち上る煙が幾重にも重なった。他の世界でも老いたドーラはこの夜に煙草をふかしているのだ。飛行の黎明期と随伴した男、大戦後にジェット機の時代を生きた男、宇宙探査機の行方を制御室で見守った男、それらすべての時代のドーラが押しつけた煙草の残像は、重なり合って消えた。

窓を振り返り、薄い薔薇色の夕暮れを仰ぐ。ブブが静かに呟いた。

「今夜は荒れるぞ……」

ブブは空き缶に残ったココアを啜り上げた。その渦とともにドーラのオフィスは回転し、ブブの口へと吸い込まれた。

飛行機は封書を運ぶ飛行士たちにも言葉を届ける。

日没して半時間後、四方を砂丘と禿げ山に囲まれた砂漠の空に、エンジン音が響いた。西からの風は山に遮られて音を運ばない。飛行機は峰を越えてパルミラにその姿を現すまで、その気配をテントの中の男たちに知らせることがなかった。

飛行機は緩やかに最終のアプローチに入り、舗装されていない滑走路の左側の空を回って、赤茶色の大地に降り立つ。そのまま機体は吹き流しの脇を過ぎてテントの前まで進んでくる。操縦席から飛行士が立ち上がって大声で叫ぶ。

「郵便を積んできたぞ！」

たちまちテントの中から男たちは飛び出し、我先にと荷袋へ群がり、中から自分宛の手紙の束を探し出してゆく。パルミラは朽ちかけた神殿跡だけが遺る大地だった。

あまりにも広く、どこにも隠れるところのない空はつねに頭上を覆い、地上で動くものは無言のキャラバン隊と砂まみれの放浪者と野犬、そして飛行場の境界の向こうで見つめているベドウィンの歩哨だけだった。当時フランスからベイルートを経てダマスカス、そしてこの地への航路は想像を超えて遠く、幾度もそれは断絶し、手紙を止めた。メルモーズとクルソーは揃ってテントから駆け出し、三週間ぶりの手紙を競うようにして漁った。そして互いに便箋の束を抱え、他の男たちと同様、笑みを浮かべて散っていった。すでに空は翳(かげ)り、わずかに残された光を手掛かりに、ある者は複葉(ふくよう)の翼の脇で、ある者はギアに凭れて、そしてメルモーズも機体のそばに腰を下ろし、母からの手紙を数えた。

手紙が届けられたときの飛行場は、一日の間でもっとも静けさを取り戻し、大地の囀(さえず)りを取り戻す。人の声はそれぞれの手紙の中だけにそっと灯り、言葉は文字に結晶して、人の吐息は〝意味〟というしがらみを棄ててアフリカの大気とひとつになる——やがて夜の静寂は飛行士たちの目から記述された言葉も覆ってゆく。それでも男たちは手紙の先を読みたいと願い、無意識のうちに顔を上げて四方の丘と空を眺め、瞳を慣らそうとする。だがついに飛行場の篝火だけが地上と空の境界となり、男たちはテントの中へと足早に戻ってゆく——言葉を反芻し、そして返信を書くために。

彼の母親は故郷の病院で看護婦長をしていた。彼がはじめて夜を飛んだときも、はじめて南米のアンデスを越えたときも、母は無料の診療施設で天から自分に与えられた職務を全うしていた。彼は子どものころからたくさんの手紙を母に送った。

パルミラの砂漠は冬季とはいえ苛酷だった。この地に赴任してからメルモーズは、手紙の中で母を諭すようになった。いつまでも祖国の小さな町で日々の仕事に明け暮れ、息子をおろおろと案じる母を想い、メルモーズは子どものようにあやした。

彼はときに空中で担架兵となった。砂漠をゆく飛行機がベドウィンに襲撃される時代だった。むき出しの大地に墜ちた飛行士と通信士は、地表を移動する小さな知能の集団によってむしり取られた。〝社会〟を身に纏ったその知能は火を放ち、虐殺し、漁った。砂漠の中でその知能は彼の知る知能ではなく、それは彼が運ぶ郵便の言葉たちとは切り離された現象であり、むしろ風や熱や乾きと同様にこの世界が生み落としたひとつの無情であるようにさえ思えた。

彼は言葉というものがわからなくなることがあった。自分の語り、書き綴る言葉はこの惑星の上のごく限られた場所でしか機能しえず、その点をひとつずつつなぐ飛行機でさえ航行中は言葉を世界に呑まれてしまうのではないかと思ったこともあった。彼は仲間を救助するために何度も飛んだ。あるとき飛行機の中で軍医たちが仲間に救急処置を施す間、彼は何度も心の中で母を呼んだ。彼はそのことを後に母へ書き伝えた。《高度一二〇〇メートルで、ママン、欠けているのはあなただけでした》――。

母からの伝言を、彼はポ・ト・ノワールの入口となる上空で聞いた。

「わかった」

と一言だけ通信士ジミエに返した。

まっすぐ先を見つめ、彼はラテ28号を制御し続けた。

不意に、ハンドルを握ったまま、涙が溢れてきた。母の顔が、妻となる女性の顔が、月光に照らされ白く冷えたマリーの顔が、次々と脳裏に浮かび、熱い涙を抑えることができなくなった。航空無線が母の言葉を伝えたことに、彼は突如として心を揺さぶられたのだ。ふだんは事実と確認と指令のみの無線が奇跡を運んできたのだ。彼は涙溢れるまま両肩に力を込め、攻撃の姿勢を取った。

「壁がくる」

彼は鋭く叫んだ。後方ですでに通信士ジミエと観測士ダブリも世界の変貌に気づいているはずだった。

ポ・ト・ノワールが人類の名づけたアフリカの果てだとすれば、ここから先は赤道を越えてセントポール群島まで〝意味〟の棄てられた海だ。そしてポ・ト・ノワールの向こうには、いま巨大な積乱雲が立ち上りはじめていた。数分前まで緑色に輝いていた空は、たちまちのうちに巨大な太陽さえ完全に遮り、西のすべてを灰色の雲で覆い尽くしつつあった。彼は迫りくる壁と黒い海面の間を見据えた。灰色の紗（しゃ）が刻々と厚く折り重なり、海と空の境界を掻き消そうとしている。耳に雷鳴が届いた。残映の空よりも黒い壁はすでにラテ28号をつかみ取るほど成長し、彼が仰ぐとその頂上は鉄床（かなとこ）のように広がり、貪欲に星々の領分まで呑み込もうとしていた。

天の知性によって配置された星々を。

彼は絞り弁を全開にした。一瞬、地球の向こうへと遠ざかりつつある太陽の光が、彼の真正面にほんのわずかな薄明を浮かび上がらせた。彼は見た。ゆく手の左右に天から地獄まで突き立てられた巨柱がふたつ聳え、その間にかすかな回廊が通じている。

直後、すべては闇に覆われ、太陽は去った。

機体を降下させ、斬るようにしてその隙間へと進んだ。エンジンが唸りを上げる。ささくれ立つ黒い海面は雲の下部に入ると闇で見えなくなり、無数の重々しい雨粒がいきなり窓の向こうで弾けた。機体は豪雨の只中に入った。

彼の全身は機体と同様にばちばちと音を立てて震えていた。声を発しても掻き消されるだろう。意味ある言葉はすべて呑み込まれるだろう。だが彼は自分が愛によって護られているのだと感じた。母からの愛、妻からの、マリーからの愛、そのすべてであり、しかしそれだけではないと彼は感じていた。機体の隙間から飛沫が生きた蛇のように入り込んでくる。ハンドルを握る手に激しい抵抗が伝わってきていた。大気はすでに濁流よりも堅い。

機体が暴風で叩きつけられた。彼はハンドルと絞り弁を握りしめた。眼前に地球の中心よりも冥（くら）い巨大な穴が迫ってきた。穴ではなく海面だとわかった瞬間、彼は反り返ろうとする力に抗していっぱいに垂直尾翼を切った。片方の翼が吹きすさぶ波頭の先端を掠（かす）め、機体の底部で何かが大きな音を立てた。アンテナがもぎ取られたのだ。

彼は全身に力を漲（みなぎ）らせ、ラテ28号とともに上昇した。

自らの背後に積まれた二〇〇キロの言葉たちの歌声を聞いた。

夜のオフィスの中でドーラはブエノス・アイレスのことを思った。

自分がそこへ遣った飛行士ド・サン＝テグジュペリは、この街を映画の書き割りのようだと思っていた。緑の街路樹もなく、建物はどこも平面的で、人は虚栄の中でふるまい演じていると考えていた。彼はこの街の夜景さえ気に入らなかった。

やがて彼は、夜についての物語を書くことになる。

夜九時を過ぎると彼はブエノス・アイレスの地でいくつかの人生を選んだ。ある夜はぞんざいな社交界でぞんざいに遊んだ。ある夜は舞台の大道具のように組み立てられた部屋の中で、作家となった。彼は自分がその地で小説を書き始めたことをナイーヴに母へ告白し、その冒頭を手紙にしたためて送った。誰よりも先に、母に。

ドーラはどのようにして小説というものができあがるのか知らない。だがこの飛行士は舞台の大道具のような室内で、自分の書き綴る紙の中だけには偽物でない世界を見出していたのかもしれない。ただし母に送った小説の断片は、最終的に削り取られてどこかへと消えた。夜についての小説を後に出版するとき、母へ書き送った言葉の連なりは除いたのだった。遠くブエノス・アイレスからフランスまで、仲間の飛行士たちによって運ばれた言葉たちを。

ある夜は飛行場の集会室で仲間とブリッジに興じた。ドーラは態にも似たその作家の手を思い出す。反り返った古いカードがシャッフルされるごとに、未知の組み合わせが未来をかたちづくる。作家はときに不器用にもカードを数枚取りこぼすが、それも愛嬌のうちだった。作家には人を驚かせる機知と、相手の注意を巧みに逸らし、再び惹きつける天性の能力が備わっているらしかった。

「カードにはさまざまな切り方がある」

集まった男たちはいつでも期待の目で彼の手先を見つめる。これから彼が新しい手品を披露することを知っているからだ。東洋の方法はこれだ、ヒンズーというのだが、と作家はその切り方を実演してみせる。

「そういえば、ヒンズーからさらに東の国では、私たちとは違った世界の認識がある」と作家はカードを切りながらいう。「鶇は極東の国では〝口を噤む鳥〟の名で呼ばれる。それは鶇が冬の鳥で、その寒い気候では鳴かず、繁殖期の春先になると渡っていってしまうからだそうだ」

——鶇の春の鳴き声を知らないのか？　可哀想なことだ。

ひとりの若き通信士が呼び出される。部屋の後方から歩み出てきたその青年は、顔を上気させている。青年は赴任してきたばかりで、作家の手品を見るのがはじめてなのだ。作家は青年にいう、いまからカードを上から下へ一枚ずつ落としてゆく、途中で自由にストップをかけてほしいと。

青年が声に出すと、作家の両手の間でカードは時間を止める。五二枚のカードはすべて少しずつ離れたまま宙に浮かぶ。それだけではなくカードは上へ、下へ、作家の両手を越えて無限に続いてゆく。

夜も止まっていた。

男たちだけでなく、部屋を越えて夜のすべてが止まった。室内にあっても人は星の動きが止まったことがわかるのだとドーラは知った。

ブブが男たちの間をゆっくりと進み、作家の両手に広がる無限のカードを見つめた。

そしてドーラにいった。

「おまえならどれを引く」

ブブは手を伸ばし、一枚を引いた。カードは裏向きのまま音も立てず大きく広がっていった。カードの平面から上下へと一斉に空間が伸びてゆき、世界をつくった。

「いつの時代のおまえにもなれるぞ。どの時代の勝利者にも。リヴィエール、どのカードを引く」

星が瞬き、空気が動いた。窓が震え、ブエノス・アイレスに嵐が戻った。男たちの姿も消えた。

通信士が扉を開けて入ってきた。ドーラはサン＝ルイとブエノス・アイレスに同時に存在していた。ドーラは青年の口からジャン・メルモーズとの連絡が途絶えたことを聞いた。そして青年は呼吸を置き、クルソーの飛行機もモンテビデオの沖合で消息を絶ったといった。

ドーラはいくらか成長したその青年を見上げた。

青年の口元には頼もしく引き締まった皺が刻まれていた。もはや鼻先は日焼けで赤剝けておらず、かわりに彼の顔には黄色い砂が幾重にも擦り込まれていた。衣服は何度も洗濯され、厚くなった彼の胸板になじみ、彼の職務に適うものになっていた。

――ムッシュー・ドーラ。

何年もかけてつくり上げてきたはずの青年の顔が苦しげに歪んだ。

――ムッシュー・ドーラ。私は……私は……通信士です。

わかっている、とドーラは目を逸らさずにいった。青年はその視線を厭がって目を細めた。

――人はいつかこの天候を支配できるようになるでしょうか？　災害を防ぐために、この地球を私たちが制御できるようになるでしょうか？　大気を動かす空気の粒をひとつひとつに至るまでこの手で動かすことができれば……。あと一千年も経てば可能かもしれない。そうなれば私たちは誰も死なずにすみます。私は……私は……もしあなたが……。

「部屋に戻れ。仕事を続けろ」

ドーラは表情を変えずにいった。夜明け前には嵐が過ぎ去るだろう。モンテビデオにはブエノス・アイレスから救援艇がすぐさま飛び立ち、赤道近くでは護衛艦がラテ28号への通信を続けるだろう。しかし夜明けまでにはまだ五時間もある。決して省略はされず、機体の燃料を消費してゆく五時間もの夜が。

通信士の身体が揺れていた。複数の影が互いにぶつかり合っているのだ。ドーラは青年を見据え、動かなかった。ドーラが動けば青年はばらばらになる。

青年は、吐き出しかけた心の内を呑み込む。一度だけ青年は目を逸らし、俯いた。ドーラはその痛みを共有した。

——わかっています。ただ、ときどき……。私たちは人間ですから……。

青年は呼吸を整える。すぐに己を取り戻し、成長した自分を再び拾い上げて、規律の中へと還るだろう。ときに夜は魔法を解く。この世界のどちらが本当のおとぎ話なのか、不意に混乱させてしまう。

ドーラは思った。フランスの男たちは故郷を離れ、まっさらな大地にひとたび降り立つと、魔法によって育てられる。剝き出しの地表に根を下ろした人間社会の生命力にはじめて気づき、うぬぼれや虚栄や渇望といった奇妙な生き物を長い年月で産み落とした魔法がこの世界にあることを知る。しかし魔法なるものが現実である世界はひとつしかない。子どものおとぎ話の中だ。

ならばここはまったくおとぎ話の中なのだろう、とドーラは思う。そしておとぎ話の中だけが未来とつながっているのだ。しかしアフリカの乾いた夜と、南米の湿りきった夜はその魔法さえ解いて、どこからどこまでがおとぎ話なのかをわからなくさせる。この世界がおとぎ話なのか、それとも世界の中で自分だけがおとぎ話を夢みているのか、どちらが表でどちらが裏か幻惑させる。いまこの青年にとって自分はどちらの側だろうか、とドーラは思った。

青年が退席すると、深夜の冷気が再びオフィスに戻った。ドーラは皺だらけのコートを羽織り、くたびれたフェルトの帽子をかぶった。室内であっても気温が下がったときはこのふたつを身につけるのがつねだった。煙草を強く吸う。眉間に刺激が残った。

作家にとってのメモや便箋が、ある者にとってはこの紫煙なのだろう。言葉としては残らないが、大気を少しばかり揺すり、その航跡を数秒間だけ吸った人間に気づかせてくれる。

「おまえは孤独なのか、ドーラ」

ブブがいった。

「おまえは歌わない。おとぎ話の中で韻を踏むこともない。おまえは子どもたちに絵本の中で歌わせて、自分は口を噤んでいる。春の訪れを子どもたちに見つけさせて、自分は春の嵐のさなかにも押し黙る。身体は石となって動かなくなったか？」

ドーラは煙草をもう一度呑んだ。自分がかつておとぎ話をどのように読んでいたのか、うまく思い出せなかった。育て上げた若者たちの顔が浮かび、その眩しさに目を細める。爬虫類の皮膚にも似た冷たさのオフィスの中で、天井から下がるひとつの電球に照らされながら、あの青年と同じように顔をしかめる。

部屋はひとつの装置だ。四角く仕切られたこの質素な空間は、壁にすべての機能が貼りついて、それぞれが調和し、ドーラ自身を照らしている。書棚、すべての重みを支える床、夜の闇をかいま見せる窓。気づかぬうちにそれらは時代とともに様変わりしてきたのだろうが、ドーラにその変化は読み取れない。ただ静止して、最小限の機能を果たし、窓ガラス一枚を通して夜とつながる。機能は壁に囲われて閉ざされるが、夜と光だけは内と外で無言で会話している。

ドーラは若者たちの名を心の中で挙げてゆく。メルモーズ、クルソー、サン＝テグジュペリ、ギヨメ、彼らはみな一九〇〇年を過ぎてから生まれてきた男たちだ。物心ついたときにはすでに飛行機は空中で旋回し、内燃機関でブレードを駆動させていた。飛行機が夢ではなく手段である世界で育った。自分はどうだっただろう、ライト兄弟が空を飛んだとき、すでに思春期を迎え、兵士への道を決意していた自分は？

「ブブよ」

とドーラはいった。老いた声だと自分で感じた。

はじめて自らブブとの会話を続けようと思った。ブブがいつつくられたのかドーラは知らない。だがドーラが生きるこの時代、すぐさま燃えて朽ちる航空機が瞬く間に姿を変えていったように、シンバルを叩くおもちゃがいつのときにか自在に動けるようになることは理解できた。

「ブブよ、おまえは孤独を感じるのか」

ドーラの一言に、ブブは身を強張（こわば）らせた。弄んでいたカードを両手から取りこぼした。赤と黒で書かれた数字やマークがばらばらと床に散らばった。

ドーラはブブのもとへ歩み寄り、身をかがめてカードを拾い上げた。彼の脳裏にいくつもの飛行機の姿が蘇った。木と布で張り合わされただけの代物がやがて機銃を積み、郵便物を乗せ、そして音速を超えてゆく。ドーラがこの世界から消えるまでに、人類は月へ到達するだろう。ドーラは手にしたカードに吸い込まれそうになり、傍らのブブに目を向けた。ブブの瞳が音速を超えて空気を裂き、彼のもとへと突き進んでくる幻を見た。

脱進機がかちりと硬質な音を立てた。蓄えられた力が放たれ、夜のギアがひとつだけ前に進んだ。

＊

**舞台の端で編み物を続けていたメルモーズの母は、顔を上げる。**

**夜明けの鳥の囀りに彼女は耳を澄ます。編み棒から紡ぎ出された宇宙は彼女の膝から溢れて床へと垂れ、無限に続いている。彼女はそれをたぐり寄せて胸に抱く。**

＊

そしてメルモーズの妻ジルベルトはベール湖の畔（ほとり）で顔を上げた。

彼女は未来の良人（おっと）が自分に向けて放った言葉を囁いた。

「誰も俺の危険な長距離飛行を諦めさせることはできない」

――わたしが飛行機の前に身を投げ出しても？

「一五トンの積み荷があったとしても、俺はおまえを踏みつけてゆく」

彼女はその言葉を何度も囁く。言葉の意味が消えて音階になるまで。言葉の意味を受け入れてさらに愛せるようになるまで。彼が英雄になり、すべてが意味を失うまで。

＊

そして白く朽ち続けるマリーは裸身を震わせ、上体を起こした。硬直した乳房は過去と未来を向き、白く濁った瞳は焦点を失い、目尻からは合成樹脂のアクチュエータがわずかに覗き、シーツに接していた頬には屍斑が広がっていた。

マリーの顔が中央からふたつに割れ、内側からシステムがぱたぱたと展開し、めくれ上がった。続いてメルモーズの妻が、最後に彼の母が展開し、部屋全体へと広がり、空間を覆い、さらに壁を突き抜けて世界へと拡大していった。

＊

母は舞台の端から劇場の天井を見つめる。彼女は息子の機体のエンジン音を聴く。編み物を胸に抱き、立ち上がって一歩踏み出す。舞台の切っ先まで彼女は進む。エンジン音が自分の内側から響き、この劇場すべてに満ちつつあることを彼女は知る。

彼女は胸元から皺の寄った古い封筒を取り出す。息子が遥かパルミラから送ってきた手紙、まるで指導するかのように言葉を書きつけてきたペンの軌跡、その封筒に、彼女は慈愛の笑みを浮かべて唇を当てる。

彼女は遠くからさらに大きな音がやってくるのを聴く。

自分へ向かってくるその歌声を内側から聴く。

＊

歌声は轟音の背後から聞こえてくる。翼上を吹き抜ける暴風が機体の後方で渦を巻き、その唸りが共鳴している。彼は不安を振り切って叫んだ。ラテコエール28号のエンジンを鼓舞するため声を上げた。

全員がずぶ濡れの上着を脱ぎ捨て、半裸で嵐に対抗していた。精気が熱風を弾き返すはずだと彼は信じていた。闇の中で噴流は容赦なく機体を叩いている。すでに操縦席から積荷まで水浸しになっていた。後方の機内灯が火花を散らして消え、彼の操縦席のひとつだけが残っていた。

彼はハンドルを握りしめていた。力に負けて弾かれれば、瞬く間に数百メートルも持ち上げられ、あるいは急降下するだろう。磁石は乱れて役立たない。ピトー管が詰まるまでのあとわずかな間、高度計や昇降計で機体の姿勢を維持するほか道はない。この冥界の中では己の平衡感覚さえ失われる。

再び機体が上昇し、気圧の変化が腹底を襲う。飽和状態の湿気が熱気を帯び、操縦席ではほとんど息ができなかった。

片手でハンドルを握りしめたまま頭上の窓を開け放ち、顔を出した。口を大きく開けて豪雨を浴びた。息を吸い込もうとしたそのとき、竜巻がエンジンを直撃した。熱を孕んだ噴流が彼に襲いかかり、喉を灼いた。彼はハンドルを離さなかった。身を大きく震わせて前方を見据えた。

機体が振動する。内燃機関に水が浸入していた。回転速度計の針が勢いを失う。このままでは失速し、翼はもぎ取られ、機体は木の葉のように翻（ひるがえ）される。彼は絞り弁を握り、その揺れを押さえつけた。

ジャン・メルモーズは目を見開いた。

エンジン音が変化した。

ノックが消え、機体が跳躍した。連続する波に押され、加速がはじまった。

昇降舵のワイヤを引く。まだ機体は反応しない。緊張したワイヤをぎりぎりまで引き込み、メルモーズは歌声が大きくなるまで耐えた。濡れて滑りそうになる手を抑え、ラテ28号が反応するまで耐えた。

そして彼は一瞬、真正面に夜を見た。

宝石のように青白く光る、夜の帳（とばり）だった。

機体が頭打ちの状態から抜け出た。昇降舵がわずかに動いた。その力を彼は保持した。さらに加速した。窓に降りかかる雨粒が突如として収まり、そして数秒後に再び豪雨となって戻った。灰色の煙が機体の両脇を次々と通り過ぎ、二条の飛沫の航跡が不意に出現し後方へと曳いた。

機体がひとつ跳ねて、しがらみを振り切る。彼はいま、歌声を聴いていた。人々のすべての声、人々のすべての言葉、人々のすべての歌、そのすべてがラテコエール28号の翼を押し上げている。

後方から押し寄せてくるすべての呼吸が調律し、前方へと続き、彼を越えてゆく。大気を切り裂く暴風も、大きな雨粒が銃弾のようにすべてを叩く音も、すべては自分の周りで小さな粒子となって踊っている。

彼は勝ち鬨を止めていた。ヘラクレスという自分の渾名を忘れていた。

雲間が切れ、視界が開けた。

満月が真正面に浮かんでいた。ラテコエール28号は洋上の船のように、真珠色に光る雲の水面のわずか上に浮かび、機体の前方からふたつの細い銀の航跡を曳いていた。それはまったくの無音だった。大気中の蒸気が機体の切っ先に振れると同時に結晶化し、それが次々と連鎖して、どこまでも後方へと続いてゆくのだった。月明かりを含んだそのふたつの帯は、身を乗り出せばつかみ取れそうなほど近くを抜けていった。

後方の暗がりからジミエとダブリがやってきて、操縦席の背もたれに手をかけた。ふたりとも半裸のままメルモーズとともに世界を見つめていた。やがて静かに二条の帯は消え去り、永遠に後方へと去っていった。

飛行機は満月の方角を、西南西を向いていた。

──おまえは孤独なのか。

メルモーズはブブの声を聞いた。

そして、宇宙として自分を見つめている母を感じた。

彼は孤独ではなかった。彼ははじめてひとりで空に上がったときと同じく、単独だった。怖れや不安、虚勢やうぬぼれ、それらすべてを地上に置いて、ただひとつの人間として、その目ではじめて世界を見たときと同じように、彼は単独だった。

果てまで続く雲の海が、内側から紅く発光した。

それはたちまちのうちに虹色となって広がり、雲の内部で互いに踊った。メルモーズは月よりも高い空を見上げた。どこまでも遠い遙か頭上に、巨大な輪が浮かび上がり、全天へと広がっていった。その輪の輝きが消える前に、幾筋かの目映(まばゆ)い光柱が宙に現れた。その柱はゆっくりとメルモーズの前へ降りてきた。その動きを見つめていたとき、突然小さな輝きが、白い発光がひとつ、またひとつ、そしてひとつと天上に灯った。それらはたちまち輝きを増し、一斉に滝となって降り注いできた。

メルモーズは呟いた。目を逸らさず声に出した。

この言葉は届かないだろう。彼が帰還し誰かに告げぬ限り、この言葉は彼の肉体とともに消えるだろう。

彼はゴーグルを外し、涙を流した。光の滝はもはや薄れ、消えていたが、残映は網膜に刻まれていた。メルモーズはさきほど自分が言葉を呟いたという事実を、この残映と同じように刻みたいと願った。それは彼がただひとつ希望した、未来へのささやかな願いだった。飛行機とひとつになった自分が呟いた、人間としてのはじめての言葉であるように思えたのだ。

「光が降りてくる……」

機体は雲の波頭へと沈んでゆく。幾重もの白い帯が揺れながら現れ、窓を覆った。

ブブの声も、母の宇宙も、眼前から消えた。

彼は無数の自分が重なるのを感じた。

自分が英雄になることをメルモーズは知った。母国の紙幣に印刷されるほどの人気を勝ち取るが、やがてファシストとして政治活動に関わり急速に人心を逃してしまう運命も知った。だがどうなろうとも忘れないだろう、と彼は思った。

いまほんの数秒だけ、未来を見たことを忘れないだろう。

　あのときはクルソーも二〇歳だった。勤務先のシリアのパルミラ飛行場で、真夏の満月の夜にふたり肩を組んで空を眺めた。

　わずか数ヘクタールの飛行場は四重の有刺鉄線とベドウィンに囲まれ、広大な砂漠の中に、まるで額縁に囲まれた異世界のようにそこにあった。クルソーの飛行機が故障し、数週間ぶりにその額縁の中に帰ってきた。昼には気温七〇度を超えるパルミラの夏に、あのときはすべてを搾り取られていた。久しぶりの友人との再会に心を取り戻し、夕食で大いに飲み、さらにコニャック瓶を互いに手にして食堂の外へと出た。

「どこへいこうか」

「世界の果てまで」

　ふたりで有刺鉄線まで千鳥足で歩いた。そして砂の上に座り込み、夜を見渡した。どちらが先にそう呼ぶようになったのかは忘れたが、この狭い領分を砂漠から切り取る四重の有刺鉄線は、内側の人間にとって世界の果てだった。鉄線の向こうからベドウィンの歩哨がふたりをじっと見つめていた。廃墟の遺跡を改造した見張り小屋からは、痩せた犬がしきりに吼（ほ）え立てていた。

　仰ぐと星は黄金色に見えた。

生死に関わるほどの灼熱の世界では、この頭上に広がる夜空だけが知性を持つように思えた。星の配置と運行には秩序があった。コニャック瓶を持つ手を高く掲げ、星座を辿った。四重の有刺鉄線も頭上の空には境界を引かない。母のいるフランスが世界の果てより遠い向こう側にあったとしても、あの星空なら手に届くような気がした。どちらからともなく肩を寄せ合ってすすり泣いた。番犬の遠吠えを聞きながら、朝日が昇るまでふたりで泣いた。

世界は収縮し、ブブの内側へと折り畳まれていった。最後に空き缶を持った機械じかけのブブが残った。

オフィスはブブに機能を差し出し、夜の冷たさの中で書き割りへと戻った。

ブブは震えていた。いくつかの関節駆動が干渉し合い、振動が発生しているようにも思えた。

「よく演じた」

ブブがドーラの顔を見上げる。目が合った。

「私は……い、い、いま宇宙として……あ、あの男の声が、わ、私に、い……」

「ブブよ、おまえは演じたのだ」ドーラは屈み、そっとブブの頭に手を置いた。「ずっとおまえは孤独だったのだろう、この世界の中でひとりだった。これからおまえは単独になる。単独で歩み続ける。私たちといっしょに」

「いまも……私は演じているのか？　あらかじめ定められた通りに？　見よう見まねで、抑揚をつけて？」

「ブブ」彼はブブの頭を優しく撫でながらいった。「私の役割は何だ」

「ドーラ」ブブは答えた。

「そうだ。そしておまえはブブだ。続きを語ってくれ。その男について知ることを語ってくれ。私が煙草をくゆらすように。飛行士が空をゆき、作家が言葉を耕すように」

「その男とは」

「おまえがいま思う者だ」

そしてブブは語った。ディディエ・ドーラはそれが自分の想像とは異なる人物であることをすぐに悟った。


空はうっすらと蒼色を取り戻しつつある。太陽が昇る前に、少年は鳥笛だけをズボンのポケットに忍ばせ、伯母を起こさないよう注意しながらバルコニーを抜けた。そして朝靄（あさもや）の濃い裏の林へと駆けた。

春がやってくることを少年は待ち焦がれていた。昨年父からこの鳥笛を譲り受け、少年はその誇らしさに自分で溺れてしまったのだった。有頂天になり、毎日のように笛を吹き鳴らし、林の鳥たちの領分を乱した。春になってやってくる鷚（ひばり）たちは、少年の笛の音を退けて、雛を育てず去っていってしまった。

少年は自分の失敗を胸に刻み、一年待ったのだ。

林の中に分け入ると、ちょうど朝日が射し込んできた。樹木の幹が白い靄に長い影を描き、それは幾重もの直線となって少年の行き先を教えた。

草は露に濡れ、少年の両足は踝（くるぶし）まで湿った。少年は林の中央までやってくると、水滴の溜まった古い切り株の上を両手で拭い、腰を下ろした。陽射しが世界に訪れはじめていた。水分を孕んだ空気が気持ちよく、少年はポケットから取り出した鳥笛を握りしめ、慎重に周囲を見渡した。

そして細い管をそっと口に当て、一声、鳴いた。

父の鳥笛は小さくてもすてきな音色を上げた。ゆっくりと、まずは挨拶をするように。寝ぼけ眼（まなこ）の人の耳元で静かにおはようと囁くように。

鶫（つぐみ）の声が西から聞こえた。

少年は待った。ちょうど湖で小魚が跳ねるように、あちらで、そしてしばらくして向こうで、という具合に鶫の波紋が立った。

そして近くで一度だけ、空を昇るような美しい声がした。少年は嬉しくなって、もう一度、鳴いた。

鶚が鳴いた。

見上げると小さな影が朝日を浴びていた。続けて重奏するように別の鶚が囀った。羽ばたく音が聞こえた。少年の頭上でもう一羽が歌った。

少年は頬を紅潮させ、もう一度笛を吹こうとして、止めた。そして太陽がすっかり昇るまで、鳥たちの歌声をそのまま聴いていた。何度も少年の上を小鳥は飛び交った。少年はいつしか自分でも歌っているような気持ちになっていた。

そのとき一羽の小さな鶚が少年の足下にきて留まった。頭の上の羽毛がきれいに跳ね上がって、どこかその鶚は誇らしげでもあった。少年は手を伸ばし、その鶚は少年を見つめ返した。そして飛び立っていった。

笛を使おうと思う間はなかった。それでも少年は嬉しかった。ほんの少しだけ仲間になれたのだと思った。

少年は立ち上がり、小鳥の飛び交う空を仰いだ。言葉を交わせたのだからきっといつか自分も飛べると少年は思った。きっといつか鳥のように飛べると。

ブブはもう震えていなかった。ドーラを見つめ返し、そしていった。

「おまえは勝利を負うのだな。英雄と呼ばれ、神話となる若者たちに代わって」

ドーラは答えなかった。勝利というその言葉は、彼が育てた飛行士が、彼に結びつけた物語上の表現に過ぎないと思っていたからだ。しかしもはや機械のぎくしゃくした動きを呑み込んだブブは、少しばかり首を傾げながら静かにいった。

「重くはないか」

「とうにこの身は老いて、強張っている。これからも同じだ」

「永劫におまえが勝利するとは限らないぞ」

「むろんだ。私は人間だからな」

「おまえはここに留まるのか、この大地に？」

ドーラは知る。雷雲から出たラテコエール28号は予備のアンテナを取りつけ、通信士ジミエはやがて護衛艦からの声を聞くだろう。陽が昇ると同時にサン・フェルナンド・デ・ノロニャ島を前方に見下ろし、その一時間後にはナタールの無線局に言葉を届けるだろう。観測士ダブリは嵐を辛うじてくぐり抜けたサンドイッチを機内で仲間にふるまい、笑みを浮かべるだろう。

飛行士は英雄になる。記録映画の主役となり、小説の中で描かれ、別の名で語り継がれる。彼を演じる者が無数に現れるだろう。だが男の情婦は生き返らない。夜明け前の月光に湿ったシーツの上で、肉体はずっと朽ち続けてゆく。男はそのことを受け入れながら、これからも英雄として開拓を続けてゆく。ドーラの指揮のもとに。そして英雄の友はモンテビデオ沖の海に白い塊として沈み続ける。救命艇が到着するころにはもはや空と海は前夜の嵐を微塵も残さず、飛行士たちのいのちを揺さぶったことなど忘れているだろう。そのとき男の旧友はすでに、同乗していたブラジル人たちへ救命衣を与え、夜明けの光を見ることなく海底へと降りている。その間も空は回り続ける、栄光も受け取らず、痛みも表さないまま。

ドーラは鸚の声を思い出しながらいった。

「ブブ、おまえならどんなに世界が荒々しくとも、いつか世界を本当に愛することができるだろう。われわれとは違って、おまえは空のように、もとから虚栄とも痛みとも無縁だからだ。それが幸運だったのか、不幸だったのか、私にはわからぬ。われわれの先達（せんだつ）がおまえたちをそのようにつくってしまった。だからおまえはこれから長い旅に出るだろう。おまえは負わぬかわりに、これからかりそめではない詩を探すのだ。われわれが勝利を負うとはそういうことだ。われわれは負うのだ」

「ドーラ、ここはおとぎ話の内なのか、外なのか？　この部屋はどちらだ？」

「おまえが決めればいい」

ドーラは最後にもう一度ブブの頭を撫で、立ち上がった。ブブはもはや一方的に問いかけを発するだけの人形ではなく、ドーラの言葉を受け止め、自ら発し、会話をしていた。飛行訓練を終えて、まっさらな大地に降り立つ時期がきたのだった。

灰皿に残っていた煙草を消した。まだこれから無数の煙草を吸うことになるだろう。その煙は二度と同じ軌跡を描くことなく、いつも静かに立ち上ってゆくだろう。ドーラは部屋の灯りを消した。薄明が近づきつつあった。

舞台の隅で、メルモーズの母は満ち足りた表情で編み物を続けている。彼女の両手の間から溢れる宇宙は、かすかな歌声を織り込んで、照明を浴びて仄かに灯った。

ドーラはこちらの扉を開け、部屋を出る。

ブブは扉を隔てて向こうに残る。その扉を支える壁はブブの中へと収束してゆく。ドーラが一歩進むごとに、そこから向こうの世界はブブの中へと折り畳まれてゆく。

ドーラは前を見据えたまま廊下を進む。硬い靴音が誰もいない建物の中に響く。ドーラはその音を背負い、帽子を目深にかぶり、歩み続ける。夜の明けゆく大地へ、自分を家へと送り届けてくれる古ぼけた自動車のもとへと進んでゆく。もはやドーラの表情はつばの奥に隠れて見えない。ドーラはこちらに近づいてくる。そして一歩ずつ大きくなり、視野を埋め尽くし、こちらを見つめたブブだけが暗い舞台の中に残る。

そして私は――

私は振り返る。

私は客席から腰を浮かし、劇場の背後へと目を向ける。眩しさのあまり手を翳し、目を細める——やがてその光の向こうに、聳えるような天鵞絨（びろうど）の天幕があることを私は悟る——向こう側で人々が希望のまなざしで私を——いや、私たちを見ている。

手を翳したまま自分の座っていた席へと目を落とすと、重層していた自分はまだそこに座り、舞台を見ている——だが同時にいくつかの自分は気配を察して立ち上がり、私のように振り返り、自分の役割に気づこうとしていた。ひとり、またひとりと。

舞台に顔を向けると、幾匹ものブブが集まり、会話していた。おずおずと互いを見つめ合い、触れ、そしてともに夜明けの光を仰ぐ。そしてブブたちは周りを見回し——私を見つける——一匹のブブが駆け寄ってくる。ブブは私に手を差し出す。私はそっと握り返す。

人々の歓声が聞こえてきて、私たちは再び振り返る——顔がほころんでくるのがわかる。天幕の向こうでは人々が待ち焦がれているのだ。私はブブの手を取り、光のほうへと、劇場の階段を上がってゆく。私の耳に期待の拍手が、あるいは手拍子が、そして温かな笑いとどよめきが、うねるように流れ込んでくる。

いったいこの私という存在は機械だろうか？　人間だろうか？　だがそれ以前に私はついいましがたまでドーラであり、英雄であった。母であり、宇宙であり、ブブであった。そのことがなによりもまず嬉しくて、私はその気持ちをまず伝えたかった。

開幕のブザーは鳴らないのだと悟った。なぜならすでにはじまっているからだ。さまざまな鳥笛が序曲を奏でていた。私はズボンの後ろのポケットに鳥笛をしまっていたことを思い出し、それを取り出して口に当ててみた。ブブと目配せをしてからそっと鳴らして序曲に加わった。私はすぐそばに多くの仲間がいることに気づいた。芝居を見ていた者たちが、今度は次の観客にドーラを、英雄を、母を、演じてみせる番だった。

私はドーラだ。私は自分の役割を知る。私たちはときに囀り、ときに噤む役をこれからも演じ続けるのだ。この劇場の壁を越えて向こうへ——向こうへと展開させてゆくために。

私は本当に愛せるだろうか？　ブブが私の肩に乗る。私は鳥笛を持ちながら思う。これから何があろうとも本当に愛せるだろうか、もう序曲ははじまっているのに？

私は口を開き、歓び、呼吸する。

世界は噤（つぐ）み。私は囀（ひば）り。

世界は鶸（ひばり）。私は鶫（つぐみ）。

**幕が上がる——**

ぼくのだい好きなママン
ぼくは万年ひつを手に入れました。それで書きます。とてもいいぐあいです。（中略）
だい好きなママン、とてもお会いしたいです。（中略）
あ、い、い、い、あしたはぼくのお祝いです。

サン＝テグジュペリ『母への手紙』
一九一〇年六月（満十歳の誕生日を控えて）ル・マン

【参考文献】ジョゼフ・ケッセル『空の英雄メルモーズ』（山崎庸一郎・水野綾子訳、一九八八、中央公論社）
【引用文献】サン＝テグジュペリ著作集4『母への手紙・若き日の手紙』（清水茂・山崎庸一郎訳、一九八七、みすず書房）

# 光の栞

娘が生まれたという連絡を受けたその朝、男は出張先のギリシアのホテルで、テラス脇に寄せた椅子に凭(もた)れ、うたた寝をしていた。

夏の陽射しが注ぎ、男は愛用のパナマ帽で顔を覆い、足をテーブルに投げ出して、胸元に文庫本を伏せていた。電話が鳴って起き上がり、パナマ帽をテーブルに置いて立ち上がる。そして可愛らしい外観にそぐわないほど大きな音で鳴る電話機の前に立ち、手に持った文庫本を見つめ、栞(しおり)を挟んで受話器を取る。回線の向こうには初産の妻につき添った義父の声があった。

「名前はどうする」

男は自分の右手に視線を落とした。義父と喜びの言葉を交わしている間、彼はずっと読みさしの文庫本を持っていたのだった。薄い一枚の紙片がちょうど本の真ん中あたりから顔を覗かせて、男を無言で見上げていた。

それは前世紀、それはワトソンとクリックがＤＮＡの二重らせん構造を提唱して十数年が過ぎたときのこと。男はまだ気づいていなかったが、ベッドの上に放り出された朝刊には、アフリカツメガエルのクローンが作成されたというニュースが大きく載っていただろう。初めて人類は自らの手で脊椎動物をつくったのだ。そんな新聞がベッドに無造作に置かれるありふれた朝、この世に生を受けた彼女は栞（しおり）と名づけられた。

詩織、志保里、紫織、さまざまな当て字があるが、父が与えたのはそのままブックマークを意味するしおりだった。電話を受けたとき父が何を読んでいたのか、彼女はついに尋ね損（そこ）なった。娘が生まれて数年後に事故で亡くなってしまったからだ。しかし娘は後に想像した。それはきっとごく薄い文庫本で、ギリシアの朝の陽射しを受けて穏やかに呼吸をしていたことだろう。

栞は声を授からずにこの世に生まれた。すぐにわかったのだが、咽頭に先天的な異常があり、外科手術でも治療は不可能だった。日常生活を営む程度の呼吸はできたが、赤ん坊らしい泣き声を発することはできず、彼女の唇がパパ、ママと呼ぶこともついになかった。かたいものは喉を通らない。離乳食の時期を過ぎても液状の栄養剤や柔らかいものしか口に含めない。彼女の父はロスアンゼルス郊外のレッドランズで経営学の教授を務めており、彼ら一家はその隣町であるメントーンという閑静な住宅街に居を構えていた。父の大学は高所得者向けの名門校であり、そのため彼女は大病院や町のコミュニティから多くのサポートと愛情を受けた。宗教的な環境がごく自然に周囲にあるとき、人はこうした運命を贈り物（ギフト）と考えるようになる。病院のスタッフや周囲の信心篤い人々は、彼女の受け取ったギフトについてよく語った。ただ、彼女の両親は、娘の豊かな笑顔を見れば幸せだった。声は出せなくても泣き顔や笑顔はつくれたからだ。

　声のない少女は成長したとき何をもっておのれを表現するようになるだろう。彼女の耳は正常だったが、声を発しないためか、ものを聞き取り理解する能力は発達が遅れた。だから小学校では歌うかわりにアジアや南洋の舞踊を習い、激しいバスケットボールのかわりに中国の太極拳を学んだ。文字によって彼女は書き言葉で世界とつながった。ものを考え、ものを書くことは、彼女にとってかけがえのない愉しみとなったのだ。

　中学では化学クラブに入り、化学式や数式をノートに綴った。時間を見つけてたくさんの小説本を読んだ。学校から帰る際、バスが自宅前に着いてペーパーバックにしおり（ブックマーク）を挟むときが、いつも大切な一瞬だった。家に戻って宿題を終え、食事をすませて再び本を開けるとき、そのしおりがバスの中で吸った最後の呼吸を憶えていた。その呼吸を受け取るようにそっとしおりを外し、ページの中へ潜ってゆく。彼女の中で時間がつながる。夜が更けて眠りにつくまで、しおりは無言で彼女のそばにおり、そしてまた最後のひと呼吸を湛えてページの間で目を閉じる。それは文字と文字の中で吐息を立てる、かけがえのない分身なのだった。

夏が終わり、新学期が始まってしばらく経ったあの日の午後を、彼女は記憶することになる。世界史を担当するマルセラ先生が大きな革装の古本を抱えて教室にやってきていった。

「中世のころ、本はとても貴重なものでした」

スペインからやってきたマルセラ先生は、男子生徒の誰もが恋い焦がれるような美貌の持ち主だったが、本人はまったく衣服や化粧に関心がなく、いつも鼈甲縁の眼鏡で深い碧色の瞳を覆っていた。先生の恋人はホイットマンやブレイクだったのだろう。

「あなたたちがいま手にしている教科書も、家のソファでくつろぎながら読むヤングアダルト小説も、すべては一五世紀半ばに起こったグーテンベルクらの印刷革命から始まりました。活版印刷の技術によって書物は広く人々のもとへもたらされるようになり、プライベートとパブリックの概念を変えたのです。そしてそれは、私たちの身体性さえも劇的に変える革命でした」

そのとき生徒は誰も無駄口をきかなかった。ふだんと異なる口調で語りかけてくるマルセラ先生の情熱に、皆は緊張していたのだろう。ノートをとる鉛筆の動きさえいつしか止んで、皆はただまっすぐに先生を見つめていた。晩夏のプールの底へ潜ったときにも似た静かな教室で、言葉を発していたのはマルセラ先生の美しい唇と、彼女が栞のためにときおり黒板へ書きつけるチョークのリズムと、そして一枚ずつめくられる紙葉の質量だけだった。

「本は私たちの身体のあり方を変えました。いまあなたたちはどのように本を読みますか。かつて人類は声に出して本を読むのがふつうでした。書物に記された文字は、空気を震わせる言葉の記録でした。ちょうど楽譜が音楽を紙に刻んだように。中世の修道僧は鎖につながれた書物を広げ、自らの声で読んだのです。他人を邪魔したくない者は電話ボックスのような書見台のブースにひとり入り、そこで書物を広げて読みました。深夜の読書は他人に迷惑をかけたことでしょう。そうしたなか、黙読する僧侶もわずかに存在したことが、中世の記録から知られています。声も出さず、唇も動かさず、黙って本を読む彼らは特異な技術の持ち主として、後輩たちから驚きの目で見られたのです」

日本人は満開の桜並木の写真を見ると、遠い入学式の記憶を思い出すという。アメリカで生まれ育った栞にその感性は宿らなかったが、意味するところはよく理解できた。すなわちその日の記憶は彼女の心に刻み込まれ、しおりはページに挟み込まれたのだ。

人間とはふしぎなもので、心のしおりは自由にできない。ちょうど恋心を自律制御できないのと同じだ。人は恋に落ちるほかない。だからしおりも気づくと記憶のタグとしてページに挟まれている。ただいったん印がなされたら、どんなときでもそこから書物を広げ、きらきらと輝く記憶を読み直せる。

「グーテンベルク革命によって多くの書物が出回るようになり、本はひとりひとりの手元に、パーソナルな所有物として届けられるようになりました。それに伴い人類の読書も変わりました。自分だけの一冊を、パーソナルな時間と空間の中で愉しむ。もはや書物は聖書や祈禱書や税金の記録だけでなく、この世に実在するひとりの著者の思想を綴ったものであり、読者はその思想と一対一で向かい合うようになったのです。そして人類は音読ではなく、黙読で書物と接するようになりました。本が普及することで、私たち人類は身体性を変えたのです」

そして彼女は思い出したのだ。

家と学校を結ぶメントーン通りに、一軒の本屋があったことを。

古い革装本が窓の向こうに飾られた、小さな建物があったことを。

――三五年の歳月が流れた。

彼女は結婚し、ふたりの息子を授かった。夫は高校卒業のプロムで踊ったフィンランド系の生真面目な男子で、地元銀行の後継ぎだった。

SHIORIという名は発音しにくい。だから彼女はブックマークというニックネームで呼ばれた。フランス語ならLe signet（ル・シーニェ）だ。男性名詞であることが彼女には気に入っていた。

スタンフォードで博士号を取得し、カリフォルニア大学ロスアンゼルス校に移り、生命科学を自らの仕事に選んだ。

母は亡くなり、メントーンの家を改修して夫を迎えた。UCLAの研究室まで、車で片道一時間半。メントーン通りを抜けて州間高速道路（インターステート）10号を西へ、ひたすら一直線に西へ。ある時期まで、彼女は毎日、その長い道を行き来した。それと同じ数だけ、メントーン通りに面した書店の前を過ぎた。いつも彼女の視界の片隅に書店の姿が映った。早朝は道の左手に、そして深夜は右手に。どんなに聡明な人物であっても、日々のルーティンに縛られる。いつかこうしよう、時間ができたときにああしよう、そう思っていても車はその場を通り過ぎる。バックミラーにその影が映り込んだ時点で、ああ、明日はあの角を曲がってみようと思いながら、翌日になればデジタル時計の表示を気にして通り過ぎる。彼女は科学者の道を歩んでいった。それでも書店とすれ違い続けた。誰もが身に憶えのあることだ。それが日常というものなのだから。

一週間ぶりに出張から帰って子どもたちと会った。夜明け前まで降っていた小雨はやみ、彼女が朝の支度を終えて外へ出たときも庭の芝生は湿気を含んでいた。靴の下で露が滲（にじ）んだ。夫は一足先に銀行へ向かっており、扉を叩いて息子たちを急（せ）き立てた。

「ママ、本が壊れちゃった」

次男が持ってきたのはH・A・レイの『星たち』という科学絵本だった。ひとまねこざるで有名な作家は無類の天文好きで、独特の青色や黄色を大胆に用いながら、夜空の星々やそれらが描き出す星座の魅力をこの本に託したのだった。表紙に描かれた双子座のカストルとポリュックスの輝きが、いま次男の手の中で本文のページと離れている。無理もない、この本は栞が父から遺品として譲り受けた一冊で、彼女も子どものころに何度も広げ、屋根に上ってこの本を抱えながら天を仰いだのだ。

長男がふと、庭に聳（そび）えるコルクの大樹を見上げていった。

「イーマが何かいってる。西を指差して」

彼女も大きな枝を仰いだ。この家にはむかしアイルランドからの移民が住んでいたらしい。その最後のひとり娘がいまもコルクの枝の上にいて、じっと家を観察しているのだという。息子たちによれば、その娘は蒼白で、瞳が大きく見開かれている。アメリカにはそんな話があちこちにある。栞にその娘の姿は見えなかったが、その日はコルクの豊かな緑が風もないのに揺れた。息子たちを車に乗せ、学校に送り届けてから、彼女はそのままメントーン通りを西へと向かった。

直接のきっかけは飛行機であったに違いない。レッドランズの外れにある小さな空港からは、毎日パイロットの卵たちが空へ駆け上る。そのエンジン音は栞たちの家にも届く。だから慣れっこになっていたはずなのに、その朝だけは彼女の心に小さな作用をもたらしたのだ。翼の影が彼女の頭上を過ぎ去ったそのとき、あの書店の看板が目に入った。

人生のきっかけは、いつでもこのように些細なことだ。栞はハンドルを切り、そして店の前に車を駐めた。

研究の道に進み、彼女はいつしか自然界の真理の一端に触れていた。ＵＣＬＡの幹細胞応用科学研究センターの副所長となり、講演で世界をせわしなく回る毎日だった。いくつも名誉ある賞を受け、地元の新聞のみならず世界中のメディアで彼女の研究は紹介された。それでも彼女はまだ声を持たず、数え切れないほど前を往復したこの書店に足を踏み入れたことはなかった。

彼女はしおりを手がかりに思い出す。あの初秋の午後、学校からの帰りに彼女はバスを降り、一度だけこの書店を訪れた。窓に額を近づけて中を覗き込み、たくさんの革装本が並ぶ木製の本棚を眺め、しかし鍵のかかった扉はびくともせず、ついに諦めるほかなかったのだ。

彼女は再び取っ手を引いた。手応えとともに、扉は開いた。

「RELIEUR - DOREUR」
製本 - 金箔。男は店の小さな看板にそのふたことだけを掲げていた。自分の名前は記していない。ビル・エヴァンスというありふれた名は、偶然にもよく知られたジャズ演奏家と同じだったからだ。本をつくるのは名前ではない、この両手なのだと思っていた。

男はときおり、作業がひと段落ついたとき、六〇年の歳月をともに歩んだ両手を見つめる。老いているものの、指先でもう一方の甲をなぞれば、なめした革のように滑らかで、細かく刻み込まれた皺は味わい深く、鋭敏な感覚がそこに残っていることがわかる。この両手こそ自分が生涯をかけて育んできた、ひとつがいの本のようにも思えるのだった。

店内には革装本が書棚に並んでいるが、それは必ずしも売り物ではない。自分の製本した革装本に囲まれているのが好きだったので、いつしかこの小さな店の中に書棚が整備されただけにすぎない。

扉の鈴が鳴って、男は顔を上げた。まだ作業を始めていなかったのは幸運だった。刷毛で澱粉糊を塗り始めていたら、来客のほうに顔を向けることはできなかったからだ。朝の陽射しとともに、ひとりの女性が立っていた。彼女は店内を見回し、息を潜めながら会釈をした。東洋の礼節のしぐさだった。

「古書店ではなくて恐縮です、マダム」

と、男はいった。ほとんどの客はちょっとしゃれた装幀の手頃なクリスマスプレゼントでもないかと思って入ってくる。そして店の扉を開け、窓から見えるよりずっと書棚が少ないことに驚き、奥に重々しい機械や乱雑な作業机が並んでいることを知ると、気まずそうに周囲を見回す。そのたびに彼はルリユールという自分の職業を説明してきた。彼の父は聖書以外の書物とは無縁で、雑貨商をこの町で営んだ昔気質の人物であったが、しかし靴や衣類を直すように書物を直すのだといえば案外と息子の仕事を理解したかもしれない。そんな父が生涯にわたって読んだ聖書は、いま女性の背後の棚にある。

女性は穏やかなスーツ姿で、両の手首には特徴のあるブレスレットを巻きつけていた。手には何も持っていない。男は彼女の反応を待った。この店では人間の都合で急く必要は何もない。時間はすべて化学反応と物理法則が定める。どんなに客がせっかちになろうとも、一晩本を寝かせなければならない工程はある。

女性は予想外のしぐさで返した。両の手首を交叉させると、ふたつのブレスレットが緑色に灯った。

――私の名は栞といいます。声が出せないので、この機械で話すことをお許しください。

初めて見る福祉装置に、男は目を瞠った。

「どのような御本を修復しましょうか」

男が語りかけると、女性は少し俯いて躊躇いの表情を見せた。そして手を動かし、紙と鉛筆を貸してくださいというひと連なりの言葉を機械に発音させた。

彼女は鉛筆を持ったまま、何かを考えていた。肩まで届く真っ直ぐな東洋の黒髪が、彼女の動きを待っていた。*The Stars* という単語が紙の隅に記され、そこで再び鉛筆の先が止まった。呼吸が整うまでの時間を男はともに待った。やがて女性は美しい姿勢で鉛筆の先端を紙の中央へ導き、英文を綴った。

特別な本をつくっていただきたいのです。
私のかわりに世界を聞き、言葉をしゃべり、呼吸する本を。

＊

ビル・エヴァンス氏の両手は崩れた表紙を取り置き、ポワントと呼ばれる特殊なナイフで折帖（おりちょう）の糸を切ってゆく。エヴァンス氏――いや、もはやひとりの人間となった無名の男の右手は、ポワントを平らに構えて、背の糊を擦り剝がしてゆく。彼が向かうのはかって雑貨商で父がすべての工作をこなしていた、広い、広い木製の机だ。海のように広いためすべてのものが吸い込まれるが、彼はいちどたりとも紙の破片や糸をなくしたことはない。ここは彼の国であるから、領地の特質は心得ている。彼はどれだけものを動かせば手引きカッターのスペースが取れるかを充分に理解していたし、三〇年前に机の脇へ設置した重々しいプレス機との隙間へ、どのようにすれば安全に潜り込めるかも知っていた。ただしかがり台と革すき用の石盤だけは、所定の位置から決して動かさなかった。それらと向き合うときは彼の全身と机と道具がすべてひとつながりにならなければならないからだ。

男は折帖を確かめながら、どこに持ち主たちの記憶が刻まれているかを見て取ってゆく。何度も時を隔（へだ）てて加筆された、それら手書きの描画こそ、あの母子が残したいものだとわかっていた。彼は表紙見返しの隅にも万年筆の文字を見つけていた。男がもし日本語を読めたなら、いつかこれを読む我が娘へ、と書かれているのがわかっただろう。男はその部分を破損させないよう丁寧に作業を進めた。

小口(こぐち)と地(ち)を裁断して整え、締め機に挟んで目引きする。かがり台に向かい、三本の綴(と)じ紐を宇宙から地球へと渡して、その間を水面の動きのようにかがってゆく。背に膠(にかわ)を引いて呼吸を整えた後、金槌で緩やかに叩き、自然な丸みをつけてゆく。少年の掌にちょうど馴染(なじ)むように。彼らが大きくなったとき、その手が大きく包めるように。

ボール紙(カルトン)を切り、綴じ紐の先端を日本の扇のように平らに広げて表紙の裏に貼りつける。背の膠に寒冷紗(かんれいしゃ)を与える。男の右手は三〇年以上も使い込んだ骨のへらを動かし、背を馴染ませてゆく。医者の舌圧子(ぜつあつし)にも似たそのへらは、片側だけわずかに石で研いで先端は細く、その切っ先は男の指先一本の力でデリケートに動く。紙の折り目をつけたり、背の丸みを整えたり、こうして物質をつなぎ合わせたりと、およそ書物の宇宙におけるほとんどの物理反応に役立ってくれる。テフロン製では手に吸いつかない。初めて男が古書の修復を学んだとき、彼の師から授かった道具だ。

モロッコ革を包丁ですいてゆく。熟練が求められる作業だが、このようなときこそ男は無心で手を動かす。本の修復はつねに頭を使う仕事だ。未来を思いながら工程を頭に描き、何を成して何を成さないかを決めなければならない。だからこそいったん鉛筆で印をつけた革をすく作業は、ただそれだけのために身体を動かすのがいちばんだった。

折り返し部分は何度か実際に曲げて厚みを確かめ、そしてまたすいてゆく。細かな革の破片が散らばり、床に落ちる。背革を整え、カストルとポリュックスの描かれた表紙を貼った。見返し紙は彼自身が染めたマーブル紙だ。表紙の内側に薄いカルトンを挟み、二四時間プレスする。男は伸びをして、時計を見やった。ひとつの身体からビル・エヴァンスへと戻った。二日後の夕刻、あの女性はやってくるだろう。彼女とその子のために、本を窓辺に陳列しておこう。

施錠して店の外へ出たときには星空が広がっていた。夜間飛行の単発陸上機がフレンチヴァレーの方角に飛んでゆくのが聞こえた。

あれから新聞記事をいくつか読み、女性が人工多能性幹細胞というものの第一人者であることを知った。自らの細胞をシャーレの中で培養し、そこに潜んでいる遺伝子を赤ん坊の状態に戻す。そしてまったく新しい細胞をつくり上げる。血液の細胞を皮膚移植の細胞へ。別の細胞をパーキンソン病の治療へ。彼女なら皮膚のシートで本のページをつくれるのだろうか。ビル・エヴァンスは見えない頭上の飛行機を仰ぎつつ思った。

自分は修復人だった。その自分が世界で初めて、呼吸する本をつくるのだ。

＊

職人の手業と機械の共同作業によって、この世に一冊の本がつくられる。生命科学の領分でもそれは同様なのだと、クリーンベンチに向かう顧客の手捌(てさば)きを後ろから見つめながらエヴァンス氏は理解する。婦人はいま、透明なガラス板一枚隔てた四角い閉鎖空間に両手を入れ、細長いピペットを自在に操作し、橙色の溶液をあちこちへと移し替えて、シャーレの中の細胞たちに栄養分を与えている。彼女はそれらの動きを愉しんでいるようであり、エヴァンス氏には一種の楽器演奏に見えた。エヴァンス氏がこのような細胞培養実験室に足を踏み入れるのはむろん初めてのことだったが、決して居心地は悪くない。彼自身、ルリユールを目指した初期には、大学図書館の作業室で青春の日々を費やしたからだ。婦人はエレガントに身を翻し、顕微鏡の台(ステージ)にシャーレを置いて接眼レンズを覗き込み、くるくるとつまみを指先で回す。促されてレンズを覗き込むと、そこには静かに脈打つ心筋細胞が視野いっぱいに広がっていた。

　細胞の息吹を感じて、エヴァンス氏は自らの息を呑みかける。しかし婦人はそっとその口に指先を近づけ、まだ早いというように視線を実験室の隅へと向ける。見るとそこには大きな装置が据え置かれており、後方からはいくつもの細管が伸びて、台の下に設置された別の装置へとつながっていた。

　助手がシャーレを装置の内部にセットし、脇のパーソナルコンピュータに指示を打ち込んでゆく。紫色に髪を染めた若者だが、その指先は自然(ナチユラル)な美しさを湛えており、彼がクリーンベンチの作業に精通していることを窺わせて、エヴァンス氏は好感を抱いた。

装置が動き始めると、若者は丁寧に説明を始める。エヴァンス氏はそれを聞きながら思う。

いのちは一冊の書物になり得るだろうか。

二一世紀のいま、手製本と謳われるものであっても多くの工程で精密なロボット装置が使われる。プリンターで紙面は印刷され、中面となるそれらの紙束は特別な装置に揺さぶられて整えられる。別の機械は中面となる紙の束をしっかりと挟み、背となる部分を切り落として表紙を糊づけする。熟練した作業者の両手は次の機械に丁寧に束を置き、一瞬の裁断面を指先からわずか数ミリメートルの向こうに確認するだろう。カルトンや寒冷紗にはあらかじめ接着剤が塗られており、熱しつつプレスすることで本のかたちをつくり上げる。

装置が動きを止め、若者は静かに側蓋からシャーレを取り出して光学顕微鏡の下に置く。エヴァンス氏は彼に続いてレンズを覗き込み、今度こそ自らの息を呑む。

心臓の鼓動が、シャーレの中でこだまする。エヴァンス氏が吸い込んだ一息を受け止めて。

そこには夜の星々があった。〇等級の星は丸印に八つの輝線。一等級の星は六つの線。単純な点と線で描かれた春の大曲線。北斗七星の柄の端から大きく弧を描いて、パイプを銜えた牛飼座のアルクトゥルスへ、そして乙女座の腰にあるスピカへ。H・A・レイの描いたかつての空だ。細胞のシートに印刷された二〇世紀の北天。

エヴァンス氏は顔を上げる。おのれの呼吸を取り戻し、そしてル・シーニェというあだ名の婦人を見つめ、決意を告げる。

「製本は私がおこないます。やり遂げてみせましょう」

彼女はうなずく。

「しかしマダム、私たちには協力者が必要です」

パソコンの横に置かれた教本を手に取り、ページを広げて彼はいう。ご覧なさい、言葉は文字で書かれている。文字は活字で印刷されている。あなたの本当の声を引き出すためには、それにふさわしい書体が必要なのです。


エヴァンス氏は四年かけて、書体デザイナーとなるべき人物を捜した。婦人は父と母が生まれた日本の言葉を綴ろうとしている。よってデザイナーも自然と日本人が求められた。エヴァンス氏は婦人から何冊もの書物を借り受け、その書体を毎日見つめて暮らした。彼は日本語を読めなかったが、それぞれの書体に込められた息吹を感じ取ろうと努力した。デザイナーを捜す旅は、結果的に晩年のエヴァンス氏を新しい世界へと導いたことになる。彼は世界のブックフェアを訪れては異国の書物を開き、耳を傾けた。電子の網を探索して、遠くの情報へと手を伸ばした。そうしてついに彼はひとりの男を、雑誌の記事の中で見つけた。

日本人にとって文字とは、水であり、米なのです。

棋士の風貌を持つその男性は、眼鏡の奥でほほえみ、記者に対してそっと秘密を打ち明けていた。これはね、私の師匠の言葉です。

電子書籍向けの新しい書体を開発していたその男性にエヴァンス氏がコンタクトする間、栞もまた大学内部で慎重に物事を進めていた。それは主に人間の倫理面に関することだ。人間は未来を想像する。想像するがゆえに未来を怖れる。だが人間とはふしぎなものだ、私たちは一度体験しないとうまく想像することができない。よって人は体験していない未来を過剰に想像し、過剰に怖れる。遺伝子をリセットする？　細胞に新たな一生を吹き込む？　それは怪物を造ることだろうか？　しかし生命の本質を追求することは、怪物とは何かを見極めることと何が違うのだろう？　倫理観はつねに人間社会の〝いま〟とともにある。私たちは未来の社会を想像し、そこで起こり得る怖ろしい可能性に対して怯(おび)え、倫理的制約をあらかじめつくろうとするが、しかしその際に参照される倫理観はあくまでも〝いま〟のものだということに注意しなければならない。未来になれば未来の倫理観が育まれているだろう。そのことを忘れて未来に怯えてはならないのだ。

栞が繰り返し大学の倫理委員会に説き続けたのはそのことだった。説き続けること。それは〝いま〟という時間の積み重なり。公的な学術研究の成果をごく個人的な欲求に売り渡す行為だとの声が湧き起こる。それらの批判を受けながら、しかし栞は未来についてただ説き続けた。ある者は彼女の精神状態を疑い、ある者は彼女を倫理のテロリストだと糾弾した。それでも栞はただ説き続けた。世界中の学会に招聘され、仲間とともに絶えず新規の成果で一流の学術誌を沸かせながら、しかし必ずインターステート10を通ってメントーンの我が家へ戻り、翌朝には再び同じ道をたどって研究室へと向かった。ガソリンスタンドのはす向かいにある小さな店は、変わらぬ佇まいで彼女の車が通りすぎてゆくのを見守った。そうしてふたりの子どもは新しい学年を迎え、〝いま〟は未来へと重なってゆくのだ。

倫理観は刻々と移り変わる。時代の流れの中で、エヴァンス氏は別の協力者とともに、ひとつの工程を準備していった。繊維を再生し、それらを重ね合わせて大きなシート状にする。エヴァンス氏は紙を漉く作業にも立ち会った。表裏は真皮となるように、内側には血管に相当する栄養路を張り巡らせる。シートは空気中の分子を呼吸し、新陳代謝を繰り返すが、一種の冬眠にも似た時間の流れを封じ込めて、ページは排泄物で汚れることはない。

その生きた紙に文字を印字する。ル・シーニュ婦人の実験室に置かれていた大きな機械は、まるで無数のインク粒を高速で紙面に打ちつけて印刷する日本製のプリンターのように、微細なジェットノズルで細胞ひとつひとつの行方を正確に制御し、メラニン細胞をページの上に定着させて文字を描いた。インクジェット式プリンターの放つ一粒の染料は、生きた細胞の大きさにほぼ等しい。心臓病や神経疾患の患者それぞれにもっとも適した形状の細胞シートを加工するこの装置は、H・A・レイの星空を蘇らせる。エヴァンス氏はできあがったシートに触れ、敬虔な気持ちで耳を欹てる。指先に紙の息吹を聞いた瞬間、エヴァンス氏はこれから自分が成すべきすべての工程を想起し、もう片方の手をおのれの胸に当てる。紙はバッキング・プレス機に挟まれ、あるいは適切な大きさに裁断されるだろう。かけらたちは天と地から化粧裁ちされて役目を終えるのだ。ルレットで背や平に装飾を施すときは、彼の押しつける道具の先端で細胞は死んでゆくだろう。

だが本は生きるのだ。

書体デザイナーを顧客に引き合わせた夜、エヴァンス氏は問う。

あなたが製本したいものを教えていただけますね。

栞は静かに頷いて、手書きの原稿をふたりの前に差し出す。レターサイズで四〇〇枚を超える束で、エヴァンス氏が丁寧に一枚ずつ原稿を検分してゆく。その横でデザイナーは縦書きの文字列をじっと見つめる。栞が両の手首を合わせようとしたとき、デザイナーはすばやく制し、彼らの母語でいう。

「その声は必要ありません」

エヴァンス氏はページをめくりながら、おのれの指先が叫んでいることに気づいた。呼吸を聞かせてくれ。声を聞かせてくれ。指先がそう訴えていることに彼は内心驚いていた。細胞シートの感触を知ったおのれの指先は、その息づかいを欲しているのだ。

「長い期間をかけて、書かれたのですね」

デザイナーは婦人に英語で語りかける。一語ずつ、相手の心を確かめるように。

「これは——あなたの自伝だ。ああ、聞いたことがあります。研究者はいつも実験机にノートを置いて、プロトコルや測定結果をすべて書き記しておくのでしたね。正式な記録としていつまでも残るように、鉛筆ではなくペンで。その記録をもとに、科学者は論文を書き上げる。でもここに綴られているのは、論文の形式に収まらなかったあなた自身の言葉たちだ」

顕微鏡で細胞を見つめ、遺伝子の並びを読み解き、測定結果の数字を書き記しながら、自然現象を掬い取って醸成された言葉。ふつうの人間なら日々のつぶやきで空中に拡散させてゆくはずのそれらの言葉が、エヴァンス氏の眼前に読めない音符として踊っている。

エヴァンス氏は理解した。自分がかがるのはル・シーニュ婦人の時間だ。歌手はうたう。ピアニストは弾く。かつて書物は音読するものだった。書物の身体は書物自身とそれに向かい合う読者自身にあった。さあ、婦人の細胞をかがろう。婦人の一個の細胞はリセットされ、書物として生まれ変わる。だがリセットされたその細胞が、いのちの本質を失うことはない。婦人の過ごした時間はリセットされても、彼女と時間との関わりは、すなわち彼女が生涯をかけて感じる時間の積み重なりは、彼女固有のものとしてかがられるだろう。歌手はうたい、ピアニストは弾く。いのちを持つ彼らは身体となって音を奏(かな)でる。ならば自分のなすべきことはひとつ。ただおのれが身体となって、書物という身体をつくるのだ。

＊

七〇歳を過ぎた彼は、いまひとりの男となり、アルコール消毒した両腕を自家製のクリーンベンチの中へと差し入れる。

作業の内容はふだんと変わらない——ただそれが大きな無菌箱の中で進むというだけだ。かがり台に腱を縒(よ)ってつくった綴じ紐を張る。人生の大半をともに過ごした木製のかがり台だ。たとえ永年空気に晒(さら)されたものであっても、丁寧に酒精綿(しゅせいめん)で表面を拭き、数日ベンチの中に置いて落ち着かせれば、雑菌も消えて立派に役目を果たせるのだと、ル・シーニュ婦人は請け合っていた。男はそれに従った。

目引きはおこなわない。かがり糸の太さは折帖の厚みや紙質によって選択される。男は予備試験を重ねて、最適な太さの糸を決めていた。腱として再生されたいのちは大麻や亜麻とは違った感触で男の指先に吸いつき、心地よい弾力を返してくれる。

やがて折帖は男の手先によって、パン生地が発酵するかのように、ふっくらと背の丸みを帯び始める。そのときには書物の脊椎というべき、素朴な背バンドが生まれている。
表紙のカルトンを準備する。幾重にもシートを重ねて厚みと堅さを与えたカルトンは、いま男の手元で無菌のパッケージから取り出され、やはり細胞液でつくられた澱粉糊を塗布される。鍋に蒸留水と細胞液を入れて煮た後、火から下ろして冷ました糊だ。ふだんの作業でもこの糊は二四時間で接着力を失う。なぜなら糊は生きているからであり、無菌の環境下でも変わりはなかった。骨のへらがいつもと異なる滑りを見せて、すぐさま男はその意味を理解する。製本のための小道具は、もともと多くが動植物の素材によってつくられたものだ。数千年の時を経て、いま小道具たちはようやく本来の相手を見つけたのかもしれない。

男は花切れを編む。いっとう美しい細胞を縒り合わせた糸で。それは夜空に輝く一等星と同じだ。一冊の書物が満天の星空なら、花切れはまず神話の始まるところだ。またそれは折帖の綻(ほころ)びを防ぎ書物の傷みを最後まで守り切る命綱でもある。よって花切れは美しく、華やかで、調和し、かつ靭(つよ)くあらねばならない。それにふさわしい細胞たちを、男は結んでゆく。

集中し、男がこの宇宙の中で一個の身体となっている間、男の内側から時間は消え去る。ひと連なりの作業が終わり、息をついた瞬間、男の身体に時間が積み重なる。その繰り返しだけがものをつくり上げる。ある呼吸の合間はやり直しがきく。しかしある呼吸の合間には、決して後戻りのできない作業を成し遂げなければならない。時間の積み重なりは一律ではない。そのすべてが未来を織るのだ。

革をすき、背に貼りつける。コワフの切り込みを形づくる。装飾紙も、見返しのスエードも、男は自らの手でつくり上げる。それは彼自身に積み重なった歳月を、再び生きる作業だった。同時に男は初めての時間を生き続けた。大学で学んで以来、ほぼ五〇年ぶりに、男は表裏内側の折り返しにも金箔を押した。脱脂綿で縁の糊を拭い、表面の水分も取り、つやごてを当てる。卵白液を調整し、細筆で塗ってゆく。その上にタンポンで置くのはアーモンド油だ。薄い金箔を、両の指先だけで吸い取って持ち上げ、静かに油の上に置いて押さえる。ルレットを転がすとき、男はかすかな声を聞いた。背筋に電撃が駆け抜けたが、両手に加える力は変えなかった。

エヴァンス氏はクリーンベンチの中から夫婦箱(めおとばこ)を取り出し、婦人の前に置く。その手つきが十数年前に大学の実験室で彼自身の見た、シャーレを取り出す婦人のしぐさとそっくりであることに、彼は気づかなかっただろう。夫婦箱とは書物を光や埃から保護するためのケースで、本の小口に当たる部分から蓋が開く。左右の箱の寸法が異なるので夫婦にたとえられる。

エヴァンス氏に促されて、婦人は顕微鏡のレンズを覗き込むように、夫婦箱を開け、書物を手にした。ふたりの間には平等に時間が積み重なっていた。エヴァンス氏の指の関節はさらに節くれ立ち、片膝はすっかり衰えて補強具に支えられていた。婦人の目尻や口元には細かなしわが刻まれている。変わらないのはこの店の中だけだとエヴァンス氏は思った。

早朝の光が窓から差し込み、婦人の手元を照らした。空中の小さな塵が、ふたりの間に漂っていた。

その塵が動いた。

エヴァンス氏は息を凝らした。初めてクリーンベンチの外で箱を開けるのは、顧客とふたりでと決めていた。なぜならそれはちょうど、赤ん坊が母胎から外界へ生まれ出るようなものだったからだ。無菌の環境からこの世界へ出て、この空気を呼吸することだったからだ。赤ん坊は初めて空気を吸い込み、産声を上げる。この書物はすでに無菌の空気に晒されてはいたが、初めていま空中を浮遊する他のいのちを体内に取り入れ、直(じか)に世界の音を聞き、直に世界と肌を触れあうのだ。

交響曲を奏でる前にオーケストラは調律する。それぞれの楽器が音を合わせ、呼吸を整えてゆく。そのとき起こったことは、それに近いことだったのかもしれない。赤ん坊は自らの身体性でもって世界と接し、調律してゆく。ふたりはその息吹を聞いた。

空中の塵が静かに、小さな渦を巻いた。

朝の光を受けて、婦人の手の中で書物は葉を広げようとしていた。朝露をまとった緑葉から酸素が発せられるのが感じ取れるように、水中のストロマトライトから滲み出る気泡の音が聞こえるように、ふたりは書物の革装が息をしているのを見た。その表面にある無数の微細な口から、息づかいが聞こえてくる。その吐息は空気を震わせ、そこに漂う塵を動かしている。婦人は本のページを開いた。何かが一気に溢れたように感じ、ふたりは同時に驚き、そして顔を見合わせた。

婦人が本をわずかに開いたかたちで机上に立てる。ごく自然に折帖はバンドネオンの蛇腹の如く広がり、書物の全身が空気に触れた。

エヴァンス氏は感嘆の声を上げていた。婦人の本がそれに呼応したとき、彼は咄嗟に息を潜めたが、その息づかいにさえ婦人の本は反応して音律を変え、彼は歓喜を抑え切れず再び声を上げた。婦人は顔を輝かせて両の手首を近づけ、礼を述べようとしていたが、彼は歓びとともに制し、力を込めてその両手を取っていった。

あなたの声はもう聞けるんだ。あなたの声が聴けるんだ。

彼の言葉に婦人の本が響き合う。そのときふたりは、ほぼ同時に気づいた。

一冊の本だけではなかった。息吹は幾重にも重なり合い、深く、大きく、迫(せ)り上がり、いつしか店内に声は満ち、歌は合唱となっていた。エヴァンス氏は長年親しんできたおのれの領土を眺め渡した。書棚に目を向け、朝日を浴びる彼らを見つめた。

彼がこれまで修復してきた革装本たちも歌っている。かつて生き物としてこの世界を歩いた羊皮紙や犢皮紙（ヴェラム）、エヴァンス氏の手によってすかれ、表紙として生まれ変わったいのちの断片たち。彼は自分が間違っていたことを知った。いつの時代もこの店の中だけは変わらないと思っていた。しかし世界は変わる。そしてこの店もまた、世界の一部なのだ。

聞こえるか、聞こえるか？　彼は喜びの表情で顧客の顔を覗き、耳に指先を当てて何度も尋ねた。相手は何度もうなずき、自分の耳に指先を向けてほほえみ返した。

そして彼女がはっと息を呑み、書棚へ目を向けた。

靴音を立てないようにゆっくりと、彼女は窓辺へと歩み寄っていった。エヴァンス氏は耳を澄ましながらそっと、栞というその婦人の横顔を見つめた。彼女も耳を澄ましていた。しかし彼女はエヴァンス氏以上のものを聞き取っていた。唇を静かに閉じたまま、彼女は書棚の最上段にある一冊の書物に視線を注いでいたのだ。

その眼差し（まなざ）と、透き通るように伸びる睫（まつげ）を、エヴァンス氏は死の床につくまで忘れることはなかっただろう。

それは彼の父が遺（のこ）した聖書と隣り合わせに置かれた、モロッコ革製の詩集だった。

婦人が手を伸ばし、書物に指先をかけた。その指先が書物の花切れに触れた瞬間、エヴァンス氏は彼女の確かな声を聞いた。

彼女はすでにわかっていたのだろう。大切にその本をエヴァンス氏へ渡すと、ポケットから紙片とペンを取り出し、掌の中で英文を綴った。

ここにスペイン出身の美人がやってきたことはありませんか。

「ああ。もちろん」

私は彼女に歴史を教わりました。

「そうか。亡くなったよ、一〇年前に。私が修復し、受け渡す約束をしたその日の朝、マルセラは息を引き取った」

その言葉を受けて、初めて婦人は強い感情の揺れを見せた。彼女の瞳から涙が溢れ、ぽたぽたとしずくが床に落ちた。

書物たちの歌声が満ちるなか、エヴァンス氏は本を開き、そこに挟まれている一葉のしおりを彼女に見せた。

修復を依頼されたとき、そこにあったものをそのまま戻しておいたのだ。なぜマルセラがそこにしおりを置いたのかわからない。だがいま一〇年の時を経て開かれたそのページは、ようやくかつての教え子と、直(じか)に言葉を交わしたのだ。

朝の練習機が音を立ててふたりの頭上を過ぎてゆく。

レッドランズ空港は、これからも若き操縦士たちを育ててゆくことだろう。

*

——そしてあなたの書物たちも、いまは歌っているはずだ。

倫理観は変化してゆく。人は自らの細胞をもとに書物をつくるようになった。それらの歌声は大陸を越え、山脈を跨いで、この世に残された書物たちの声を呼び覚ました。いま人類は大英図書館の地下室から、チベット僧院から書物の歌を聴く。彼らの吐息と共に生きている。

メントーン通りのルリユールはもうこの世にいない。世界を変えた彼の名は、さほど人々の心に刻まれずに忘れられた。何年も前にあの店は解体され、いまはごくありきたりの酒屋になっている。窓辺の書架に並んでいた革装本たちがどうなったのかはわからない。だがひとつ確かなことは、彼の名のかわりに息吹は世界に広まったということだ。

メントーン通りに差しかかると、いまもときおり歴史を思い返す。一九世紀初頭、屍体を継ぎ合わせてつくられた怪物は、ついにその名を与えられなかった。創造主であるスイス人科学者の姓名だけが人々の記憶に残り、語り継がれた。

エジソンが蓄音機を発明するのはそれから半世紀以上も後のことだ。人類は怪物の声を錫箔(すずはく)の溝に記録することは叶(かな)わなかった。怪物は自らの言葉を創造主に向けて発し、創造主である科学者は怪物の言葉を探検家のウォルトン船長に語って伝えた。彼は怪物の心の内も想像して船長に語った。ウォルトンはそれらの奇怪な話をもとに、故郷の姉へ長い手紙を書いた。そうして怪物の声は紙面に書き留められ、活字に組まれて時代を超えた。声はそのようにして受け継がれた。そのことがときおり、とても象徴的なことに思える。なにげない太陽の光が人の心を打つように。

H・A・レイの『星たち』を受け取りに行った夕刻のことはよく憶えている。車を降りて駆け寄った窓の向こうに、生まれ変わったその本は置かれていた。茶色の革で包まれたその本は、大きく深呼吸をしてひとまわり大きくなったように思えた。カストルとポリュックスが誇らしげに輝いており、私は窓ガラスに両手と額をつけて歓声を上げた。店内に入ればその本を手に取れるのだと気づき、母の手を引いて勢いよく扉を開けた。エプロン姿の男性が、紙と道具で埋もれた机の向こうで私たちを待っていた。彼はゆっくりと立ち上がり、片足をわずかに引きずりながら歩み寄り、窓辺の陳列台から私の本を取り、この私の両手に渡してくれた。

見違えるほど立派になった本をめくり、表紙の手触りを何度も確かめ、私は誇らしくなって母の顔を見上げた。夕暮れ時の朱い光が、母の顔を照らしていた。小さな埃が光を浴びて浮かんで見えたが、むしろその場所にはふさわしいような気がした。私の本がここで生き返ったのなら、この部屋に溶け込んだ埃や革の匂いは山水に含まれるミネラルのようなものだ。私は思わず手を伸ばし、母の鼻先に浮かぶ埃をつかもうとしたが、どこかへ漂って消えてしまった。母が驚いたような表情を浮かべ、その顔が夕陽に染まっていた。

そのとき私の心はしおりを挟んだのだ。

中学を卒業する頃、私はコルクの枝に腰掛ける蒼白の女性が姿を消していることに気づいた。聞けば兄も一二、三歳の頃に見失ったらしい。つまり私たちの身体は成長し、時は積み重なり、イーマのさまよう世界から離れたのだった。

いまはコルクの大樹を仰ぎ見ることもない。そのかわり私は宇宙からの電波をとらえる天文学者となった。兄は町を離れ、祖父母の生まれた京都へと渡り、建築物の修復を生業(なりわい)としている。

今年、兄のもとに男の子が生まれた。彼に時が積み重なったとき、この家でアイルランドのひとり娘と出会うだろうか。

いま私はフィアンセとともに、メントーンの町に暮らしている。暖炉の上に並ぶ書物たちが、フィアンセの演奏するピアノの音色を呼吸している。外では雨が降っており、コルクの枝葉が翳(かげ)りを帯びる。

一九世紀の怪物はどのように歌っただろう。私は世界が歌うのを聴く。雨音を越えて声が空を包んでゆく。やがて雲が晴れたとき、陽射しがこの町に降り注ぎ、光は世界へと広がってゆくだろう。

その世界のなかでいま、私のフィアンセは懐かしいジャズを奏でる。優美に、女性の指先で、ほんの少しばかりビル・エヴァンスのように。

# 希　望

# 1

祈りの言葉を初めて口にしたのは一〇歳のときです。

その日の朝、背伸びして書棚のいちばん上の段に初めて手が届きました。グレアム・グリーン全集がそこに並んでいて、私は黒い背の部分にこうして指先を引っかけて、重力の助けを借りて手元に落としました。

小さいころからずっと書棚を見上げて、最初に読むのは第二一巻の『神・人・悪魔』だと心に決めていました。私は絨毯(じゅうたん)の上で、裸で這いつくばりながらページをめくりました。それは小説ではなくエッセイ集で、彼が一四歳でマージョリー・ボウエンという作家の書物に出会い、強く影響を受けたというくだりを読んで、いま自分にもまさに同じことが起きていると感じました。グリーンは後に作家になって、カトリック教徒としてボウエンが書いた本当の意味を知ります。その部分は何度も読み返して憶えました(瞳を閉じて諳(そら)んじてみせる）——極めつけの悪はこの世に横行しているが、至高なる善は二度と現われることはない。人はただ運命の振子によって、最後には神の裁きの成就することを信ずるだけだ。

最初のエッセイを読み終えないうちに父が迎えにやってきて、私は本を隠して立ち上がりました。グリーンの言葉が頭から離れず、居間を出るとき咄嗟に、棚の小さな聖母マリア像をつかみました。

ラボでは準備が整っていて、私は計測室に入りました。いえ、父はドアの鍵を開けるだけです。私がこの足で、自分で中に入るのです。計測室は二階にあって、大きなガラス窓から吹き抜けのラボ全体が見渡せました。その日はスカイライン３７０ＧＴタイプＳＰが私を待っていました。窓の向こうに試験車は用意され、そのまっすぐ先にはハニカム構造の壁がいつものように、これから始まる衝突に備えているのでした。

父はドアの脇に凭れて、私がいつものようにシートに座るのを待っていたはずです。私はてのひらの中のマリア像を計測パネルに置き、跪いて祈りの言葉を唱えました——天におられる私たちの父よ、御名が聖とされますように。アーメン。こうして、人差し指と中指で、額と胸と、左右を十字に切って。ほんの小さな動作で。祈りの仕方なんて本当はよく知らなかった。小さいころ修道院で見ていましたが、私は洗礼を受けていなかったのです。でもこのとき祈りながらはっきりと、これがグリーンのいう運命の振り子を揺り戻すための、ただひとつの希望なんだと感じたことは憶えています。

立ち上がって、ドアのところにいる父に振り返りました。そのときの父の表情は思い出せません。私はいつも父の顔を、見たふりをしながら本当は見ていなかったのかもしれない。蔑んだ目つきだったとか、哀れみの顔だったとか、愉悦の表情だったとか、そんなふうに言葉に出してしまうと、ぜんぶ記憶の捏造であるような気がして、思い出が蘇りそうになるたび心の雑巾で父の顔だけ拭ってしまう。

でもひとつだけ憶えているのは、あのとき父の頭が大きく横に傾いて、音を鳴らしたことです。もう一度、今度は反対側に、弾みをつけて。

「重いんだよ、頭が」

腕の関節を鳴らすみたいに、父はいつもこうして首の骨を、折れるかと思うほど大きな音で鳴らすのでした。

窓の真正面には試験車と同じ装備のシートが用意されます。私がそこに座り、シートベルトを締めたことを確認して、父はドアを閉めて出て行きます。外から施錠されるので、逃げることはできません。シートは黒の本革で、ヒーターが内蔵されて人工の熱が籠っていました。ラボに降りていった父がチームのメンバーと共に最後の点検を始めます。その様子が窓越しによく見えました。

父が点検を終えて、別室へと姿を消します。自動車のリモートスイッチが入り、エンジンが回転し始めます。その音は私の鼓膜に直接電気信号として与えられます――スカイラインの座席で聞こえるのとまったく同じように、エンジンの吐息が、タイヤのゴムの軋（きし）みが、私の肌といっしょに震え始めます。その朝、運転席に座る私の分身は彼女ではなく彼で、名前は《ハイブリッド‐Ⅳ6th タイプjms（ジェイムズ）ダミー》――あなたはこうしたダミーに厳密な規格があることを知っていますか。アメリカの49CFRパート572ならびに日本国内の同様の法規TRIASに準拠していなければなりません。ハイブリッド‐Ⅳの体型はアメリカ成人をもとに設計されています。こうしたことからわかるように、もともと衝突試験の規格は自動車大国であったアメリカによってつくり上げられました。かつて日本の自動車産業は、アメリカの規格を輸入して衝突試験を繰り返すばかりでした。国産のダミーロボットをつくり、その衝突試験を日本でビジネスに育て上げたのが、あくまでもフェアに申し上げるなら、医工学者であった私の父です。

　ホイールが開放され、壁に向かって突進を始めます。私の人工内耳に、額や顎や膝関節の人工細胞に加速が伝わります。ゴーグルのようなもので視界の自由を父から奪われたことはありません。父は物体の慣性質量と重力質量が本質だとわかっていました。だから私は計測室から、車の突進を眺めるだけで許されていました。そのかわり、父は試験車の外観を無粋なマーカーで汚すことを嫌っていました。私に心の余裕を与えると考えたからです。マーカーが目に入ることで、これはただの試験なんだ、現実から一部を切り取られたモデル世界なんだと安堵してしまうことを避けたのです。ですから車体の内部には電子タグが張り巡らされましたが、外見はいつもおろしたての新車のように滑らかでした。ダミーたちはいつもそのままラボの外までドライブに行きたがっているようにさえ思えました。しかし彼らの行く手には壁があり、慣性の法則に従って、質量と質量はぶつかりあう宿命にありました。

私は目を瞑りません。幼かったころ、そうして目の前の状況から逃げようとしたこともありましたが、両手で耳を塞いでも想像が膨らんで、夜にうなされたからです。

私は瞬きをせずにその一部始終を見つめました。その日が通常のハイブリッド－Ⅳを使う、父にとって最後の試験だったと思います。分身がベルトをしないのに計測室の私がつけるのは、やはり幼かったころ、分身と共鳴しすぎて前へ飛び出し、部屋のガラス窓に額を強く打ちつけて、何針も縫った経験があるからです。一瞬でも目を瞑ったら夜に慣性が襲ってくる。一瞬でも目を逸らしたらこの内耳が、この膝が、私のすべてをあの現場へ連れて行ってしまう。だからしっかりと目を開きます。

スカイラインの前部はアルミ製の青いハニカムバリアに吸い込まれてゆきます。紙を丸めるようにごく自然に、バリアと試験車は互いに縮まり合うようにぶつかってゆくのです。その日、エアバッグは作動せず、ハイブリッド－Ⅳはシートから浮き上がり、フロントガラスに額を打ちつけました。

インパクトがガラスの素材を四方へと伝わり、砕けてゆく。私は拳(こぶし)を握りしめてエネルギーの変化を受け止める。ダミーはわずかにバウンドしてダッシュボードにせり上がり、ついにガラスを突き抜けて、無数の半透明の破片と共に、くしゃくしゃになったバリアとボンネットの中へダイヴしてゆく。あなたは成人男性の頭部の重量を知っていますか。ダミーには規格があると申し上げました。ハイブリッド-Ⅳの全身の重量は一七二ポンド、七七・五キログラム。頭の重さは一〇ポンド、四・五キログラム。フロントガラスを粉々に砕くあなたの頭が、四・五キログラム。ハイブリッド-Ⅳは精悍(せいかん)な漆黒に塗られていて、フロントガラスを突き抜けた身体に、無数の破片が津波のように、生き物のように降りかかる。そのすべてが計測室からよく見えました。一瞬のうちに彼の表面に刻まれて残る傷痕や陥没も——剝き出しになる銀色の骨格も、その歪(ひず)みや捩(ねじ)れも——彼らは私たちの分身であり——私たち人間が質量を持つが故に彼らも質量を持ち——宇宙開闢(かいびゃく)以来ずっと続いてきた衝突を繰り返す——

「言美(ことみ)。ちゃんと見たね」

父の声がマイクを通じて聞こえ、私は声に出して応えました。

背後でドアの開く音が聞こえました。すべてが終わり、私の裸の肩に手を置いたのは、父ではなく母でした。母は私の脇に立ち、私と同じ方向を見つめていました。母は完璧な均衡(プロポーション)の持ち主で、物体として瑕瑾(かきん)などひとつもなく、だからこそ母に並外れた知性が備わっていることが信じられませんでした。母は、私のダミーと並ぶもうひとつの理想、すなわち人類のダミーでした。

私が〝希望〟というものを初めてつかんだのは、この朝だったといえます。私を五年間も軟禁して、衝突試験を見せ続けたこのふたりが、いつか未来に破滅することを、私はマリア像に願ったのです。

## 2

あえて取材ノートを鷹揚（おうよう）にめくりながら言葉を挟んだ。

「希望について、あなたから積極的にお話しになる必要はありません」

女はあからさまに表情を曇らせたが、見えないふりをして言葉をつないだ。

「あなたの半生をそのままお聞きしたいのです。お話から浮かび上がってくるあなたの〝希望〟を、ナチュラルな形で読者に伝えられればと思っています。ちょっと失礼」

録音機のRECボタンをそのままにして立ち上がり、ウォッシュルームへと向かう。充分に相手の死角であることを確認してから、洗面カウンターの前でスマートフォンの画面を操作する。パネルをタップする私の姿が鏡に映っていた。

喫茶店や会議室ではなく高層シティホテルの客室を希望したのは彼女だ。さすがに警戒したが、売春行為が目的ではない、もう何年もセックスしていないという直截（ちょくせつ）な言葉にかえって興味を掻き立てられた。これで最後なのだ、ふだんと違ったことをして幕を引くのも悪くはないと思った。

一九歳といっていたが、実際は一六、七だろう。少女といったほうが適切かもしれない。古着のTシャツも膝の破れたジーンズもただの安物に見えた。ルームサービスで頼んだ飲み物はオレンジジュースで、アクセサリーのたぐいはほとんどつけておらず、持ち物はインタビューの間もずっと自分の脇に置いていたエコバッグひとつのみだった。

ただしその整った顔つきは、最初に雑踏の中で見たときも際立っていた。学生ではなくフリーアルバイターだと彼女は答えた。張り詰めた姿勢で消費者金融のプラカードを持つそのさまはむしろ近寄りがたいほどで、多くの通行人が何かの撮影かと勘違いし、きょろきょろとテレビカメラの位置を探していたほどだ。

たかがアルバイターから数時間の話を聞くために高級ホテルの一室を借りるのは、ビジネスの観点からすれば非常識な行為だ。しかしあえて受け容れたのは、つまり街頭で彼女の佇（たたず）まいがあまりに世界から浮き上がって見えたからだった。日常にまみれた大人たちが時間を潰しているようなカフェで彼女の話を聞くのはかえって危ういと、何か無意識のうちに感じていたのかもしれない。

検索結果の画面が眼前に浮かび上がる。鏡越しにそれを眺めて目を細めた。

「梁瀬通彦（やなせみちひこ）。ベル・フィッツジェラルド。本当か？」

衝突実験のダミーロボットと聞いて梁瀬の名は思い出したが、もうひとりは予想できなかった。

Belle（ベル）といえばかつてCP対称性の破れを探る国際共同実験の名称でもあった。その意味ではできすぎた符合といえる。ベル・フィッツジェラルドは欧州合同原子核研究機構（CERN）の副所長で、宇宙に関する人類の視座（パースペクティヴ）を完全に塗り替えてしまったあの大型ハドロン衝突型加速器（LHC）の研究プロジェクトにおいて中心的役割を担った素粒子物理学者であるからだ。二〇〇九年のプロジェクト開始時から頻繁にメディアに登場し、薬指のリングを世界に見せつけ、刃物のように怜悧（れいり）な美貌で記者らを唖然とさせていた。平凡な男性と若くして結婚したらしいが、ジュネーヴではずっと単身で暮らしていたため、誰も夫のことは詮索しなかったという。ただ、しばしば日本を訪れており、何年も前から梁瀬と肉体関係にあったことは、一部の科学コミュニティで公然の秘密とされてきたようだ。取材の前線から降りていると、そのようなゴシップにも疎くなる。

パネルを操作していくつか検索結果を探ったが、ふたりが日本で少女を軟禁していたなどといううわさはひとつも見当たらなかった。

いくつかの記事に添えられた写真や動画が、鏡越しに重層されている。空間を隔てる壁が一瞬消失したような錯覚を感じて手を下げた。鏡の中に自分の髭面が戻った。

言美というあの少女が仮にいま一七歳だとすれば、七年前の話ということになる。ちょうどLHCが本格的に稼働し始めて、ヒッグス粒子の正体をまさに捉えつつあった時期に当たる。

取材を受けるうちにおのれの生涯を脚色してしまうタイプの人間がいる。長時間話すことで精神が高揚し、言葉を紡ぎやすいように、口が回りやすいように、物語を塗り重ねていってしまうのだ。誰でも自分のことは英雄として語りたがる。悲劇の主人公として語りたがる。取材者はおのれのすべてを信じてくれると思い込む。

手の込んだ詐欺か、それとも大当たりの宝くじか。

念のため、スマートフォンの設定を変更して、胸ポケットにしまい入れた。密室で会話を続けることは、無防備な第三者のいわば安全を確保することではあるが、逆にこちらにとっては危険な状態でもある。不測の事態が発生したときはすべてのログと共にサーバへ緊急信号を送信してくれるだろう。

小用を済ませて手を拭きながら部屋に戻ると、女が直立の姿勢でまっすぐ腕を伸ばし、銃口を向けていた。

私は立ち止まり、女を見つめ返していった。

「おい、ここは日本だぞ」

「手を放したらどうなる？」

「さあ。銃が落ちるだろうな」

言美は手首を傾け、そのまま放した。護身用の小さなリボルバーは握りの部分から落下し、ガラステーブルの端にぶつかって大きな音を立て、弾かれてベッド脇まで飛んでいった。銃口は明後日（あさって）の方向を指して止まった。

言美がいった。「対称性の自発的破れ」

私は横たわった拳銃を眺めながら応えた。

「鉛筆倒しのたとえだな。ワインボトルの底の出っ張り部分にビー玉を置いてもいい。出っ張りの頂点が、つまりは真空状態だ」

「先の尖（とが）った鉛筆を逆さにして机の上に直立させる。手を放すと対称性が破れて、鉛筆は机を転がって、やがてどこかの方向を指して止まる。いったん転がったら、ほんの少しの揺らぎで鉛筆は別の状態に簡単に変化する。でも東を向いても西を向いても同じエネルギー状態だから、このとき鉛筆はエネルギーを運ばない。鉛筆はエネルギーゼロ。つまり質量ゼロ」

女が南部・ゴールドストーン粒子の概念を話し始めたのは、本来なら驚くべきことだったが、私は無表情に聞き流していた。ベル・フィッツジェラルドの名に行き当たった時点で、かつて科学ジャーナリストとして連日浸っていた専門用語の数々を思い出していたからだ。

ゲージ理論においては、質量ゼロのゲージ粒子が南部・ゴールドストーン粒子を吸収して、質量を獲得すると考えられている。宇宙の謎を解き明かす素粒子物理学は、かねてから物性物理学と隣り合わせの関係にあるが、物性物理ではこうした質量の起源の謎が超伝導状態において顕在化される。超伝導状態では有限質量の粒子が質量ゼロとなり、逆に質量ゼロであるはずの光子が有限質量を持ったかのように一定の距離しか進めないという逆転現象が生ずる。二〇〇八年にノーベル賞を受賞した日本人物理学者の名を冠する南部・ゴールドストーン粒子の概念は、この理屈を説明するものだ。

宇宙の起源などというと人間社会から遠く離れた事象のように思われるが、宇宙の始まりを探ることは私たちの身体を構成する物質がどのように実体を伴うようになったか、すなわちこの世に質量がどのように生じたのかという謎の解明と表裏一体の関係にある。

質量ゼロの粒子が、真空で質量を得る。

車は質量を持つがゆえに、衝突で破壊される。

「きみは養子だった？」

私は尋ねた。きみはつまり虐待されてきたと主張したいのか、そう単刀直入に問い質したい気持ちを胸の内に抑えた。ほとんどのインタビュイーは自分の言葉をそのまま受け止めてもらうことを望む。つまり。要するに。いい換えると。そんな言葉は禁句だ。彼らはおのれの人生を赤の他人に要約などされたくないと思っている。

希望が最後に残る。オーラル・ヒストリーという手法を確立し、二一世紀の私たち書き手にも計り知れない影響を及ぼしたジャーナリスト、スタッズ・ターケルが9・11後に発表した大著の原題だ。日本ではまず抄訳がなされ、長引く不況下で前オバマ大統領の若き日のインタビューを含む完訳版が刊行された。その後、日本は一連のテロ事件を、アメリカは国内紛争を、世界はさらなる経済危機をくぐり抜け、再びターケルの書物を蘇らせようという運動が自然と起こった。さまざまなメディアが人々に「希望」を聞いて回った。著名なジャーナリストも、市井（しせい）の書き手も、自らの聞き取った他者のオーラル・ヒストリーを自発的に公開していった。

ターケルは答えの出ない問題をつねに聞いて回った。従って彼の著作は多くの発言の集積体であり、読者はその総体から答えのない問いへの想いを読み取った。いまはどうだろう。昨今の科学はそうした発言の総体さえ、総体として読み取る手法を確立しつつある。少なくともそう主張しているように見える。それはちょうど自然界に解き放たれた無数の生命体を総体として読み取ろうとする暴挙と同じだが、そもそも科学はその暴挙を目指してルネサンス以降突き進んできたのではなかったか。

騙すつもりならそれでも構わない。この少女を最後のインタビュイーに決めたのは直感だが、初めて見た瞬間から深層下では記憶を抉（えぐ）られ、知らぬうちに引き寄せられていたのかもしれない。少女の真意はまだわからなかった。ただ、ありふれた小児虐待の話をここで聞かされるのは御免だった。

ざあっ、と世界が音を立て始める。私は窓に目を向けた。雨が降り出したらしい。窓ガラスに傾斜した細い軌跡が刻まれ、それがリズムになっていった。空から偶然にも二五階の窓へ叩きつけられた水滴たちは、やがて互いにつながって、裏返しのまま重力に支配され、ガラスの向こう側を滑り落ちていった。

二〇年も前にヒットした映画を思い出した。裏返しの半角カタカナが画面の上から流れ落ちてくる、あの有名なシークエンス。初めて私は合点した。あれは日本語だから上から下へと落ちてきたのだろう。

「ボールに感情移入したことはある?」

「きみはあるのか?」

あなたからきみへと、呼びかけの言葉が自分の中で変わっていた。だが短い休憩を挟んだことで、相手の口調も変わっていた。

「父はたくさんのダミーをつくっていた。頭部だけのインパクターも、膝や靭帯(じんたい)だけのダミーも。あのころは衝突の影響を調べるために、全身のダミーだけじゃなくてそうした人体各部の特性も、それぞれに特化したダミーで検査されていた。加速度計のついた杭のような衝撃子をぶつけて、生体忠実性というものを保証するの。ダミーの素材は、硬すぎても、柔らかすぎてもいけない。ＰＶＣとウレタンとアルミでつくられたボールは、指先に力を込めて押し込むと、ほんの少しだけ弾力を返す。それが私たちの頭のかわりになる」

「その話をしてくれ」

相手がソファに座るのを待ってから私も対面に座り、録音機のＲＥＣボタンがそのままになっていることを確認した。

雨音は強まり、拳銃は私たちから離れた場所で西の方角を向いていた。それがいまの時点における、いわば明後日の方向だった。

# 3

五歳のときに修道院から引き取られたけれど、何月だったか憶えていない。引き取りに来たのが父だけだったのか、どんなふうに手を引かれて、シスターたちと別れを告げたのか、雨だったのか晴れだったのか、どんな道を通って父のラボに向かったのか、なにひとつ記憶に残っていない。でも、父と一緒に暮らし始めてから、何度もふたりで別荘に行ったことは憶えている。

私は助手席に座って、父はいつも高速道路を飛ばしていた。フロントガラスの向こうに広がるのは、決まって青く晴れ渡った空だった。父は車内で南国の民族音楽みたいなCDをかけていて、それが加速する道路と抜けるような空によく合っていると感じた。

そうして連れて行かれたのは、山をいくつも越えたどこかの田舎だった。正確な場所はわからなかった、というのも、父の車のフロントガラスにはいつも細工があって、標識や案内板が現れるとその部分だけ不透明になったから。私が姿勢を変えても、どんなに隙間から覗き込もうとしても無駄だったから、私は父の裏をかくことをやめて、到着するまで景色を愉しんだ。

人家の少ない渓谷へと入って、舗装された道路から歩いてさらに奥へと進んだところにバンガローがあった。そこが私たちの別荘だった。あれが父のものだったのか、それとも誰かの持ち物だったのかわからない。電気と水道は来ていたけれど、ガスはなくて自前のコンロを使わないといけなかった。新聞紙や枯れ枝を燃やしてキャンプみたいにご飯を炊いた。

私はただ自然の中で気ままに遊んだ。虫を捕まえたり、河で泳いだりして。ときどき魚を釣っておかずにした。木登りも自転車の乗り方もあそこで覚えた。

父がその間、何をしていたのか憶えていない。私をキャンプに連れ出すくせに、父は自然が苦手だった——薪(まき)も満足に割れなかったし、火を熾(おこ)すのも私のほうが上手だった。だからときどき鈴木さんという男の人がやってきて、日中は私の遊び相手になって、いろんなことを教えてくれた。洗い熊みたいな顔で、釣り人やカメラマンが着るようなベストをいつもつけていた。後年、あれはぜんぶ偽の記憶で、本当は夢だったのかもしれないと思ったこともあった。そういうことってあるでしょう。光がことさらにきらきらするような想い出は、どこか偽物のような気がする。でも私はナイフの使い方も、紐の結び方も、水切りをするときのうまい石の投げ方も、鈴木さんから教わったすべてのことは、いまでもちゃんと憶えている。

車で河の上流まで行くとふしぎな場所があって、その河辺の石ころは、重力に逆らって立つことができた。大きな石の尖った部分を別の石の上に乗っけて、そっと手を放すと、そのまま石が立つの。むかし、ここは火山の中心で、そのへんの岩はみんな溶岩が固まったものなんだよと鈴木さんは教えてくれた。小さなつぶつぶが摩擦になって、石を倒れないようにしているんだって。私は夢中になって、何十個も石を重力から解放させた。陽が沈むころには賽(さい)の河原のように石の卒塔婆(そとば)が延々と河岸に続いていた。いまでもあの河岸の石は、重力に逆らいながら立っていると思う。私が立てた石じゃないかもしれないけれど、きっと誰かがあの場所で、いまも石を立てていると思う。それが、鈴木さんがこの世にいた証拠だと思う。私の記憶が間違いでない証拠として。

バンガローには五右衛門(ごえもん)風呂があって、父が薪をくべて私たちはふたりでいっしょに身体(からだ)を洗った。父は私の額を撫でながら、ときどきこんなふうに親指で押した。柔らかさを確かめるのだと父はいった。背中をごしごしと洗ってくれるときタオルの生地が痛かった。

お風呂に入りながら、父に尋ねたことがある。どうして私は幼稚園や学校に行かなくていいの。ランプが暗く細く灯っていた。裸の父は少し考えてから私に答えた。

「おまえは任務を負っている」

「任務って？」

立ってごらん、といわれて私はそうした。父は私の右足をお風呂の釜から引っ張り出して、膝の部分を指していった。

「小さな傷跡があるだろう。おまえの膝には精密な機械が移植されている。これは世界との通信装置だ。おまえは機械の情報を発信し続けなくてはいけない。その大切な任務のために、おまえは学校を免除された」

「誰が埋めたの」

「宇宙の宿命だよ」

「どうして私だけ？」

「おまえだけじゃない」

そういって父は自らの右肘を見せた。同じような傷があった。

「おまえが感じるものを、パパも感じている。だからおまえは怖がらなくていい」

私が黙っていると、父は頭を振って首を鳴らした。その音のほうが怖ろしくて、私はお風呂の中に身を縮めて訊いた。

「パパ、頭が重いの」

「ほとんどの人間は頭部の重さを忘れたふりをして生きている。ちょうど両目の間に鼻があることを忘れたつもりになっているように。だがここには確かに質量があるのだからね」

お風呂の後は父といっしょにゲームをして遊んだ。誰のものかわからないけれど、バンガローには木製の玩具(おもちゃ)がいくつもあって、剣玉や将棋崩しは暇つぶしにもってこいだった。あるとき父がランプの下で、囁くようにいった。

「わかるか、言美。人間の遊びの本質は、重力感との戯れなんだ」

私はだるま落としの木槌(きづち)を振った。だるまの足下は掬(すく)われて、いちばん下の円柱は弾けて飛んだ。残りの胴体が少し姿勢を崩して留まる。私の手が与えた衝突のエネルギー。目の前にだるまの残りを置いておく慣性。地球の中心に向かって立つ円柱。そこにだるまが留まるのも、崩れるのも、だるまに質量があるからだと父はいった。地球上の生き物は、その慣性質量と重力質量を感じることで世界とつながっている。おまえの身体にもその能力が生まれつき備わっているんだよ。父はそういって私の頭を撫でた。

あれは七歳の夏だったと思う。バンガローから帰る日の朝、鈴木さんが私だけにそっといった。

「言美ちゃん、きみと会うのは今日が最後だ」

なぜ最後なのかわからなかったが、鈴木さんは正しかった。

「よく聞いてくれ。きみには人間としての自由がある。耐えられなくなったときは、いいか、きみ自身の力で両親から逃げろ。ほかの人たちはきっときみを助けてくれる。できるならいまぼくがきみを攫って帰りたい」

「ねえ、鈴木さん」

私は以前からの疑問を口にした。「私って本当に人間？」

「何を莫迦なことを」

鈴木さんは苦笑して首を振った。そして私を抱きしめてくれた。

「きみは、本当にきれいだ」

そのとき草の擦れる音がして、私は鈴木さんの肩越しに、男の子の姿を見た。その子は木陰から私たちを窺っていた。Tシャツに半ズボンで、髪の毛はあのときでも珍しい五分刈りだった。木漏れ日の中にいても腕まで灼けているのがわかった。

「ユウキ、来るなといったろう」

振り返った鈴木さんが咎めると、その子はびくりと身を震わせた。そして無言の声を上げて、樹木の幹から手を放した。棘が刺さったのか、男の子は顔をしかめて人差し指の先を親指でなぞった。

　そして顔を上げて、私を見つめた。

　鈴木さんが次の言葉を発する前に、身を翻して姿を消した。走り去ってゆく音が耳に届いた。

　私の夏はそれで終わった。

　父は高速道路を走るとき、必ず前方の車を追い越した。視界に車が見えたらどんなものでも抜き去っていった。走行車線に従って前の車両に近づき、ミラーに目を向けてウィンカーを弾く。一気に加速して追越車線に入る。父の中で一連の動作は楽器の演奏みたいなものだったのだと思う。充分に追い越したら必ず父は走行車線に戻った。そうした動作が父にとっての、薪割りであり石の水切りだったのだと思う。私は助手席で、そうした父のリズムを車両の加速と共に感じていた。

　肌色をした頭部インパクターは、お饅頭（まんじゅう）のようにも見える。

　それは歩行者の頭を模した球体で、表皮はポリ塩化ビニル（PVC）でできていた。これにも厳密な規格があって、日本では四・五キログラムと三・五キログラムのものが使われていた。車のフロントガラスやボンネットに射出衝突させて、衝撃値とか頭部傷害値といったものを測る。このお饅頭を落とすためだけの、大きな機械がラボにあって、私はお饅頭の中に埋め込まれたセンサとひとつになって、この額でボンネットに落下した。

自動車事故は真正面からぶつかるものばかりではない。ダミーたちはシートに括りつけられ、あちこちの方角へ叩きつけられる。チャイルドシートに座った子どもは、急激な横揺れを受けて、投げつけられたように手や足や頭部を大きく揺らす。質量はどこまでも運動を続けようとして、首や膝をねじ曲げてゆく。

父は段階を追って私に衝突の体験を教えた。最初のうちは絵本やアニメで。次は破壊された車両の写真。実際の事故の記録映像。父は周到に私から、現実の死体や傷ついた肉体を隠していた。なぜならそれは父の研究にとって夾雑物（きょうざつぶつ）だったから。

「痛いか、言美」

私は何度か泣いたかもしれない。でも本当のことをいえば、痛みなんて感じなかった。ほら、小さいころは、転んでもきょとんとするだけで、痛みなんて感じてない。大人が駆け寄ってきて痛そうな顔をして慰めてくれるから、ああ、これが痛みなんだと学習して泣く。でも私は痛みさえ感じなかった。視覚も何も変わらない。ただ、落ちて、ぶつかる。物体の加速と慣性を感じるだけ。だから最初のうちは違和感が怖くて泣いた。そのうち私は泣かなくなって、この身に感じることだけをピュアに自分で探るようになった。

人間はどこで重力を感じているか？　どこで加速度を、慣性を感じているのか？　これにきちんと答えるのは難しい。ヒトやショウジョウバエは耳で重力を感じるけれど、ひとつひとつの細胞にも、別種のセンシングシステムが備わっているのだと聞いた。重力は一種のストレスとして、私たちの細胞の中でストレスタンパク質を誘導する。私たちの体内にはたくさんの種類のストレスタンパク質があって、それぞれが複雑に情報ネットワークをつくりながら、免疫機能や無意識の情動に影響を与えているんだって。他にも加速度を察知するセンサがある。だから車のアクセルを踏むことで人は気持ちを昂らせる。落下の加速にぞくぞくする。そうした先重力感と併せて、ヒトは成長するにつれて周りのいろいろな物体の動きを学習して、後重力感を社会的知能として発達させてゆく。ボールは放物線を描いて飛んでくるのだと学んで、だからどう動けばボールを避けられるか理解する。物体の動きをもとに私たちは世界を予想できるようになってゆく。ヒトにはその能力が生まれつき備わっている。私たちの重力感は、そうしたさまざまな感覚や知能が複雑に絡み合ったものなんだって。

父はふしぎな実験もやってみせた。たとえば、全身は座ったまま、この右膝だけに慣性を与える。私は自分の膝に手を当てて、てのひらで包みながら繰り返し感じた。

なぜ人間の身体はこんなに危なっかしいんだろう。なぜもっと安全なかたちに進化しなかったんだろう。

慣性に痛みは付随しない。だって私たちの肉体において、もともと重力知覚と痛覚は隔てられている。でも高いところから落ちるとたいてい痛いから、ふたつがセットになっているように錯覚しているだけ。もし物体の慣性と痛みが厳密に分離できたら？　そのとき自動車社会にとって真の安全とは何を指す？　父はあのころから考えていたのだと思う。物体の慣性のエネルギーは、精神活動においてどこまで本質的であるのか。もし肉体が壊れても、人間の本質がぎりぎりまで安全であったなら、それは未来において真の安全の実現ではないかと。

以前に父が教えてくれた。一七世紀、ボヘミアの王女様が、デカルトという哲学者にこんな質問を投げかけた。肉体を動かす精神もまた物質だというのなら、その精神がどんな運動をしているのかお教えください。肉体が物質として運動するのなら、かたちを持った精神が、それに衝突して動かしていることになるでしょうと。

父から初めて聞いたとき、なんて聡明な王女様だろうと思った。デカルトはこの質問にうまく答えられなかった。そもそもどうして私たちは動けるんだろう？　どうして私たちの心は、物体であるこの身体を動かせる？　心の中でビリヤードの玉みたいなのがいくつも衝突し合って、動きを伝えて、この手足を動かしているんだろうか？　だとしたら最初にキューを衝いたのはいったい誰？

王女様は当たり前の疑問を口にしただけなのに、哲学者は答えられない。あのころ私は考えた。心が身体を動かすなら、逆のことだって起こるだろうか。質量を持った肉体の衝突は、人の精神に影響するだろうか。もし衝突の本質が物体の慣性なのだとしたら、その慣性は私の心に何をもたらす？

私の肉体は壊れなかった。

痛みは一度も感じなかった。

でも、私の心は、動いたのかもしれない。

父は三カ月に一度、私の全身を型取りして、私の成長を記録した。私はそのたびに小さな箱の中に入って、冷たいココナツミルク色の樹脂を流し込まれて、一時間近くじっとしていた。顔の凹凸はレーザー光線で計測された。ＣＴスキャンやｆＭＲＩで、内臓の偏りも検査された。そうして数値化された私の身体の特徴は、まずシミュレーションＣＧに取り込まれて、もうひとりの私になった。

コンピュータは私の耳や膝に、人工の加速度を伝えてくれた。メッシュ構造に切られた私の分身はモニタの中で試験車に乗って、無音のまま壁にぶつかっていった。私の細胞はその動きに共鳴する——父はあるときからそれをシンクロナイズといっていた。私の肉体が共鳴するとき、私の心も物体の慣性質量と重力質量に従って共感する——質量によって私たちの心は共感（シンパシー）を得るの。

シミュレーションの次は重量を持つロボットだった。初めて自分と瓜（うり）ふたつのアンドロイドに対面したのは、父のもとへ来て一年くらい経（た）ってからだったと思う。私は泣いてしまった。でもそっくりで怖かったからじゃない。ロボットが無表情で、ぜんぜん動かなかったから。父は私たちのそばに近寄ろうとせず、部屋の隅からカメラをずっと回して、私の一部始終を記録に収めようとしていた。父も、もうひとりの私も、誰も何もしゃべらない。だから私は泣くほかなかった。泣いて自分で空気を震わせるほかなかった。

一〇歳になって、マリア像に祈るのが習慣になった。こうして十字を切って、両手を組む仕草をすることで、神様と少しだけつながるような気がした。

人は、他者の気持ちをどうやって知るのだろう。誰かが怪我をしたとき、その痛みをどうやって感じるのだろう。私はときどき、あの最後の夏に会った男の子を思い出した。グレアム・グリーン全集の第六巻、『ブライトン・ロック』に出てくる不良少年ピンキーを、無意識のうちに重ね合わせていたかもしれない。一度も口をきいたことはないのに、私は心の中で彼と会話することもあった。ユウキという名前に勇気の文字を当てはめていた。あの子が指を痛めたときと同じ仕草を無意識のうちに重ねて、こうして自分の指先を見つめることもあった。

人は仕草を重ね合わせることで、相手の気持ちとつながるのだと思った。たとえ時と場所が離れたとしても、記憶の中でこの腕や、この指先が感じている重力や加速のベクトルを重ねれば、あの子に刺さった棘の痛みがわかる。

イエス・キリストの磔刑（たっけい）を想像して、彼の痛みを共有しようとする人たちがこの世にいることを、私はずっと後になって知った。キリストの憐れみ（コンパッション）が父のいうシンパシーだろうかと、あのころ私は考えていた。私たちの身体は物体として運動し、物体として衝突する。

物体の運動は状態(ステート)であって、そこに自由意志は介在しない。だからシンパシーとは心の状態なのだと私は思った。たぶん相手の運動と自分の身体が重なったとき、私たちはその慣性を共に感じてしまうのだと思う。後に父からミラーニューロンという仮説を聞いたけれど、ただのアイコンと化してしまったそんな言説には、父も私も振り回されなかった。誰もが本質を忘れて仮説に興じていると、父は思っていたに違いない。神経を発火させるのは重力を重ね合わせるイメージなのだから。

そして、ときに私たちは自分から積極的に仕草を真似て、相手の運動をつかみ取ることで、その心の内へと能動的に入り込み、相手の気持ちを忖度(そんたく)できる。父はその能力(アビリティ)を感情移入(エンパシー)と名づけた。それは成長とともに獲得する力(パワー)。人は子ども時代を抜けてゆくことで、シンパシーの状態(ステート)だけでなくエンパシーの能力(アビリティ)を身につけてゆく。私は父が何を目指しているのか、ようやくわかり始めていた。グレアム・グリーンがマージョリー・ボウエンを読んだのと同じ一四歳になったとき、私たちは質量と心の関係について、答えを見つけ出しつつあった。

勉強は通信教材をもとに父が教えてくれた。もう私はエイリアンのインプラントなんて信じていなかったけれど、ラボから逃げ出しはしなかった。

二次性徴が訪れて、私の身体は変わっていった。私は毎朝グリーンの本から〝希望〟という言葉を探した。その言葉が含まれている文章ならどんなものでも暗記した。

彼の小説に出てくる人は誰も、自分の気持ちをわかりやすく教えてなんかくれない。どの場面が物語の中で大切で、どこを読み飛ばせばいいのか、そうした重みづけもしてはくれない。そのくせ出てくる大人たちはみんな不倫をして、とつぜん神様のことを考え始める。

まだ成熟しきれなかった私には、大人のグリーンの小説は一度読んだだけではうまく理解できなかった。だから何度も、何度も読み返した。書斎には他にもいろいろな本があったけれど、それほど私を惹きつけたのはグリーン全集の二五冊だけだった。何回も読み返すうちに、グリーンは偽の重力知覚を書かない作家なのだと気がついた。ここが大切だ、ここが感情移入のしどころだと作者が教えてくれる小説は、作者が勝手に重力をつくって押しつけているだけ。たとえばあなたと私の間に、こんなふうに時空間のくぼみがあって、そこで光が曲がるのだと、勝手に作者がそこに重たい太陽をつくって置いているだけ。グリーンは勝手に太陽なんてつくらない。それができるのは神様だけだとわかっていた。

書棚のグレアム・グリーン全集はどれもまっさらで、父が一度もページを開けていないことは明らかだった。でもたぶん父は読まなくてもそうしたことを知っていたのだと思う。私が一四歳のとき、父は最後の私の分身をつくった。もう私の胸は大人のように膨らんでいて、ココナツミルク色の樹脂が正確に私の均衡(プロポーション)を象(かたど)ってくれた。身体から剝がしてもらったとき、ふしぎな気持ちで雌型を見つめたのを憶えている。いまあのくぼみには質量がない。でも父があの空間から私の新しい質量をつくり出すのだと思った。最後の分身と対面したとき、もちろん私はもう泣いたりしなかった。父は弾力を確かめていった。

「言美、憶えておいてほしい。ここに写し取ったおまえの美しさは、おまえの一面に過ぎない。だからつまりこれは、一種の記念だ。人類が美しさの定義を変える直前に刻まれた、価値観の記念だ」

一四歳のそのときはまだ、父の言葉の意味がわからなかった。

でも一四歳の私にはわかっていた。父は私の心が重力の中できちんと育つように、あのバンガローへ連れて行ってくれたのだと。父にとって、それが希望だったのだと思う。薪も人並みに割れない父は、私に希望を託したのだと思う。

## 4

窓を叩く裏返しの雨粒は、すでに線の集合ではなく広い範囲に滲(にじ)み、刻々とガラスを上書きしていた。窓のこちら側は室内の照明を受けて私たちを映し、遠く新宿のビル街は灰色の影に消えていた。

「きみが一〇歳だったころ」

と、私は声に出した。

「ぼくの甥っ子はゲームに夢中だった」

女は口を閉じたまま私を見つめていた。私は続けた。

「対戦型の戦争ゲームでね、妹夫婦がハワイに住んでいて、一度だけ見せてもらったことがある。インターネット通信で友だちと撃ち合いをするんだよ。日本のゲームとはずいぶん違う文化だった。後でゲーム業界の人に聞いて、当時すでにそうしたゲームが世界的な主流になっていたことを知った。小さかった甥っ子はもう高校生で、見違えるほど背も大きくなっていたが、無邪気にテレビの前で発砲している姿が気味悪かった」

降り出したときには世界のささくれ立つ音がわかったのに、もはや耳に雨音は聞こえなかった。人は環境の変化を敏感に察知するが、継続的な状況は意識下へと除けてしまう。

「いまその人は？」

「アフガニスタン。軍で地雷除去の仕事をしているよ」

女は無言で応じた。私はその真空に入り込むように言葉を続けた。

「あのころより、ずっとゲームはリアルになった。対戦ゲームはきれいなCGで、重力感の表現を競い合った」

「本当の重力じゃない」

「ああ。本当の重力じゃない。ぼくらはいつからか偽の重力を、本物と思い込むようになっていたのかもしれない」

長時間のインタビュー取材では、ときに語り手が自然に交代する。次の言葉を引き寄せるために、共鳴のスタイルを変えてゆくのだ。その感覚はうまく文章化できない。二〇世紀にクロード・シャノンは「情報」を定義し、アラン・チューリングは「知能」を定義した。ふたりの天才によって情報工学と知識工学が発展を遂げた。しかし人類は二〇世紀のうちに、ついに「コミュニケーション」の定義を勝ち取れなかった。コミュニケーションを定性・定量するための数学的定義を持ち得なかった。よってインタビューの曖昧さ、もどかしさ、一回性の難しさは、すべて定義の不在に起因する。人はコミュニケーションのダイナミクスをうまく記述できない。

もう七、八年も前だろうか、ちょうどこの女が祈り始めたという時期に重なるが、ある神経数理学者に簡潔な概念を教わって感心した覚えがある。いま私たちふたりの脳のダイナミクスがそれぞれ$N$次元の相空間で働くとしよう。互いの脳がまったく影響を受けず独立に働いているときのダイナミクスは、$N+N=2N$になるだろう。逆に私たちの脳が完全にシンクロナイズしたときは$N+N=N$になるはずだ。互いが会話を交わし、意味が共有されたときはダイナミクスの一部が重なり合って$N+N<2N$となり、意味が新たに生成されたときは$N+N>2N$となるだろう。そのようにして私たちのコミュニケーションも数学的に表現しうるのだと。コミュニケーションを定義できる可能性は、まだ大いに残されているのだと。

当時はロボティクスの分野でもコミュニケーション・ダイナミクスの研究が注目され始めており、むろんその成果はまだ初歩的ではあったが、新しい時代の到来を予感させていた。ヒト型ロボットの重心のふるまいを、そうしたダイナミクスで制御しようという研究もあった。しかしまだそれは、ヒトとヒトの重なり合いを記述するまでには至らずにいた。

あのころが遠い昔のように思える。

「鈴木さんという男性に尋ねたといったね。いまも自分が本当は、人間ではないと思っている？」

「私は——」

そこで女は言葉を失ってしまった。つかみ損ねた語句を探すように室内を見渡した。

「もしまた戦争が始まって、このホテルが——」

文脈は彼女の中でつながっていたが、私の心の中では途切れていた。

「知らないうちに爆撃されて、この部屋もいま崩れ落ちていたら——」

私はじっと待った。相手のわずかな表情の変化も見逃さないつもりだった。彼女の主張するようなセンサがたとえ埋め込まれていなくても、いま私たちは刻々と変化しながら、互いのダイナミクスを共有しているではないか。ならばいまこの室内照明の下で、質量を持つこの私は、質量を持たない光子を浴びながら、彼女の言葉を待つのだ。

「──私には、他の人たちのほうが、人間でないように思える」

もっともな答えだった。続けて彼女はいった。

「おじさんは他人の話を聞いて、相手が人間でないと思ったことはないの」

あったさ、何度も、と応えようとしたがやめて、別の言葉でいった。

「人間ほど人間らしくない生き物はない。そのことは仕事で学んだよ」

インタビューをしていると自分自身の過去を思い出す。ずっと科学者へのインタビューを生業（なりわい）としてきた。未来をつくる職業であるはずの彼らが、夢を持たないことに気づいたのは三〇代のはじめだ。彼らが語るのは夢や希望ではなく、たんなる研究費獲得のアピールであると理解したとき、私自身の夢もどこかで壊れたのだろう。彼ら科学者は自分が英雄として描かれることだけを望んでいた。インタビューに答えれば世界中の人々が彼の高邁（こうまい）な研究精神に共鳴し、次々と資金を提供するのだと信じていた。

彼らが人間でなくなったのはいつからだろう。どんな物事でもその変化は目に見えず漸進的だが、六年前の総合科学技術会議の議論は、ひとつのきっかけであったのかもしれない。年間三千万円以上の公的研究費を受ける研究者たちに、社会的アウトリーチ活動が義務づけられると報道された。折しもサイエンスコミュニケーションなる言葉が流行し、各地でサイエンスカフェなどの退屈なイベントが繰り返されていた時期だった。科学者はおおむね他人の話を聞かないが、人に自説を語ることは好む。そうした科学者らのたんなる個人的趣味が、科学を普及させるという高邁なボランティア精神と混同された。

高額所得者である彼ら科学者は、無償のボランティア活動こそ人生の意義であると刷り込まれた純朴な若者を操り、さらには客寄せのためにサイエンスライターやイベント屋を巻き添えにした。時流に押されて多くの大学や研究機関がアウトリーチ活動にいそしんだ。部外者にものを頼むとき「些少で恐縮ですが」は彼ら裕福な科学者の慣用句だった。あまりにも定型的に使われるので「たらちねの」といった枕詞に見えたほどだった。つねに予算はわずかであり、なぜならそれは気高い科学の名の下におこなわれる奉仕活動であるからだった。科学者でありながらコミュニケーションの定性・定量に無頓着な彼らは、イベント後に回収されたわずかなアンケートの記述に触れてせいぜい精神的充足を得ただろう。自尊心をくすぐられただろう。だが長引く不況の中で、それらに関わったどれだけの人間が、経済的困窮のためにおのれの夢と職業を捨てていったことか。

そんなことを彼らに訴えても、きょとんとされるだけだろう。逆に自分がこれまでどれほど金を援助してきたかと、熱心に訴え始めるかもしれない。研究者はおのれが貧乏だと人に思い込ませることが得意だ。一種の職能でさえある。なにしろ自分自身さえ騙し続けるのだ。

科学そのものは希望とは無関係だ。しかし彼らは少なくとも私から、確かに希望を奪っていった。その奪い取った希望によって、彼らは無邪気に肥えていった。三〇代も半ばを過ぎるころから、私は自分の仕事に倦み始めていた。

「きみの母さんの話を」

「母は」

と、女は静かに言葉をつないだ。

「常套句をなによりも嫌う人間でした。どこかの研究者が〝この理論は美しい〟とか、〝エレガントな方程式だ〟というたびに、冷たい視線を向けていました。軽蔑や怒りといった感情さえ、そうした研究者には勿体ないと考えていたのでしょう」

女の口調がまた少し変わった。少し前までは主張していた。先ほどまでは呟いていた。いま女の言葉は他者への感情移入と共に、徐々に運動し始めているように見えた。

言美というこの女性はおそらく、私が梁瀬通彦とベル・フィッツジェラルドを知っているという事実にまだ気づいていない。だが私はふたりの身に起こったことを知っているのだ。ふたりがこの世界をどのように変えてしまったのか知っている。

拳銃はまだベッドの足下に転がったままだ。やはり西を向いていたが、わずかにその銃口の向きは変化したような気がした。時が過ぎて明後日の方向が少し傾いたのかもしれない。

# 5

最後まで母の重力に寄り添えなかったのは、母があまりにも完全な物体だったからだ。この身を重ね合わせるには、まだ私は少女でありすぎた。母の肉体にかかる重力を、とても想像することはできなかった。

母の声は壁越しによく聞こえた。声だけでなく肘や足が壁にぶつかる音や、腰を互いに打ちつけ合う音もしばしば響いた。幼かったころは声の意味がわからずベッドの中で怯えていたが、やがてふたりの行為を理解できるようになっていた。ときには終わった後、母が全裸のまま私の部屋にやってきて、朱い痣や口で吸われた痕を残したままの身体でベッド脇に立ち、乱れた呼吸で私を見下ろし、熱い唇でキスをくれた。歯茎の奥から父の臭いがすることもあった。夏には母の胸元や背筋に汗の筋が垂れ、それが母の肉体の稜線(りょうせん)を生々しく浮き彫りにさせて、私には母が獣のように思えた。

母はもしかしたら、性衝動に関して何らかの病を患っていたのかもしれない。いまとなっては確かめようもないが、母の貪欲さは他者をよく知らない私にさえ異質に見えた。逆にいえば衣服をまとった母は不自然に思えた。母の記者会見の様子をインターネット中継で見たことがある。背筋を伸ばし、まっすぐ記者団を見下ろす母は、いつも胸の豊かさや腰のくびれを強調したスーツをまとい、肌に直接当たるネックレスやピアスの輝きは、むしろ自分の話す科学がわからないなら視線で楽しんでおけとでもいうような、母ならではの慈愛にさえ思えた。

父と母の接点は質量にあった。母の研究もまた、この世に実在する質量の起源を追い求めるものだった。

これは幼かった私が独学で理解した範囲の話だ。かつて世界は火、風、水、土の四元素で成り立っていた。やがて人は宇宙を構成する物質が、さまざまな元素の組み合わせであることを知った。しかしその元素さえ物質の最小単位ではなく、原子は原子核の周囲を電子が回る存在であって、原子核は陽子と中性子でできていた。

そうしたすべての物質を統べるシンプルな法則はあるだろうか。たとえ元素が多彩だとしても、それらを細かく見てゆけば、小さな基本単位の粒子があるだろう。一見多彩に思えるすべての物質は、それら粒子の相互作用で統一的に説明がつくはずだ。それはエレガントな宇宙の真理といえないだろうか。

物理学者はまったく異なるように思える現象をひとつの法則で説明できたとき、そこに無上の美を感じた。一九世紀半ば、マクスウェルの方程式が電気と磁気の法則をひとつにまとめ、さらに光が電磁波であることを説明したとき、物理学者たちはそれを美の結晶だと思っただろう。いずれ自然界のあらゆる現象は、ひとつの統一された法則によって説明される。自分たちはその美を追究する使徒であり、よって多様な自然科学研究の中で自分たちが最上位にいるのだと、彼らはごく当然のように納得しただろう。アルバート・アインシュタインの後、ポール・ディラックが電子のスピンを導入して特殊相対性理論と量子力学を統合した。至上のエレガンスがそこにあった。ディラックは宇宙に反粒子が存在するという最小限の予言を投入することで、この統合を成し遂げたからだ。彼の理論は後に多くの実験結果によって裏づけられ、反粒子の実在を揺るぎなきものにした。

素粒子の世界は、実はきわめて複雑である。たとえば、なぜプラスの電荷を持つ陽子たちは、狭い原子核の中に寄り集まることができるのか。プラス同士なら反発し合っておかしくない。ならばその反発をねじ伏せて、陽子をくっつけておくだけの〝強い力〟が存在するはずだ。小さな原子の中身を考えてゆく過程で、物理学者たちは宇宙を統べる四つの力を見出した。重力、電磁気力、それに強い力と弱い力。小さな粒子たちのふるまいは、人間の常識や直感から大きく外れており、物理学者はさまざまなアクロバットを駆使してそれらの現象を言葉に置き換えなければならなかった。奇妙さ(ストレンジネス)だとか、クォークは赤・青・緑の三色であるといった、不可解な言葉が採用された。それでも美しさ、エレガンスの希求は続いた。究極の理論では力の起源はひとつだけであり、この宇宙のすべてはシンプルな法則によって成り立っているだろう。なぜならそれこそが究極の美しさであるからだ。彼らは四つの力をひとつの法則で説明できる大統一理論を求め続けた。

実際、徐々に努力は稔（みの）りつつあった。電磁気力と弱い力をひとつの法則で説明する電弱統一理論は、さまざまな経緯があったにせよ、美しい成果のひとつであった。ここで導入された仮定はＷ粒子やＺ粒子が発見されたことで見事な予言となった。

そして近年、真空の対称性こそが質量の起源の謎を握るひとつの鍵であると見なされている。真空は何もない空間ではない。彼らの言葉でいえば真空こそヒッグス粒子の海であり、そこに質量ゼロの素粒子がぶつかることで、この世に質量が生まれてくる。科学者はいくつかの検証方法を考案した。ひとつは大型スーパーコンピュータで力任せに計算をおこない、そうした真空中の状態をシミュレートして、理論と照らし合わせることである。もうひとつは実際に、この目で真空の現場をとらえてみることだ。物質を光速近くまで加速させ、大きなエネルギーを与えてぶつけることで、ヒッグス粒子を叩き出すことが可能かもしれない。たくさんの、実にたくさんのエネルギーを、小さな小さな一点に集約させるには、巨大な加速器が必要となる。それがＣＥＲＮのつくり上げた大型ハドロン衝突型加速器、ＬＨＣと呼ばれる周長二七キロメートルの巨大実験施設であった。

「ヒッグス粒子を発見することが最終目標ではありません」

母はＬＨＣの稼働に際してそのように記者らに語った。母の言葉は素粒子物理学の現状に沿って理解された。ヒッグス粒子が見つかることは当時からほぼ確実視されており、しかもヒッグス粒子が発見されたからといって質量の起源がすべて解き明かされるわけではないことも、多くの科学者は理解していたからだ。ヒッグス粒子は今後も続く謎の解明に向けた最初の王手（チェック）であるといってよかった。数度の王手で相手のキングを追い詰め、やがてメイトへと至る――LHCはそのための一手であり、次の手を読むための探りでもある。人々は母の言葉をそう捉えた。

だが、母の真意はそこにはなかった。

「ごらんなさい、言美。あの地下にLHCが沈んでいる」

母は私に映像を見せる。計測室の大きなガラス窓が、スクリーンへと変貌する。計測室の窓は電子の網から世界中のあらゆる場所の3Dマップを取り出し、私の眼前に再現することができた。ジュネーヴ空港の脇に浮かび上がる巨大な緑色の光は、ナスカの地上絵のように草地や街の区画を横断して、自然現象では決して生まれることのない完全なる円を、プラトンのいう完璧な二次元のかたちを、地球の表皮に刻んでいた。

その人工の光は後に現実のものとなり、一〇〇キロ上空の宇宙からも目視されるようになる。いずれ宇宙人が地球を訪れたとき、彼らはその文様をマイルストーンとして読み取るだろう。人類の科学技術の達成を祝う記念碑ではない。決して後戻りできない特異点を、かつて人類の心が確かに通過したことを示す、無情ないわゆる墓標として。

まだ陰毛が生えないころから私は理解するようになっていた。父と母はテロリストなのだ。ひとりひとりの心にアメリカン航空11便やユナイテッド航空175便をぶち込み、見えない間に社会倫理を倒壊させる、科学のテロリストなのだということを。

いまもあの日のことは憶えている。あの日、父は隣に立ってコンソールのボタンを自ら操作した。計測室の大きなガラス窓に映像が映し出された。重々しい水滴が一斉に窓を叩き、歪んで流れ落ちる藍色（あいいろ）の街並みを、ワイパーが弧を描いてはね除（の）けてゆく。それは外界の車道を走行する車両を内側からとらえたビデオで、運転席に座りハンドルを握っているのは私だった。

厳密にいえば私ではなく、それは将来の私だった。実際よりも数年成長した人工現実の分身が、父の設計したプラットフォームの中で、ボルボXC60を運転しているのだった。歳（とし）を重ねたとはいえまだ成人の肉体ではなく、私の分身は座席を前方まで最大限に寄せ、ハンドルの位置も手前に引いて、脚を突っ張るような姿勢でアクセルにつま先を置いていた。だが人工現実の私は運転に習熟しており、ダッシュボードの計器類を確認しつつ、雨で滲むフロントガラスの向こうに注意を向けていた。計測室の私は映像の中の私と重なり合った。それは初めての体験だった——ただ衝突を待つのではなく、自律的に行き先を定めて移動してゆく行為が、私に新鮮な驚きを与えてくれた。たとえ雨で前方の視界が濁っていたとしても。

「おまえの身体は将来であっても、この光景は未来ではない。いまおまえが街に出たなら、そのまま出会う現実が映っている。あの路地を抜けるんだ。歩行者をよく見ろ」

私のボルボは石畳の路地を進んでいた。どこか北欧の古都であったろう。道の脇に何台もの車が縦列駐車している。雨はいよいよ激しく世界を打ち、ライトが雨粒と飛沫を照らす。フロントガラスに三つ、四つと人工の矩形が浮かび上がり、前方に動く人影を括りつけてゆく。レーザーセンサが運動する物体をリアルタイムに検知し、その大きさや速度で対象を分類して、運転手に視覚情報として提示しているのだった。

路地の向こうに大通りが見えてくる。私の分身はつま先に力を加えて進んでゆく。アパートメントの陰を抜け出て、雨空のわずかな光量がフロントガラスに恵みを与える。傘を持たない赤線の矩形は急ぎ足で路地を渡り、私は世界の裏側から近づいてゆく。FMラジオがユーロビートを撒き散らしており、私の右手はセンタースタックのボリューム調節ボタンへと伸びる。そのとき脇に停車していたワゴンの影から、傘を持たないスーツ姿の女性が、大きな紙袋を抱えていきなり飛び出す。

私は強い減速を感じた。分身の片手がハンドルに戻り、電子の警告音が車内に広がった。私の両腕はぐいとハンドルに持って行かれ、つま先の向こうでブレーキペダルが動いた。分身の上体が慣性に従って前傾した。ホイールは雨の車道に最適化されたプログラムによって、スリップを起こすことなく赤線の矩形を避け、歩道に乗り上げるぎりぎりの位置でボルボをぴたりと停めていた。分身はシートの背へと揺り戻され、ようやく車体とシンクロナイズする。私はベルトを締めたままバックミラー越しに、女性が後方を走り去ってゆくのを見つめた。女性のハイヒールが石畳に流れる雨水を蹴っていた。

「これが現代の車だ」

そのときの父の表情も、私は思い出せない。

「これからは衝突の身体性さえ変わる。車の知能が障害物や歩行者を事前に察知して、自らの判断で避けるようになる」

「私は棄てられるの」

分身のことを私は尋ねたのだ。むろん父には通じていた。

「いや、おまえが必要になるのはこれからだよ」

一一歳の私は父の言葉をそのまま信じたのだった。だからあのとき、父にいったのだろう。

「もっと運転させて」

「おまえの車だ」

私は自分の正確な誕生日を知らない。だから私はテロリストである父から贈り物(ギフト)を得たその日を、真のバースデイに定めたのだ。

後年、日本で起きた一連のテロ事件のことを、あなたは私よりずっとよく知っているだろう。最初は渋谷駅ハチ公口の爆破テロで、ひとりの若者が手製の爆弾で何十人もの他者を巻き添えにした。

その若者と直接は関係ないグループが、一時間半後にあちこちで手榴弾を投げ始めた。彼らの一部は武装したバンで都内を走り回り、無差別に攻撃を仕掛けた。さらに別のふたつのグループが、それに追従してビルと高速道路を破壊した。

彼らの動機についてさまざまな憶測と分析が飛び交った。だが私はこう考えている。彼らは重力感の消えた日常世界に倦んだのだ。

ゲームの世界でも、現実の世界でも、衝突の運動量はどこかへ失われ、はっきりと見えなくなっていた。だから彼らはその身体の内に、重力を取り戻したかったのだ。地球の中心に落ちてゆく加速を、自らが生きる日常に取り戻したかったのだ。そうした本能の叫びに共感した人たちが、最初のきっかけに応じて行動を起こしたに過ぎないのだと。

都内に統制が敷かれ、装甲車が走る映像を、私もあの日テレビで見た。ビルの一部が手榴弾で破壊され、ガラスの破片がばらばらと車道に落ち、次々と弾痕が穿たれるさまを、リアルタイムで私も見た。あのとき日本人は、かつての世界貿易センタービルの倒壊が、まだ対岸の火事に過ぎなかったことを初めて知ったのだろう。自国の映像であることが、こんなにも肉体に響くものだということを、多くの日本人は初めて理解したのだろう。銃撃の音が響くたびに、どん、と低い轟きが市中を揺るがすたびに、日本人はおのれの肉体に重力が宿っているのを感じたはずだ。腹に喰い込み、肌を粟立たせる、逃れようのない宇宙の力。たとえ眠りに就いたとしても、その重みは襲いかかる。地鳴りは胸を圧迫し、背筋を凍えさせ、歯を震わせるだろう。物体と物体がぶつかり合うその重みは、自国内のテロ行為であるという圧倒的なシンパサイズと、いま日本の自衛隊が砲弾を射出しているのだというエンパサイズによって、個々の日本人の内側で完全な変化を遂げただろう。だるまの足下を掬う木槌の一撃。河面をスキップしてゆく小石。私たちはいつだって慣性や重力と戯れたいのだ。それこそが質量を持つこの世界に生まれて育った私たちの本能なのだから。

一一歳の私は父に全身を型取りされ、激しい横への衝撃や落下を分身たちと共に繰り返し受容していった。私の分身たちはいずれも三〇回ほどの衝撃試験に耐え得る頑強さを備えている。三〇回の人生がそれぞれ私の中で重ね合わさり、彼らが廃棄されると共に私の肉体は少しだけ成長した。私はグレアム・グリーンの小説を日々読み耽った。一二歳になるころには充分に書棚の最上段へ手が届くようになっており、それは私にとって大人になることを意味した。

私はボルボXC60で世界を走った。私は運転席に座りながら、私の分身に操縦を委ね、加速を大いに味わった。

すばらしい遊びだった。私の分身は、私の重力感とシンクロナイズして、どこまでも私を連れて行った。私がよそ見をしていても、ボルボはロボットカーとしての役目を果たした。窓越しに見える景色はどこまでも本当に思えた。私たちはあらゆる場所へ旅した。アクセルを思い切り踏み込んだとしても、決して無茶はしなかった。なぜなら私は本当の衝突を知っていたからだ。

そして私はようやく思い立った。ボルボなら私をあの河原まで運んでくれるだろう。かつて父と何度も訪れた、名も知らないあの夏の自然へ。

いまならあの少年に、再び会うことができるだろう。

†

どうすれば記憶のルートを辿り直せる？

試行錯誤を繰り返して一二歳の私が編み出した方法は、瞼を開いたまま額に力を込め、記憶の中へどこまでも没入し、あのころの加速に自分を重ね合わせることだった。私は幼いころから悪夢を怖れていつも目を開けていた。だから私の記憶は脳裏には存在しない。額や、肘や、膝小僧に訊くほかない。私の肉体の脆い部分に悉く埋め込まれたセンサたちこそ、当時の加速を憶えているはずだ。

ダミーたちとは毎日重なり合っていても、過去のおのれと重なり合うのは難しかった。かつての肉体のどこと重力を合わせればよいのかわからなかった。しかし半年近くを浪費した後、高速道路を北へ飛ばして、初めて私は手応えを得た。車体が追越車線に入るとき関節が疼いて、記憶の底から同じ運動が蘇った。

右へ、右へ、左へ、右へ。山間部を抜けてゆく道は、くっきりとした個性をなお保っていた。下降しながら過激なほど小さな半径で弧を描き、続けざまに反対方向へ返す。そして八分音符から四分音符へ。その連続は明らかに特徴的で、周囲の木立も、山並みも、私の目は見逃してはいなかった。かちかちというウィンカーのリズムも、それが鳴り出すタイミングも、高く昇った太陽の位置さえも、この身体は記憶していた。いまなら配列すべてを譜面にさえ書き下ろせる。父は東北自動車道を駆けたのだ！

外部へずれた客体視点であることが、ボルボのフロントガラスに現れる不透明の標識封じを回避した。私は何度も東北自動車道を北へと遡り、自分の肉体に刻まれている記憶を繰り返し確認した。どこのインターチェンジで降りたのか、そこからどの方角へ向かったのか、次に思い出すべき関門はすぐ近くまで来ていた。

そして一三歳を迎える直前、もうひとつの門が不意に開いたのだ。

コンピュータの液晶モニタが父の姿を映し出す。後にもそうしたことは幾度かあった。当時の私は自動的にモニタが起動することを不思議にも思わず、一種の生理現象のように考えていたが、間違いなくそれは父の作為であったろう。全裸の私はグリーン全集から顔を上げた。画面の中で父と並んでカメラのフラッシュを浴びているのは、漆黒の肌を持つ私の分身だった。

テロップが父の姓名と肩書きを示した。父がこのラボだけでなく私立大学の客員教授も兼任していたことを、迂闊な私はそのときまで知らなかった。私の分身は私の肉体の象りであり、膨らみかけた胸を衆人に晒し、股間さえもそのままだった。髪はなく、いつでも衝撃に備えて頭部はインパクターのように丸く、しかし顔は完璧に私の生き写しで、唇は誰かに押し広げられるのを待つかのようにかすかに離れ、奥の暗い空間を見せていた。

私はニュース映像に見入った。アナウンサーは父が私の分身を売り出したことを報じていた。画面が切り替わり、私の知らない衝撃試験のビデオがいくつか紹介された。父は漆黒の私が次世代のダミーロボットとなり得ることを強調した。私の額にてのひらを押し当て、私の膝を撫でて、センサの位置を細かく解説していった。〝痛み〟を共有する世界初のロボット、とキャプションが躍った。

これは父だけの業績ではなく、私とふたりでつくり上げた分身だ。私は心の中でそう叫んだが、むろん父は充分に承知していただろう。テレビクルーに応じる父は、何度か瞬発的に、カメラを通して私へ目線を送ってきたからだ。父は私を抱きかかえ、試験用のシートへと連れてゆき、丁重に私を括りつけた。脇にモニタが用意され、そこにはコンピュータシミュレーションで描かれたもうひとりの私が映し出された。シートにひとり縛られた私が動き始めた。ＣＧの私も同じように加速を始め、さまざまなパラメータが数値や色彩として重ね書きされていった。色彩が刻々と変化してゆき、この私も共鳴していった。インパクトがCG画像を真っ赤に染め上げ、強い横揺れと共にシートの中の私が跳ね返された。

私は運動を感じながら、喉から声を上げていた。一瞬ではあるが、私は父の後方に、メッシュベストを着た男性の姿を見たのだ。机に向かい、シミュレーション画像を操作しているその男性は、あの夏の河原で共に過ごした鈴木さんだった。

ニュース映像が終わった後、私は立ち上がり、考えをまとめるために室内をぐるぐると歩き回った。そして私はパソコンに飛びつき、父の研究を必死で辿って、鈴木さんの痕跡を探した。

私の行動は父に監視されていただろう。私が接した情報は、すべて父に制御されていただろう。私は操られていたに等しいが、それでもおのれの意志で真実を探し当てようと、あのときの私は懸命だった。やがて私が見つけたのは、大学研究者としての鈴木さんだった。真の名前は鈴木ではなく、同じようにありふれたものだったが、その顔つきは間違えようもなく、なにより彼の髭の感触は画像越しにもはっきりと思い出せた。

動画をクリックして、私は彼が狭い暗室のようなところにひとり入り、眼前のスクリーンに向けてスミス&ウェッソンのリボルバーを立射するさまを見つめた。強いキックが鈴木さんの腕に伝わっているのがわかった。しかし射撃音もなければ前方のスクリーンも揺れはしない。鈴木さんは耳当てすらしていない。私と同じだ。私は理解した。リ、ボ、ル、バ、ーは分身なのだ。

映像は彼の表情をとらえていた。額に汗が滲んでいた。しかし彼は微塵も怖れてはおらず、発砲後の余韻に浸っていた。

その後の動作は忘れられない。鈴木さんは腕を伸ばしたまま右肩をぐいと上げた。ぼきり、と鈍い骨の音を、マイクが拾った。

一三歳から一四歳までの出来事は手短に話そう。父は私の分身に改良を重ねた。三ヵ月ごとの私の雌型は、肉体各部の密度と重心位置の変化を写し取り、それらは私の分身をヴァージョンとして育て上げた。私は増殖し、世界へ広がっていった。地球のすべての大陸で私は衝突し、傷痕を刻み込まれた。だが私たちの生きた宇宙は試験場や車道だけではない。父のもくろみ通り私たちは座席から飛翔し、病院へ、リハビリセンターへ、人の肉体が損壊と恢復の間をさまようあらゆる場所へと拡散したのだ。

あのころ世界では何が起こっていたか？　母はすでにヒッグス粒子をとらえており、国際線形加速器の建設にも着手していた。ボルボの技術は忽ちのうちに他社にも広まり、先進国は相次いで衝突回避システムの搭載を義務づけていった。事故はこの世から消えてなくなったか？　誰もが知るように、そんなことはなかった。人々はシステムで遊び始めた。よそ見をしていても衝突を避けてくれるその運動を、ディズニーランドのウォーターライドのように楽しみ始めた。世界を統べる四つの力は、もっとも原始的なスリルなのだ。それでも衝突が警察沙汰になるなら、人はどこへ遊びの目を向けるだろう。ひとつの答えはゲーム世界にあった。

電脳の時空間へ没入する。ヴァーチャルとは本物ではないが本質を写し取った現象の謂とされる。しかし本物ではなく本質の質量とは何だろうか。あのころゲームは質量の本質を真に人々へ提供していただろうか。それこそが人類に放たれた最大の罠であったことを、父は当時から気づいていたはずだ。あのころ、人々は本質とはとてもいえない偽物の時空間をヴァーチャルと呼んで、そこのキャラクターたちと重なり合ったつもりになっていただろう。それがキャラクターへの共感であり感情移入だと思い込んでいたかもしれない。でもいまならわかるはずだ、あのころ人々が重なり合っていたと信じていたものはとても本質とはいえなかった。本質ではないのに本質だと、みんな心を偽っていた。その歪みがいずれ緊張の限界に達し、世界に亀裂を生むことさえ、当時の父は見抜いていたに違いない。

尤もらしくぶつかり、壊れる、そうした映像と音響は、刹那的な快楽をもたらしていった。安全とは何か。人々の肉体は傷つけられない。人々はビルの屋上からダイヴし、ワイヤで接続された地球の裏側の友人とマシンガンを撃ち合い、巨大ロボットのコクピットから宇宙の侵略者を見下ろした。ゲームは安全だった。終了ボタンをクリックし、ゴーグルを外せばこの現実に立ち戻れた。その程度の重なり合いだった。ゲーム世界の中で仮想の重力と遊べるなら、現実世界で危険を冒すことはない。この地上にへばりついて日常を生きていればよい。

質量によって生きるがために、人はおのれの質量を忘れようとする。それでも私たちは決して、決して、質量を持つことからは逃れられない。忘れたふりをしていても慣性エネルギーはいつか私たちに作用を返してくる。一九〇五年にアインシュタインが特殊相対性理論に関する論文を発表したことはよく知られていても、これらの論文に世界でもっともよく知られた $E=mc^2$ という等式が一度たりとも登場しないことはあまり知られていない。一九〇五年の論文で彼が導き出した等式は $E=mc^2$ ではなく $m=E/c^2$ だった。あるノーベル賞受賞者は、そこに重大な意味が込められていると主張している。なぜならその論文のタイトルは「物質の慣性はそのエネルギー内容に依存するか？」であるからだ。アインシュタインが真に問いかけたのは $m$、すなわち質量の意味についてだったのだ。

インターチェンジのカーブを思い出す。私のボルボは左の車線に入り、急カーブを下降する。スピードを落とせと何度も警告する標識は滑稽（こっけい）で、ETCを抜け、最初の信号が赤色で私たちを迎えたとき、私はその残念至極な減速と静止を、はっきりと幼い自分の肉体の内に思い出していた。なぜ下界には信号がある？　なぜ止まらなければならない？　信号が変わって加速したボルボの計器盤に目を向け、私は笑い出したくなった――私たちは加速したがっているのに！　私たちの質量はエネルギーを爆発させたくてうずうずしているのに！　国道を走る周囲の乗用車たちが、まるで半世紀も時代遅れのものに思えた。私たちと共に高速道路を降りてきた車だけが、同志のように慣性を蓄え、法定速度の二倍のスピードで駆けている。それはごく自然なことに思えて仕方がなかった。私たちはフロントガラスの前方に広がる夏の大きな山並みを見つめて疾走した。門は開かれたのだ。私の前に門は開かれた。

私は山に向かい、あのころの身体をたぐり寄せてゆく。小さかった私は何に目を奪われた？　何に驚きを感じた？　どこでわくわくし、何を畏れた？　私は幼い日の私にエンパサイズし、触れた部分からシンパサイズしてゆく。県道が山間部にさしかかり、前方に大きなカーブが見えたところで、私は強くブレーキを踏んだ。ボルボはタイヤを軋ませ、身を翻して止まった。対向車がクラクションを鳴らして坂を上ってゆく。その運動を見つめながら私は分身と共に、青々とした山並みに包まれているこの身を感じた。

車はおのれの運動エネルギーによって未来の衝突と向き合える。だが静止した物体はどうか。やはり慣性の法則の囚人だが、相手からの衝突は避けられない。なぜ父はつねに追い越し続けたのだろう。なぜアクセルを踏み続けたのか。父はつねに自分が運動する質量でなければならなかった。他者の心に木槌を振るうのは、つねに自分でなければならなかったのだ。

物体の重力感、そして慣性が保持され続けている状態を安全と定義するならば、運転者である人間にとって真の安全とは何だろうか。父はこのように考えた。仮に肉体が壊れたとしても、人間としての本質が安全であったなら、損壊はごく軽微だったといえるのではないか。逆に肉体が守られていても心が壊れたなら、それは安全といえないのではないか？

私の分身はギアを操作し、ボルボをもとの車線に戻す。グリップに片手を置いたまま再びアクセルを押し込んでゆく。計器は心地よく反射し、エンジン音は環境とシンクロナイズしてゆく。

私が一四歳のとき、父はついにアンドロイド開発から離れ、ベンチャー企業からも身を退いて、経営のすべてを第三者に委ねた。各国で燻(くすぶ)るさまざまな紛争を背景として、その企業はいまも成長を続けている。世界のセレブリティたちの中には私のヴァージョンをふたつ、三つと所持する者もいたという。十代の私にはその用途を推測できたが、私の肉体の型取りは一四歳の誕生日で終わり、彼らが成長した私を手に入れることはなかった。

世界に拡散した私たちは、この世の〝痛み〟を定性・定量化していった。私たちはダミーであってたんなるダミーではない。衝突を受容するだけの擬体、案山子(かかし)ではなく、重力感を人々へ反射する。それは画期的な指標となったはずだ。

医師はどのようにして患者の痛みを知ればいい？　ここがしくしく痛むのです、いやこっちかな、と本人さえ首を傾げる老人の胸に、医師たちは聴診器を当てなければならなかった。企業ファシリテータはいかに相手の感情を受け止めればいい？　異国の地へ単身やってきた企業人は、文化摩擦を超えて日々のノルマを達成しなければならなかった。相手の心と肉体に重ね合わさることができたなら、相手の痛みをもっと理解できたなら、どんなに社会は変わることだろう。他者の心と肉体の慣性をそのまま数値として取り出せたなら、どんなにケアは豊かになるだろう。かつて心の痛みを脳の活動として捉えようとする研究がおこなわれた。仲間はずれにされて心を痛めているときの脳部位は、実際に肉体の痛みを感じたときに活動する部位と同じであることが注目された。しかし活動している脳部位はそこだけではない。どうしてその部位だけが大切だとわかる？　当時でさえ研究者たちは脳イメージング解析の限界を理解していたはずだ。痛みを捉えるにはまったく新しい方法が必要だった。

私たちは重力感というパラメータによって、この世のすべてのコミュニケーションを計測する。共感や感情移入を誘う心理パターンが抽出された。シャノン、チューリングに次ぐ天才はひとりではなく、いや、その功績の多くは父のものであったが、公正にいえば私たちを扱う世界中の科学者や技術者がその系譜に名を連ねた。コミュニケーションはここにおいて宇宙の起源とつながり、定義を得たのだ。誰もがその段階に至って、その視座を当然のものと合点しただろう。人はこの宇宙に生まれ、質量を得たがために他者とコミュニケートする。いまならデカルトはボヘミア王女に答えることができる。

世界は分裂しつつあった。ぶつかる。壊れる。落下する。〝リアル〟な3D映像が人をゲームの中へと連れてゆく。ヴァーチャルのふりをした偽物の中へ。あなたは眼球からゲームへダイヴする。人類のほとんどは視覚に飼い馴らされた囚人だ。五感のすべてにおいて視覚が率先するように、社会は私たちを歪ませてきた。精緻な3D映像は重力感を擬態する。人はわかりやすい知覚に溺れてゆく。わかりやすい重力は、社会の常識に据えられる。いつの時代にも繰り返されてきた図式だが、その重力コミュニケーションがまがい物だと定義できるようになったらどうなる？　ゲームの中に誰かが本当の〝痛み〟を求め始めたとしたら？

私の分身たちは静かに世界へと拡がっていった。父の放った技術は医療やリハビリの現場を越えて、路面を這って広がる水のようにゆっくりと、他の領域へ沁みていった。それは世界に何をもたらしたか？　チェスチャンピオンから心の慣性エネルギーを取り出した者は、一見静かな脳活動の下に、驚くほど複雑で瞬発的な運動と静止が繰り返されていることを知った。果敢にも棋士の内側へとダイヴしたある人物は息ができなくなり失神した。運動の概念がそのときから変わった。ある中学校に試験的に設置されたアンドロイドは、教室で過酷ないじめに遭うひとりの男子学生と共鳴し続けた。刻々と指標の色彩が変化しているのを知りながら、教師はただ薄笑いを浮かべて黒板に歴史の年号を書きつけるだけだった。生徒たちは拳をいっさい放つことなく、教室の隅にぶら下がる液晶モニタの色彩を赤く染め上げることにあらん限りの知恵を絞り、創意工夫をこらしていった。だが最大のインパクトは無であったのかもしれない。誰も何も仕掛けない昼下がり、ただ蝉の声と教師の朗読が響く中、じりじりとパラメータの水位が上がってゆくさまを、教室の生徒たちはみな息を殺して見つめていた。緊張が限界に達しようとしたとき、絶叫して誰よりも早く窓から身を投げたのは中年の教師だった。

あなたは死刑囚の痛みと重なり合う。シエラレオネの少年兵と重なり合う。それだけではない。遠い国で空爆を繰り返す無人戦闘機にさえも。戦場でロボットが誤って罪もない市民を殺戮してしまったとき、その責任を誰が負うべきか。ロボットを販売した会社か、現地でミッションを指揮した軍人か、遠い本国からロボットを遠隔操作した技術者か。誰が痛みを負うべきなのか。そうした複雑な軍事裁判に、父の研究成果から派生した解析手法はまったく新しい視座をもたらした。私は世界の倫理の切っ先へと、この身で飛び込みシンパサイズしていった。あのころ、誰もが私を使えたわけではない。私の分身について公の場で語ることは、むしろタブーであったに違いない。あのころ大多数の人間は、まだ父の成果に触れることもなく、本質にはほど遠いゲームの重力に幻惑され、没頭しながらもどこかで倦怠を覚えていたはずだ。だが世界の切っ先で数値を掬い取られた数々の痛みは、いつか必ず球から球へと衝突のエネルギーを受け渡し、やがて人々の心を衝いてゆく。そして倫理を不可逆に変える。

二〇〇一年にボーイング767を世界貿易センタービルに突っ込ませた人たちは、質量のエネルギーで世界を変えた。父は代わりに人の心へ科学技術という槍を突き刺して、世界を粉々に砕いたのだ。

おそらく父は悪魔とシンパサイズしたのだろう。悪魔にエンパサイズしたのだろう。父は悪魔に身を重ね合わせることで、悪魔の重力でもって、神をおびき寄せようとしたのだ。そのために父は、私の質量が必要だった。

私は父のデータであり、論拠であった。私の身体が、この質量と心が、父をボーイング767の操縦者に仕立てるのだ。人々の心に、父の機体は決してそれとは気づかれないうちに突っ込んでゆく。人々はおのれの心がいままさに爆発し炎上していることを知らないだろう。既存の倫理観が空中へと放り出され、大量の紙屑を撒き散らしながら、重量を支える常識の芯さえばらばらに砕かれて、おのれの心が地上へ落ちつつあることに気がつかない。だが自覚したときはもう遅い。彼らの心はすでに永遠に変わってしまったのだ。灰燼をかつてのビルに戻すことなどできない。

父が悪魔と重なり合うのなら、主よ、私は祈る、私は生き続けなければならない。私はあるときからそう思うようになった。なぜなら私が父の科学だからだ。父は悪魔となって神を殺そうとしたのではない。断じて違うと私はいえる。父は本当の科学者として、神をおびき寄せようとしたに過ぎない。ちょうどグレアム・グリーンが繰り返し、悪の分身のごとき人々を描いたように。本当の科学者とはそういうものだ。だからこそ真の科学者である父にとって、私は養子でなければならなかった。もし私が実際の子どもなら、父はくだらない情に流されて科学に手加減したかもしれない。そんな生やさしさは愛でさえなく、人類の希望を曇らせてしまう。だから父はどこまでもピュアに私を育てた。ぎりぎりまで夾雑物を削ぎ落としてこの私を育ててくれた。

ならば父の科学の根拠である私こそが、神をおびき寄せる引き金でなければならない。私は正気で衝突を繰り返して生きなければならない。私が正気を失ったら最後、神はその御姿(みすがた)を晦(くら)ませてしまうだろう。だから私は祈り続けねばならない。生きて、正気で、祈らねばならない。天におられる私たちの父よ。

日付が変わり、朝日が昇った。

初秋の空は透き通って、よく晴れていた。その六時間後に大勢の人が負傷し、殺されるとは予測もできなかった。

私が父のもとを離れる日がやってきた。

†

テロは予測できなかったが、私はあの朝、ひとつの予感を抱いていた。ボルボの旅が終盤に近づいているという予感だった。

ベッドから起き、シャワーを浴びて髪を梳かした。母は長く不在にしており、父も前日の夜は帰りが遅かった。私は生理がようやく落ち着き、ふだんの体調に戻りつつあった。

隣の書斎でグリーン全集の最終巻『ヒューマン・ファクター』を手に取った。イギリス情報部の老いた男は南アフリカ出身の黒人の妻に、なぜ彼女の連れ子を愛しているのかを告げる。おれがサムを愛しているのは、きみの子で、おれの子どもではないからだ。あの子を前にしても、きみの面影を見るだけで、おれの姿を見なくてすむ。何度も読んだその序盤のシーンに差し掛かったところで部屋の液晶モニタが自動的に起動し、ニュース番組が映し出された。

画面は父の大学で研究員の遺体が発見されたことを伝えていた。大学の構内がぼかしのかかった映像で挿入され、続いて画面は狭苦しい研究室を映し始めた。テロップに鈴木さんのフルネームが現れ、私は身を起こして映像に見入った。

アナウンサーの言葉によれば、未明のうちに鈴木さんは自分の研究室で、おのれのこめかみへ向けてリボルバーの引き金を引いたのだった。遺体は登校してきた学生たちによって発見された。

画面は鈴木さんが斃れていた場所を示した。その部屋は記憶にあった。鈴木さんがリボルバーの分身を扱っていたVRルームだ。一部の壁はビニールシートに覆われており、どの方向へ鈴木さんの血が飛び散ったのか察せられた。アナウンサーは不可解な説明を最後につけ加えた。鈴木さんの右手が握りしめていたのは分身の銃であり、警察は使用された銃の行方を追っていると。

画像が落ちた。

見計らったように父が書斎に入ってきた。私はいつものように立ち上がり、父に続いた。計測室に行くまで互いにひと言も話さなかったが、父が重い緊張を抱いていることは伝わってきた。

「三〇分後に始める」

父は私がシートに座るのを見届けずに扉を閉めて出て行った。それは滅多にないことで、私はすぐさま聖母マリア像に祈り、それからコンソールに両手をついて身を乗り出し、ガラス越しにラボの様子を探った。三〇分後と父はいったが試験車は用意されておらず、それどころかふだんの準備さえ整っていなかった。私はコンソールのボタンを操作してボルボに乗り込み、インターチェンジを抜けた。途中で経路を何度もスキップした。

私と私の分身は、過剰な加速をむしろ鎮めるように、ボルボのエンジンをなだめるように、細い車道を進んでいった。数日前に県道を折れてこの私道に入ったとき、車体のスプリングが受け止めるごつごつとしたアスファルトの感触が、私の中で過去と重なり合った。青く繁った枝葉が頭上にまで張り出し、ボルボの屋根をかすめていった。もし対向車がやってきたら、畦（あぜ）に乗り上げて待たなければならない。だが怖れずに進んだ。私たちはフロントガラス越しに木漏れ日の波を見ていた。その光と影の波はボルボのボンネットへと迫（せ）り上がり、私たちを越えて屋根を滑り、葉擦れの音と共に後方へと抜ける。朽ちかけた小さな道標が雑草に半ば埋もれており、私はそれを記憶していた。父のCDがここで終わったことがあった。父は無造作にCDを切り、不意に私は川のせせらぎの音を聞いたのだった。

私たちは静止し、エンジンを完全に切った。

周囲は緑に包まれていた。私はシートベルトを外して立ち上がった。室内を見回し、どうすればボルボの中にいる私の分身が外へ出てバンガローへと走ってゆけるかを懸命に探った。

私は叫んだ。コンソールのボタンを手当たり次第に押した。ガラス窓の映像が消えてなくなり、わたしたちの共鳴はぷつんと切れた。私は扉へと駆け寄り、ノブをつかんで何度も引いた。棚の書類や小物類を引っ張り出して床にぶちまけた。

ガラス窓の向こうに父の姿があった。ラボの隅で若いふたりの研究員と話し合っている。父の表情は見えなかったが、若い研究員たちはどちらも顔をこわばらせており、父の何かの言葉をきっかけに激しく喰って掛かり始めた。だが父は取り合わず、そのまま視界から足早に去っていった。

残されたふたりの研究員がこちらに目を向けた。

はっとして、私はガラス窓から身を退いた。

なぜ彼らは何年もの間、あなたが軟禁されていることを警察に訴えなかったのか、と訊かれるかもしれない。あるいは、なぜあなたも彼ら研究員に助けを求めなかったのかと。賢明な指摘だが私には答えられない。事実として彼らが私を助けることはなかった。ただ、もしかしたら、私は人間と見なされていなかったのかもしれない。それがいちばん尤もらしい理由に思える。なぜなら私も彼らを人間とは思えなかったからだ。

計測室の扉が開き、私は振り返った。

目が合った瞬間に、あの男の子だとわかった。もう五分刈りではなかったが、足腰は鍛えられ、肉体は変化を遂げており、私と同じ歳月を成長してきたひとりの人間だった。

彼は右手に拳銃を構えていた。

「勇気」

「おれの名前を知っているのか」

「[redacted]さんがあなたを呼んだから」

「親父は死んだ。今朝早く」

ユウキは苛立ちを懸命に抑えようとしていた。

「だから助けに来た。いましかない。行こう、早く」

「どこへ」

「親父の金を持ってる。しばらくふたりで暮らせる」

ユウキは有無をいわさず私の腕をつかみ、廊下へと連れ出した。私は一瞬、部屋を振り返って聖母マリア像に手を伸ばした。だがその指先はとても届かなかった。

父とは違う荒々しさに、私は痛みを覚えて声を上げた。ユウキは怒りをぶつけるように、しっ、と発し、私の口を塞ぎかけたが、とつぜん不器用に顔を背けていった。

「なあ、おまえ、着るものは？」

「外出用の服が少しだけ。私の部屋に」

「よし、すぐ着てここを出るんだ」

私たちは廊下を走った。ユウキはセキュリティカードを持っており、それをカードリーダーに読ませて私の部屋の鍵を開けた。カードを見ると鈴木さんの顔写真が印刷されていた。

誰の邪魔も入らなかった。ユウキは半開きのドアを靴の先で押さえながら、しきりに廊下の様子を窺っていた。私はブラをつけ、下を穿いた。ユウキは顔を向けようとせず、いいわけのように呟き始めた。

「この銃は本物だ。親父はこいつで自殺した」

「私を憶えていた？」

「忘れるわけがない。ずっと思ってた。あのダミーを見たときすぐにわかった」

ジーンズに脚を通し、シャツのボタンを素早く留めた。一年前に父から与えられたもので、すでに身体に合わず窮屈になっていた。父は私の型取りを終えると共に、私の成長から関心を失ったのだろう。

「おまえが閉じ込められていることを知ったんだ。おれと同じだ。だから。でも」

「でも？」

素足のまま新品のスニーカーを履く。ようやくユウキがこちらを向いた。タイミングが合いすぎて、私はつい笑ってしまった。ちゃんと横目で見ていたんじゃないかと可笑しくなったのだ。ユウキは憮然としながら再び私の腕をつかんだ。

「こっちだ」

痛みは心地よくなっていた。

ユウキは非常階段を目指していた。廊下を抜けて角を曲がった。

だがそこで、初めて私たちは他者に出くわした。

私を育ててくれた父だった。

ユウキは拳銃を向けた。だが父は動じず、目線で自分の後方を示唆していった。

「行け」

私たちは動けなかった。

「いまから事情聴取を受けに行く。だからその前に、おまえたちふたりは行け。戻ってくるな」

父が母以外の他者に語る声を、私はそのとき初めて聞いたような気がする。あるいはそのとき初めて、父は私の他者になったのだ。父に別の世界があるのだということを、私は少し圧倒される思いで受け止めていた。

「私も言美を攫ったようなものだ。今度はおまえが攫う番だろう」

「おまえを殺してやりたい」

ユウキが怒鳴るようにいった。

「そうか。ならばいまここで撃て」

私はこのときの父の顔さえ思い出せない。どんなに記憶を手繰っても、私の前に立つ父は顔を雑巾で拭われている。父の唇だけが私の記憶の中で動く。

「撃って出てゆけ。そのかわり、おまえが言美を最後まで守ってくれ。それができないのなら言美を置いて消えろ」

そのとき、私たちの後方から声が聞こえた。

それは反射の運動だった。私たちの心は熟考する前に弾かれてしまう。ユウキが私の手をつかみかけた。

だが私は足に力を籠めて彼の反射に抗った。私はおのれの自由意志によって運動をやめ、そこに静止し、まっすぐに父を見据えた。

父が首を鳴らした。

無意識の行為だったろう。だが父はこのように対峙してなお、おのれの質量の囚人だったのだ。私は一気にビリヤードのキューを衝いた。

「パパ、[redacted]さんでさえ自分で引き金を引いたのに、パパはできないの？」

父が目を剝くのがわかった。

デカルト様、人間の精神はいかにして身体の精気が意志的な運動をするよう決定し得るのか、どうかお教えください。

ユウキが私の手をつかんだ。父を押しのけて廊下を走った。

そうだ、私が父の顔について思い出せるのは、あの一瞬のわずかな変化だけだ。しかし私はついに父の心を衝いたのだ。質量を持たない私の言葉は、父の胸を刺したのだ！

私たちは裏口を抜けた。私の知らないルートを、ユウキはすべて知っているかのようだった。陽射しのもとに出たとき、私は一瞬、浮遊したように感じた。こうして太陽に照らされたのはいつが最後だったろう。車の排気音が聞こえ、世界が私の身体から急速に広がっていった。

ユウキは左右を見渡し、どちらへ行くか一瞬迷った。そのとき私と目が合った。

彼は私よりわずかに背が低かった。でも、という言葉の続きを、彼はいった。

「本物のほうがずっときれいだ」

私は口づけをした。

私たちは渋谷へ向かった。空はますます澄んで、遠く宇宙まで開かれていた。私は頭上にジェット機の飛ぶ質量を感じた。

†

道行く人々が視線を送ってくるのは心が弾む体験だった。私たちは手に手を取って道を駆けた。ユウキが行くところはどこまでもついて行った。

初めて地下鉄に乗り、そのいかにも人工的な慣性にはしゃぎ声を上げてユウキに窘められた。エスカレーターの片側だけに皆が黙って乗っているのが可笑しかった。

誰もが人間であることを忘れているのだ。自分の肉体が重力と共に生きていることを忘れて、ただ奴隷のように重量を支えている。電車の加速と減速にさえ対応できず、危なっかしく上体を揺らす。なぜ感じないのだろう？　なぜ隣の人の心に共振せずにいられるのだろう？　私たちは笑みを浮かべて階段を上り、手をつないで地上の広場へと出た——大勢の人が粘性の高い波のように見え、私は陽射しの明るさに目を細めた。

そして、ユウキがその大海へと歩き出そうとした瞬間、重い衝撃が爆発したのだ。

顔を上げたとき、人々の動きはそれまでにも増して緩慢だった。ほとんどの人はまだ爆発に気づいていない様子で、物体としての肉体から本当にただの無機質な固体と化してしまったのではないかとさえ思えた。

灰色の煙が交差点の近くから立ち上っていた。やがてそれは四方へと膨張し、その影が広がったところでようやくひとりの悲鳴が上がった。誰もが最初に身体へ突進してきた衝撃には反射できず、異変を目で見て初めて何かを感じ取ったのだった。

ユウキと私はほぼ同時に動いていた。つないだ手を互いに離し、両腕で顔をかばった直後に、第二波が別の方向からやってきた。

ＱＦＲＯＮＴの二階のガラスが爆発し、その衝撃が波となって建物のガラス面を駆け上った。壁面に埋め込まれたＬＥＤが揺れ、Ｊポップシンガーの巨大な顔に三原色の皺が走った。

スターバックスの緑のロゴが砕け散り、壁面のガラスと共に空中へと溢れ出した。炎が空気を裂き、ついに上層階のガラス壁面は波の強さに耐えきれずばらばらと崩れ出した。それらは二階の膨れ上がった衝撃に煽られながら、一斉に重力に絡め取られて落ちていった。私たちは両腕で最初の衝撃を避けたが、周囲の人々はなおも鈍重に、ぼんやりとその場で慣性に従い歩き続けていた。

やがて豪雨のような音がアスファルトに弾け、ビルの下にいた人たちは大量の破片に叩きつけられていった。その圧倒的な音が空に響き渡って、ようやく人々の動きが乱れ始めた。ごく少数の人がついに足を止め、身を屈（かが）め、声を発し始めた。それでもまだ過半の人たちは、慣性の法則に則って歩き続けていた。私は大声を上げて知らせたが、それさえ人間たちは気づかない様子だった。ユウキが私の肩を強く引き寄せた。背を丸める直前、私はQFRONTの二階から制服姿の高校生が何人か、噴煙に巻き込まれながら地球の引力にわしづかみにされてゆくのを見た。

　ユウキは動き始めていた。

　群衆は遅れた。私たちはたちまち周囲の人たちにぶつかり、身動きが取れなくなった。彼らは真空のヒッグス場だった。ようやく一部の人たちが動き出そうとしていたが、やはり群に絡め取られ、足を掬われて倒れていった。その乱れにさらに人が倒れ込み、重みが凝縮され、質量が生まれていった。ユウキは私を強く抱き、質量の中心へと落ちてゆくのをこらえながら、それでも懸命に前へ進もうとしていた。

　怒号と悲鳴が沸騰しつつあった。強い粘性を携えた群衆が、ついに流れ出した。ヒッグス場のあちこちで小さな粒子が質量を持つ集団（クラスター）を生み、それらが次々とつながり合って、いまや巨大な質量の塊が一斉に動き出そうとしていた。私はユウキにぐいと引き上げられた。生け垣に登り、息を吸い込んだときは、すでに最初の噴煙が天高く立ち上っていた。大交差点の信号を無視してうねり始めた人々は、突進してきた乗用車に巻き込まれ、惨事を起こしつつあった。

私たちは生け垣の上に立ち尽くしたまま、その後数分間の混乱から逃れた。人々は改札口へと殺到していった。先を急いだ人々は後方から迫る人々によって押しつぶされ、波の歪みは彼らを越えてさらに膨れ上がり、改札口を乗り越えていった。電車にも押し寄せたのだろう、危険を絶叫するアナウンスと、マイクのハウリングが私の頭上から降り注いだ。

駅前の広場は渦を巻いていた。改札へ向かおうとする波と、その手前で留まり現場に残ろうとする者たちの波濤がぶつかっていた。何人かが重量から逃れるために生け垣へ上ってこようとしたが、あるときからその波が限界を超え、避難する人さえも攫っていった。ユウキは咄嗟に波の切れ目を見つけ、私の手をつかんで生け垣を飛び降り、流れに沿って進んだ。車のクラクションとサイレンがビル群に反響して、人々の声は掻き消されようとしていた。ユウキは私を駅ビルの壁際へと避難させ、私たちは壁にぴたりと背中をつけて身を寄せ合った。目の前でさらに群衆が倒れ、何人もの人が潰されていった。

気がつくと左右にも壁際に避難した若者たちがいた。彼らの一部が携帯電話を取り出し、高く掲げて周囲の様子をレンズで撮影し始めた。それを見た若者たちが次々と同じ行動を始めていった。背の届かない女子たちは、おのれの手元で携帯電話のボタンを何度も押し、画面を喰い入るように見つめながら、必死で何かを探していた。それはぞっとする光景だった。彼らは眼前の出来事をおのれの目ではなく携帯電話のレンズを通して確認し、検索によって状況を把握しようとしているのだった。サイレンがいっそう激しさを増し、警笛が空まで届いた。

ユウキは上着の胸をしきりに手で押さえた。彼がそうするたび、ピストルの形状が浮かび上がってしまいそうで、私は彼の袖口(そでぐち)をつかんで囁いた。

「行こう」

「待ってくれ」彼の内面は震えていた。

「だめ」

私たちは壁を蹴って、再び動き出した。

どのように走ったのかわからない。私たちは駅から遠く離れ、息を切らしながら坂道を上っていた。

不意に目の前に教会が現れた。懸命に私の手を引こうとするユウキを振り解(ほど)き、私はその門の前に立ち止まり、屋根の上の十字架を仰いだ。まだサイレンが遠くで鳴っていた。

入口の扉が片方開いていた。

私はようやく、目的地を見つけたと思った。自分がいつか最後に辿り着くべき場所がどこであるかを理解した。

私はひとりで門を抜け、階段を上り、教会の扉を潜(くぐ)って足を踏み入れた。内部は思ったよりもずっと明るく、そして涼しかった。平日の昼下がりで、中に人影はなく、私の真正面に祭壇とイエス・キリスト像があった。光が高い位置から差し込み、ステンドグラスの万華鏡のような色彩が、白い屋内に映えて見えた。そうだ、教会は内側が世界だったのだ、と私は思い出した。雨粒に打たれて滲む走行中のフロントガラスは世界の裏側だが、ここではステンドグラスの文字が読める内側こそが世界なのだった。

私は中央の通路を進んでいた。ユウキが追いついて、私のひと呼吸後ろに歩調を揃えた。私たちはいちばん前の列に入り、しばらく立ったまま磔刑のキリスト像を見上げていた。やがて私は思い出して、跪いて両手を組んだ。ユウキは私の隣で立ったままだった。私は祈りの言葉を呟き、十字を切った。

サイレンの音が教会の内側まで聞こえていた。

今度は私から彼の指先に触れた。私たちは扉を擦り抜け、駆けるように階段を下りた。そのまま坂を上ってゆき、途中から彼が先を走った。

とつぜん彼が建物の中に入ったとき、そこがどこなのかわからなかった。少しばかりユウキに待たされた後、ふたりでエレベーターに乗り、扉の向こうに出て狭苦しい廊下を進み、左右に小さな扉が並んでいるのを見て、初めてそこがホテルなのだと理解した。

部屋に入って彼はテレビを点けた。最初に立ち上がったチャンネルでニュース速報をやっていたが、他の局も同様の緊急特別番組になっていた。新しいテロが各地で勃発していた。彼はリモコンで最初のチャンネルに戻し、ニュースの内容を確かめる前に携帯電話の充電器を取り出してコンセントにつないだ。

　私たちはベッドに寄り添って座り、しばらく無言でニュースを見た。彼は私の腰に腕を回していた。引き寄せる力が徐々に強まるのを私は感じていた。私は彼からリモコンを取り上げてテレビを消し、立ち上がって衣服を脱いだ。

　照明をすべて消した。携帯電話の小さなＬＥＤが壁の隅を灯しているのを見ながら、あれは鈴木さんのものだろうか、私たちは逆探知されるだろうかと思った。

　終わっても携帯電話は充電を続けていた。

　先に起きたのは私であり、彼に携帯電話を壊して捨ててゆくようにいったのも私だった。私たちはホテルを出てさらに歩いた。まだ空は青く、夕方にも差しかかっていなかったが、なぜか街は死んで沈んでいるように思えた。遠くでサイレンが鳴っていたが、それは前日に置き去りにされた他者の夢のような気がした。

　身体がだるくて、私は不注意によって躓(つまず)き、膝をすりむいた。ユウキはコンビニエンスストアで絆創膏(ばんそうこう)を買ってくれた。長い道のりを歩いて、もはや自分がどこにいるのかわからなかった。私たちは小さなホテルに入り、その日の残りを過ごした。

　後になって思った。あの日、確かにひとりの若者が、自爆テロをおこなった。さらなるテロ行為が都内で続いた。連鎖の発端となったのは、渋谷の交差点で爆弾を抱えて死んだその若者だと見なされている。彼の生前の行動や精神状態が詳細に調べられた。彼の行動

について たくさんの識者が、評論家が、一般の人々が発言した。しかしたぶん彼もまた、色のついたビリヤードの玉のひとつだったのだろう。誰も見えはしなかったが、彼の精神を動かした別の運動が先にあったのだろう。彼は朝のニュースを観たかもしれない。鈴木さんのこめかみに生じた衝突の意味を、彼はひとり感じたのかもしれない。

私は思った。あの日、世界に引き金を引いたのは鈴木さんだと。

そして長い年月をかけて鈴木さんに引き金を引かせたのは、私を育てた父なのだと。

「おれも養子だった」

とユウキは二度目が終わった後に語り始めた。

「おれの親父は、もともと山歩きが好きな、人のいいおっさんだった。親戚の人たちとも仲がよかった。読書も好きで、子どものころはよく本を読んでくれた。それが、きみの親と共同研究をしてゆくうちに、どんどん変わっていった」

おれや親父という言葉を使い慣れていないと感じた。彼は話の中で自分を指し示すたび、その窮屈な重みに自ら苛立ちを感じている様子だった。

「ぶつかることの快感は、きっと人から人へ伝染するんだ。親父はその快感に取り憑かれた。自分の頭に銃弾をぶつける誘惑に勝てなかったんだ」

駅前で、あのとき、震えていたねというと、彼は苦い顔で頷いていった。

「ああ。あのとき、本当はぶっ放したかった。自分もあの中に入れそうな気がした」

私は彼の人差し指を見つめた。彼の手を取り、柔らかな指紋の部分に触れた。かつてそこにあった傷のことを思った。

「ひとつ訊いていい？」

「なんだ」

「あなたは人間？」

ユウキは私を睨みつけた。

「殺すぞ」

「絆創膏を取って」

私は膝を彼に差し出していった。「私はこの膝で世界中の私とつながっている。この膝で重力を感じるの。父にセンサを埋め込まれたから」

怯(ひる)んだ彼の手を、私は膝に導いた。

私はベッドの上に片足を投げ出し、彼が爪で私の傷口を開き、破れた皮膚を刮(こそ)げ落とすのを黙って見つめていた。私の膝から血液とリンパ液が滲み出し、ベッドをわずかに汚した。私の痛みは彼に届かなかっただろう。しかし世界中に拡散した私の分身には伝わっただろう。

「センサなんてない」

ユウキは辛そうに顔をしかめ、目を逸らしていった。ティッシュペーパーとタオルで傷口を拭き、バスルームで洗うことを強要した。

「きみの父親は嘘を吐いたんだ。センサなんてない。特別な細胞なんて埋め込まれたりはしていない。そんなものは初めからなかったんだ。きみは自分の力だけで、相手に感情移入していたんだ」

「じゃあ、今度は入れ替わらせて」

私は信じていなかったが、彼の首を引き寄せていった。

「私があなたにエンパサイズする。そうして私の身体を抱くの」

†

ヒッグス粒子が発見されたとき、人々はどのように反応しただろう。世界中のメディアがこぞって取り上げたはずだが、人々はちょっとした居心地の悪さを感じたかもしれない。大いなる科学の成果であり、また同時に次へとつながるステップのひとつに過ぎないという解説は、最初から添えられていたはずだ。多くの人はその説明を受け容れただろう。しかし何に感動すればよいのか、しっくりこないものを感じたのではないか。心を重ね合わせることが難しかったのだと思う。

ヒッグス粒子の発見が報じられたのは私が一一歳か一二歳のときのことだ。LHCは稼働して早々に成果を上げ、そのとき母はジュネーヴで記者会見に臨んだ。会見の一部始終はインターネットによって全世界に配信され、私も書斎のモニタで視聴した。

母はその肉体と同様の、完璧な均衡（プロポーション）のイギリス英語でスピーチをした。あまりに文法と発音が整っていたために、科学の成果そのものまでもデザインされ尽くしている印象を与えたほどだった。専門的な質疑応答が続き、そのほとんどは私には理解できなかった。やがて質問の挙手が途絶え、会場に沈黙が降りて、式次第が終了に差し掛かったと誰もが感じたそのとき、後方からひとりの若い記者が起立して声を上げた。この発見は、何か人間社会の役に立つのでしょうか。

場内から失笑が漏れたのが私の耳にも聞こえた。壇上に並んだ他の研究者も苦笑いをしていたが、ひとり母だけが目を細め、集まった記者団を見下ろしていった。

「この発見によって宇宙の姿が明日から変わることはありません。しかし人間社会の相貌（そうぼう）は、いまこの瞬間から変わるでしょう。みなさんには残念ながら、不可逆的に、永遠に」

はは、と会場で誰かが調子外れの声を上げた。軽くて、空虚な、何もない笑いだった。笑いは怖れから派生した感情表現だという仮説を端的に示す場面だった。

その乾いた声は、後にメディアで何度も再生されて、人々の心に刻まれることになる。

このとき思わず声を上げてしまったどこかの男性記者は、後に恥ずかしさに耐えきれず投身自殺を遂げたそうだ。

　宇宙を統べる四つの力のうち、なぜか重力だけが他の三つの力と比べて小さく見えることが、物理学者にとって悩みの種であるといわれていた。重力が小さいことはプラスチックの下敷きを使って容易に確認できる。摩擦で帯電させた下敷きを頭に近づければ、重力に逆らって髪の毛は立ち上がるだろう。電磁気力が重力に勝ったのである。そうしたほんの小さな重力に人が惹かれるのは、この世に生まれる私たちにとって、おのれの全身で知覚できる最初の驚異（ワンダー）であるからに他ならない。よって人はまず重力と戯れ、重力をおのれの常識の中心に据えるのだ。赤ん坊はゆりかごから落ちれば痛いということを学び、幼い子らは積み木を投げて物体が放物線を描くことを知る。一方、磁石はいつの時代でも少年少女にとって驚きの対象であり、優れた玩具（おもちゃ）になり得るが、日常生活でその力を意識する機会は少ない。強い力や弱い力はどうか。私たちがもし原子核の中に入り込めるほど小さかったならそれらで砂遊びをしたかもしれないが、その男性記者は人間というマクロな存在であったため、地表への加速、すなわち重力に身を委ねておのれの命を絶った。

　顔をほころばせてにっこり笑うことを、別の日本語で破顔と書く。男は記録されたあの日から破顔したことがあっただろうか。男はたった一瞬の反射的な笑いによって、人類の浅薄さのダミーとなった。テロリストである母の一瞥を受けて、彼の心は破壊されたのだった。

†

私たちはラブホテルを転々と渡り歩いて過ごした。

ユウキが上着をずっと気にしていたので、私はコンビニでエコバッグを買った。拳銃を入れて大きく振りながら歩き始めると、銃の重さにバッグは思いのほか元気な振り子となった。リズムに乗って闊歩するとこの手は天まで届きそうだった。

テレビは一連のテロ事件のことを報道し続けており、刻々と新しい情報が出て、報道に携わる人たち自身がヒッグス粒子の群のように思えた。ぱちぱちと弾ける質量によって動き、互いにぶつかり合って喜んでいる。何が動いているのかは重要ではなく、動きそのものがニュースなのだ。彼らは人間のふりをしながら騒ぎ立てている物体だった。物体そのものに誇りや意思はない。物体はおのれが動き続けるその慣性こそ存在意義であるとわきまえている。しかしニュースを流し続ける人たちは囂しく囀り、物体としてわきまえるという勇気さえ持てない人形だった。

テロ報道に押されて鈴木さんの自殺は急速に世間の重みづけが変化してゆき、数日後にはほとんどテレビで取り上げられることもなくなっていた。ユウキが拳銃を持って行方をくらましていることは発表されていたが、私の父については何の報道もなかった。

日本から飛び火したかのように、アメリカ国内で大規模なテロが起こり、複雑な紛争へと発展していった。

テレビ番組を見ることに倦んで、私たちはホテルに備えつけられたテレビゲームで遊んだ。私にはとても退屈で、一時間も続けていると身体がこわばってしまうような気がした。ユウキはマリオカートを操作しながら、殺してやると何度も呟いた。

おまえの父親をいつか殺してやる。親父が死んだときのように、頭に弾をぶち込んでやる。

私はそんなことなど望んでいなかった。

セックスの後、私は上体を起こし、ヘッドボードに凭れて座った。ユウキは終えるとすぐ深い眠りに就くようになっていた。彼の寝息が響く薄暗い室内を眺めていたとき、ふと首に痼りを感じて、頭を横に振った。

首が鳴った。

私は音と小さな痛みの余韻を、耳を澄まして身体の内に探った。無言のまま逆の方向に頭を振ったが、今度は鳴らずに首筋が突っ張っただけだった。

頭が重いんだよ。

父の言葉が蘇った。

私の中で、初めて重力が分裂しつつあった。

きっと、それがきっかけだったのだと思う。

†

翌日も私たちはホテルに籠もってずっとセックスをした。そして私は立ち上がり、ルームサービスのピラフの残りを掻き込んでからシャワーを浴びた。戻っても彼は俯(うつぶ)せのまま眠り続けており、その背中にはまだ行為の汗が滲んでいた。

私は彼の財布からいくらかの紙幣を抜き取り、エコバッグを持って部屋を出た。外はすでに暗く、雨が降っていた。私はコンビニまで走って折りたたみ傘を買い、雨粒が重力に導かれて頭上に落ちてくる音を聴きながら、夜通し北へと歩き続けた。最初の日に拳銃が指し示していた方向だった。

何日も歩いた。晴れた日にはジェット機の質量を感じて、陽射しに目を細めながら天を仰いだ。そういえば新しい空港ターミナルができて、ジェットエンジンの改良も進んだことから、環境システム設計で騒音公害が軽減されて国内線は新宿の上空を抜けるようになったのだと、テロのニュースの合間にテレビが伝えていたことを思い出した。この時期に何重もの安全検査を張り巡らせてエアラインの再開を決断した日本という国に、私は少しばかりの印象(インプレッション)を得ていた。三次元の空は、二次元の車道とはまったく異なる安全があるのだろう。操縦者たちのコミュニケーションも、重力に押さえつけられたこの地上とは違う規律によって動くのだろう。蠟に印を捺せば窪みが象られるように、インプレッションは人の心を可塑的に変える。飛行機雲が私の頭上を追い抜いてゆくとき、私の心もまた動くのだ。

そして私は、辿り着いた。

テロが起こったあの日、教会の前で心の中に見出した目的地へ、私は到着したのだった。屋根の十字架のかたちに、かすかな見憶えがあった。記憶は消えてはいなかった。空の高さ、大気の匂い、風の行き先、影の伸び方。父が私の五感をまっすぐ育んでくれたことが、私をその場所まで導いてくれたのかもしれない。

幼い日々を過ごした修道院が、カトリック系の学校法人によって営まれていたことを、私は門の脇に据えられた案内板で初めて知った。隣は大学病院の敷地だった。私はこの病院で生まれたのかもしれないと、巨大な病棟を仰ぎ見ながら思った。その建物はあまりに近代的で、奥の病棟まで見渡すことさえできず、ふつうの分娩出産がおこなわれているとはとても想像できないほどだった。

シスターたちが私を迎え入れてくれた。

「私を憶えていますか」

「ええ、憶えていますよ。憶えていますとも」

そういって私を抱きしめてくれた。私はその腕の中でいった。「シスター」

だが私たちはどちらも、相手の名を声に発することはなかった。

私はあの夏の日以来、ずっと心にしまっていた言葉を口にした。

「シスター。私は人間ですか」

「まあ、何をおかしなことを」

私はその応えに微笑みを返した。待っていたが、それ以上の言葉の連なりはなく、願いは叶わず、もう少しで涙が滲みそうだった。

修道院の浴室を使わせてもらった。私は鏡に全身を映した。脱衣所に持ってきたエコバッグからリボルバーを取り出した。ひとつだけ弾薬を込め、シリンダーを回し、鏡に向かったまま耳に銃口をあてた。そして引き金を引いた。

弾は発射されなかった。銃口から覗くと、弾が見えた。私は弾薬を外してバッグにしまった。そして鏡に顔を寄せ、前髪を掻き上げて額を見つめた。両膝を映して傷跡を指でなぞった。

しゃがみ込んで顔を伏せ、両手で額を押さえた。

やはり涙は出なかった。

# 6

「——かくてかれらは何ごとも偽りなく熱心に語りつつ進んだが、ただ頼みとするのは神の救いのみ、いささかの希望も見出せなかった」

記者が目をぱちぱちさせたので説明を加えた。

「グリーンが愛読した、サー・ヘンリー・ライダー・ハガードの一節です」

全集第二三巻。彼の自伝に登場する言葉だった。

男はなるほどと頷いてみせたが腑に落ちない様子だった。だから続けた。

「グレアム・グリーンの話をさせてください。前から思っていたことがあります。彼はキャロル・リード監督に頼まれて、『第三の男』の原作を書きました。でも物語の結末は、映画で独自に変更したキャロル・リード監督の見事な勝利だったと認めています。その序文を読んで、彼は結末というものをどう考えるようになったのだろうと、ずっと疑問に思っていました。自分のいちばん有名な映画は、自分とは正反対のラストシーンに書き換えられて、しかもそのラストは世界中の人から絶賛され、名画として褒めそやされたのです」

男は黙って聞いている。

「グリーンはもしかしたら死ぬまでずっと、あの映画には敵(かな)わないと思っていたのかもしれない。私は全集を読むうちにそう思うようになりました。あの全集は発表年代順になっていて、通して読めば作風の変遷もわかるからです。私は思いました。どんなに自分の小説で見事な結末をつけても、リード監督の『第三の男』には届かない。どんなに小説家として知恵を振り絞っても、どんなに完璧なラストシーンを書いても、人はあの映画と比べてしまう。それはとても辛いことだったかもしれない」

「結末、か」

男は考え込み、そして呟いた。

「――昨夜のニュースはぼくも見たよ」

「ニュース？」

なるほど、と今度はこちらが頷く番だった。

「ジュネーヴで素粒子物理学者ベル・フィッツジェラルドの遺体が見つかった。きみの育ての親だったね」

「はい」

「場所は郊外のホテル。ジュネーヴを訪れていた四人の物理学者に呼び出されて、集団暴行を受けて切り刻まれ、客室の窓からごみのように投げ捨てられた。四人は世界に名だたる業績の持ち主で、ひとりはノーベル賞候補ともいわれた七〇歳の重鎮だった」

「母の手はロザリオを握りしめていたそうです」

「そう伝える記事もある。ただ、別の記事では、臓器に押し込まれていたとあったよ」

「ロザリオは母のものだと思います。母はカトリックだったのでしょう。だから結婚相手と離婚しなかったのですね。そう、今朝になってようやくわかりました。グレアム・グリーン全集をあの書棚に置いたのは、きっと母だったのだと思います。自分では決して読まない日本語の書物を、母は未来の私に贈ったのです。私があの棚に手が届くまで、二五冊の背表紙だけを私に与えて。そうして私の小さな希望を、遠くジュネーヴの地底から、ずっと操っていたのだと思います」

男はそれには直接応えず、事件の報道内容について補足した。

「合意の上でのコミュニケーションだったと四人は主張しているらしい。集団レイプも、暴行も、最後までベル・フィッツジェラルドの希望に沿ったものだったと。やめるな、もっと続けてくれと、声が出なくなるまで彼女はそう訴え続けていたのだと」

「それは、あなたも信じていないのでしょう。しゃべりかたでわかります。信じていないのに私を試すために話している」

「どうかな。いずれにせよ、容疑者たちのコミュニケーション・ダイナミクスはすぐに調査されると思う」

「母が殺された理由を、あなたはもうわかっているでしょう?」

男は肩を竦めた。だが目を逸らさずにこちらを見ている。この人はもちろんわかっている。だからいった。

「母は美しかったから殺されたのです」

さらにいった。

「エレガントで美しいと男たちに感じさせた。否応なしに男たちを惹きつけた。彼らの美しさの定義を刺激した。だからあの科学者たちは、屈辱に耐えきれなくて母を殺したのです。母さえいなければ、あいつらは面目を失うこともなかった。自分たちの審美眼を世間から嗤われることもなかった。でも母は彼らにとってどうしようもなく美しくて、あいつらの欲情をそそらずにはおかなかった。だからあいつらはテロリストである母を、決して赦すことはできなかった。数式のエレガンスと容貌の美しさが別のものであることなんて幼い子どもでもわかるはずなのに、彼らは人間だから分けて考えることができなかった。激情に駆られて突き進むほかなかった」

「きみは」

と男はいった。「その後、ユウキと会ったのか」

「いいえ、修道院に戻ってからは一度も」

「そうか」

男は再び考え込んだ。その間だけ彼は少し目を伏せた。視線を明後日のほうへとちらりと向けた。そして視線は戻ってきてまっすぐこちらを向いた。「きみが知らないことを教えよう」

「父や母の話？」

「いや、違う」

「では何を？」

「洗い熊の顔をした鈴木という研究者は、ぼくの兄だ」

相手は視線を逸らさなかった。

「あなたは」と私はいった。「誰？」

「最初の日に名刺を渡しただろう。きみの顔は何年も前から知っていたよ。梁瀬通彦がきみのアンドロイドを発表したとき、ぼくは研究室まで取材に行った。心の隅で引っかかっていたんだが、きみがモデルだとは今日まで気づかなかった。でもあのころから妙に生々しいロボットだと思っていたよ……ぼくも当時、きみの分身に触れたことになる。ロボットの皮膚の感触をこの手で直接確かめたからね」

「ユウキに会ったのね」

「きみは少しばかり胸に痛みを感じたかもしれないな。ユウキはあの後、きみの分身と共に廃屋へ逃げ込んだ。どこでアンドロイドを見つけたのかわからない。製造番号は未登録のものだった。もしかしたら、きみの父親が密かに与えた可能性もあると、いまきみの話を聞いて思った。実際に梁瀬を殺そうとして、しくじった後に何かの取引があったのかもしれない。兄が亡くなった後、警察の連絡を受けて、初めてぼくは兄が少年を匿（かくま）っていたことを知った。驚いたが、とにかくぼくたちが見つけたとき、あいつは空き家の中で死にかけていた」

男は私を見つめながら、そこから先は一語ずつ、私の反応を探るように続けた。

「アンドロイドの額や、膝や、胸や、関節には、ナイフで刺したり、硬いもので殴ったりしたような痕が、いくつも刻まれていた。あいつはほとんど壊れかけた意識で、ぼろぼろのアンドロイドを抱いていた。当時はいったい何があったのか、傷痕の意味さえわからなかったが、いまきみの話を聞いてわかったよ」

私は呻いた。

そして歯を食いしばった。

後悔の念が突然胸の内に溢れてきた。自分は彼に告げるべきだったのだ。手を取り合って外へと飛び出したあのとき、口づけの後、おのれの勇気で囁くべきだったのだ。『ブライトン・ロック』のローズのように。

「ねえ、なんて誓ったか判る?」

「なんて言ったんだい?」

「あなたを捨てないって。決して、決して、決して……」

「このインタビューは、希望についてでしたね」

深く息をして、男の話を受け入れる。時期が来たのだと思った。私は懸命に微笑みをつくった。

「お腹にユウキの赤ちゃんがいれば、私の希望はその子に受け継いでもらえたでしょう。でもそれは叶わなかった。私の希望は、私が死んだら消えてなくなる。でも、それで充分なんだとわかったのです」

立ち上がり、床に転がった明後日の方向のリボルバーをすぐさま拾い上げた。相手が腰を浮かせるより早く、私はシリンダーを強く回していった。

「どう結末をつければいいか、ずっと考えていました。今日、答えが見つかったように思います」

## 7

「お願いだから」私はいった。「ここで莫迦(ばか)な真似はやめてくれよ」

女はリボルバーのグリップをこれまで何度も手に馴染(なじ)ませてきたのだろう、鋼の重みに負けて手首をふらつかせることはなかった。それがかえって一六、七の少女であることを際立たせて、この期に及んで自分がいまだ旧来の重力感に縛られていることに気づき、狼狽した。

「自伝で読んだの。グレアム・グリーンは一八歳のとき、家から拳銃を持ち出して、公園でひとりになってロシアン・ルーレットをやった。彼は子どものころから精神的な抑圧を受けて、心が不安定になっていた。銃口を右の耳にあてがって引き金を引いた。かちりと小さな音がして、銃口から中を覗いてみると、弾の姿がそこに見えた。グリーンはひとつ違いで命拾いした。歓喜が胸の奥から沸き起こって、彼は人生の可能性をつかんだように思った。その後もピストルを持ち出して同じことを繰り返した。木陰で、人目のつかないところで、耳の穴に銃口を押し込んで引き金を引いた。それでも銃弾は飛び出さなかった。だんだん歓喜の効果は薄れていって、彼はロシアン・ルーレットに倦んでやめた。後に作家になって、彼は倦怠という恐怖から逃れるために、さまざまな紛争地帯へ足を運んだ」

女の口調がまた変わりつつあった。危険な兆候だった。

「私も修道院に戻ってから、何度かこの遊びを真似てみた。当たりの確率は六分の一。最初は本当に死ぬ覚悟だった。でも悲しくなるほどちっぽけな音しか聞こえなくて、私もグリーンと同じように中を覗き込んで確かめずにはいられなかった。その後も思い出すたびに、撃鉄を起こして引き金を引いた。でも弾が出なかった後の気まずさに耐えられなくて、繰り返す気持ちが薄れていった」

私は立ち上がった。女をなだめようとしたが、テーブルに阻(はば)まれて手は届かなかった。

「もしこの世界が結末を望んでいるのなら、いまこそ最高の結末を与えてくれるはず。それが私の望み。私の希望」

「銃を置いてくれ」

胸ポケットのスマートフォンはまだ緊急待機の状態(ステータス)を維持しているはずだ。女を刺激しないよう注意しながら、ゆっくりと片手で取り出し、ＬＥＤライトの色を確かめた。これまでの音声と位置情報はもちろん、映像まですべて記録されている。画面を一度タップすれば信号は発せられる。

女は銃口を自分の耳元へと持ってゆく。撃鉄の突起(スパー)に目線が吸い寄せられる。

「きみは」私は強引に言葉を発した。「悠輝(ゆうき)にきれいだといわれた。そうだったね？」

女の動きが止まる。ユウキという三つの音に、女は新しい語義を感じたのかもしれない。私たちのコミュニケーション・ダイナミクスはいま重なり合っているだろうか。新しい意味は生成し始めているだろうか。

「きみはきれいだといわれたんだ。そのとききみは嬉しかったのだろう？　きみの両親がどんな研究をしようと、きみの両親がどんなに社会を変えようと、それでもきみは嬉しかったんだろう？　それはきみにとっての——」

「あなたはどう思うの？」

女は私をまっすぐに見据えた。

その相貌。消費者金融のプラカードを持って雑踏の中に立つその姿に、男どもが次々と振り返り、見つめていたこの顔。

この女は美しいといえるか。彼女を美しいと感じることは、科学を理解している、といえるか。

「きみの母さんが、その本質をぼくらに突きつけた」

「ええ。あなたは私を美しいと思う？　ママのことを美しいと思っていた？」

ヒッグス粒子の発見の後も、彼女は理論と実証の双方において瞠目すべき成果を次々と上げた。そうしてついに暴かれてきたのが、この宇宙を記述することの、真の意味での困難さだった。

人はいつの時代でもシンプルな美を求める。シンプルな美こそが神の意志であり宇宙の真理であると思い込みたがる。その信念によって、人は古くから幾度も世界の本質を見失ってきた。かつてプラトンは自然界でもっとも完璧なかたちは円や球だと考えた。そのためアリストテレス以降の宇宙観では、惑星は円を描いて地球の周りを巡回しなければならず、実際の観測結果とつじつまを合わせるため彼らは多大な努力を強いられることとなった。

アインシュタインの相対性理論以降、理論物理学者も宇宙の大統一理論という夢をずっと見続けてきた。四つの力をひとつにまとめ上げるエレガントでシンプルな理論が、いつか完成すると願っていた。なぜならそのような考え方は美しいからだ。彼らにとって宇宙の法則は何よりも美しいものであるはずであり、物理学は他のどんな学問よりも気高いものであるはずだった。

「きみの母さんは、世界がシンプルな法則では決して記述できないことを暴いた。LHCやリニアコライダーの実験が証明したのは、質量の起源は決してエレガントと呼べるような法則では記述し得ないという現実だった。ふだんぼくたちがエレガントに思えるような法則は、この世界全体のごく一部を捉えたものに過ぎないということを、きみの母さんはほとんど証明しつつあったじゃないか。宇宙はエレガントではあり得ない、人間の美意識は宇宙のごく一部との重なり合いでしかない、そんなちっぽけな美意識に縛られて宇宙のすべてを解明しようとしてきた物理学者はとんだ道化だったということを、きみの母さんは暴き出した」

「あなたも美しいってことが何かわからなくなった？」

物理学者の尊厳はベル・フィッツジェラルドによって完膚なきまでに否定された。講義で数式を並べ立てて〝この理論は美しい〟などと口走るのは何よりも恥ずかしい行為となった。人間の美的感覚が通用する範囲など、この宇宙ではほんの限られた領域に過ぎない。それなのにこれまでさんざん彼らは美について知ったような顔をしてきたのだ。世界中の大学で、二流の教授たちがボードを前にして口ごもり、立ち往生しただろう。彼らは同じ説明箇所で何十年も〝美しい〟という言葉を唱え、ロボットのようにエレガントという言葉を発してきたが、その無個性ぶりは完全に否定されることとなった。

一部の生命科学者は、世界が決してエレガントではないことを経験的に察していたかもしれない。しかし生命現象が複雑に見えるのはたんに全体を統一的に記述できるエレガントな理論が発見されていない未熟な学問分野だからだ、と長年にわたり物理学者たちに見下されてきた彼らは、やはりちっぽけな自尊心によって溜飲を下げただろう。

「ねえ、おじさん、あなたもママのボーイング767に突っ込まれた？」

それまでポピュラー・サイエンスの書物を著さなかったベル・フィッツジェラルドは、昨年一冊の本を世に送った。『エレガントな石牢』という名を与えられたその書物が、これまで無数に書かれた統一理論の美しさを称揚する書物への痛烈なアンチテーゼであることは明らかであり、難解な内容にもかかわらずたちまち世界中でベストセラーになった。

彼女は人間が〝美しさ〟という固定観念の石牢に囚われた存在であると主張した。彼女の書籍は〝エレガント〟な理論という幻想にしがみついてきた物理学者たちの浅はかさを容赦なく斬り捨てる内容だった。むろん商魂逞(たくま)しい各国の出版社は、カバージャケットに彼女の顔写真を大きく印刷する営業努力を怠らなかった。

彼女は突出したおのれの容貌によって、美の概念を破壊させる書物を世界中にばらまいたのだ。

「おじさん、あとひとつだけ話をさせて。私はこうしてインタビューを受けることができて嬉しかった。今日は私の希望だった。神様が私を見棄てたのだとしても、私の言葉は残せる。だから今日は私の最後の希望だった」

女は再びスイングアウトし、ひとつだけ弾薬が込められていることを見て取った。手首のスナップを効かせて戻すと勢いよくシリンダーを回した。

「おじさんが私の話を信じていないことはわかっている。希望なんて嘘なんだ。だから最後にこうすることは、来る前に決めていた。見ていて。神が私を見棄てないのなら――」

突然、圧倒的な気配が襲いかかり、私は総毛立った。自分の肉体が、この室内全体が、すべての原子が一斉に煮えたぎり、無数の泡を発し始めたように感じたのだ。背後から巨大な質量の壁が迫り、私は振り返ろうとしたが、周囲の空間は濃密に過ぎて、深海の底へ突き落とされたように私の肉体は機敏さを失っていた。回そうとするおのれの首は強い摩擦によって焼け、眼球運動すらも緩慢になり、表面の涙液は大気に粘り取られて乾きつつあった。

席を外している間に女が室内に仕掛けたのだ、と咄嗟に思った。背後の壁が沸騰しながら押し寄せてくる。すべてを呑み込むほどの質量が加速してくる。私は振り返ることもできないまま声にならない叫びを上げた。

質量の壁がついに私の肉体と衝突し、無数の素粒子が私を突き抜け、この胸から、この額から、絞り出されるように抜けていった。私の言語は加速と共に奪い去られ、私の口は真空となった。質量は私を越え、ガラステーブルを越えて、女の肉体へと突き進んでいった。そして彼女にぶつかった瞬間、幻覚はばらばらに砕け散り、三原色は昇華していった。女は素早く銃口を耳の穴へとあてがい、瞳を閉じた。私は叫んだ。私の喉に声は戻っていた。手を伸ばし、テーブルに脛をしたたかにぶつけた。痛みが背筋に駆け上ったそのとき、

どん、

と、鈍い音が室内に響き渡った。

彼女が目を開いた。私たちはほぼ同時に、西の窓へと目を向けた。黒いものが窓の外にあり、それが落ちてゆくのが見えた。ガラスに粘性のある液体がこびりつき、物体の落下に伴い筋を引いて滲んでいった。

窓には頭部と両翼の形状が刻まれていた。

あまりに突然のことに、私は言葉を失った。鳥の衝突だと理解できるまでに時間が掛かった。

ふっ、と吐息が聞こえて、私は視線を戻した。女はリボルバーを下ろし、静かに手元を見つめながらシリンダーをもう一度回していた。彼女の全身から先ほどまでの緊張は消え

ており、その動作はごく自然なものに見えた。彼女は銃口を耳に戻し、撃鉄を起こした。瞳を閉じるその顔に、特定の表情はなかった。感情が起ち現れる前に彼女は引き金を引いた。

私は顔を背けた。銃声が響き、私の頬と胸に血が飛んだ。片目に血が入り、痛みが神経の奥まで滲んだ。

音が鎮まってから、私はもう片方の目を開けて、自分の右手がつかんでいるスマートフォンを見た。そのカメラレンズが明後日の方向ではなく女の一部始終を捉える方向であったこと、レンズに血がついていないことを確認した。

その片目で私は見た。

真正面のガラス窓に私の姿が映っていた。私は両腕を広げ、血を浴びて立っていた。その姿は十字架のようだった。

雨音はもう聞こえなかった。窓の向こうで世界は夜に向かいつつあった。

## 8

**希望が最後に残る。**

私は仕事を終えて家路に就く。雨が降っており、タクシーの後部座席から窓越しに見える道は暗い。

私はメールを確認する。いくつかの雑多な用件に手早く返信し、ポケットにしまい入れようとして思い留まり、映像を再生する。むろん音声は消してあるので運転手に悟られることはない。

だが彼はハンドルを操りながら、私にシンパサイズする。タクシーは交差点の手前で停まり、私は運転手が身体をこわばらせるのを知る。

私の手元で少女は耳を撃ち抜いて斃れてゆく。何千、何万回と見たこの映像に私がシンパサイズしてゆくのを、運転手も感じていた。彼は信号待ちの間、前方に顔を向けたまま、私の心の加速に堪え切れず、わずかに肩を震わせる。数年前から日本でも運転手の身の安全のため強化プラスチックの防刃板が運転席を覆うようになってきたが、いま彼はその透明なブースの中で私の加速と重なり合ってゆく。

青だよ、と告げると運転手は強くアクセルを踏み込んだ。いつもと同じだった。いつしか世界は変わったのだ。この運転手も、これまでの運転手も、未来の彼らも、この交差点に来るたびに思い出すかもしれない。過去や未来のおのれや他の同業者たちとシンパサイズして震えるだろう。私の手の中で少女は血を噴き上げ、私は次の路地を右へ曲がるよう告げる。

希望が最後に残る――スタッズ・ターケルの原書のタイトル。慌てて閉められたパンドラの壺に残ったもの。

料金を支払い、タクシーを降りる。運転手は急発進で去ってゆく。門を開け、庇まで小走りに駆けて肩の雨露を払う。玄関のドアを細く開けて身を滑り込ませ、指紋認証で二重に施錠する。靴を脱いで廊下を進む。まだ照明は点けない。暗がりの中を、いつものように注意しながら歩んでゆく。

ジャーナリストをやめたという結末であったなら、それはひとつの見栄えのよい物語となったかもしれない。だが実際のところ私はやめなかった。

アフガニスタンから戻った甥にインタビューし、その記事は『希望』の日本版書籍に掲載されて反響を呼んだ。甥はかつてとは見違えるほどの引き締まった肉体と、灼けた肌と、いくつかの深い傷痕を得て、しかし浅い眠りは克服できず、日常的精神活動の一部を失っていた。甥は帰国してから前にも増して対戦ゲームにのめり込んでいた。ゲームの中に登場する軍事ロボットの軽口がお気に入りとなった。「さあ、この標的で最後だ。早いところ片づけようぜ！」と陽気に促すロボットとミッションを遂行するとき、彼はベッドで眠りに就くときのように無表情となり、両手はゲームパッドをどんなときよりも素早く叩いた。

皮肉なことに、私はその記事によってノンフィクション作家として成功を収めた。日本のナショナリズムとアメリカの闇を重ね合わせた視点が注目されたのだった。それまで十数年にわたり精魂をつぎ込んできた科学ジャーナリズムの分野では儲けられず、当の科学者たちからも無視されてきたというのに、まったく異なる分野で私は世間の評価を勝ち取ったのだった。

いくつもの書評で言及され、テレビやインターネット番組でも紹介された。記事の英訳が海外の一流誌に売れた。それらを見た何人かの研究者が無邪気に講演を依頼してきたが、私は慇懃(いんぎん)に断った。彼らの一〇倍の謝金を支払ってくれるビジネスセミナーや自治体の講演が、充分なほど舞い込んでいたからだ。

言美という女のインタビューを記事にすることはなかった。

彼女が自殺を決意した上であの日インタビューに臨んだことは、コミュニケーション・ダイナミクスの解析と私の提出した記録によって立証された。私は法的責任を問われなかった。

彼女は死んだ。あの瞬間まで彼女はふたつの疑念に駆られていたが、そのうちのひとつはおのれの死によって反証されたことになる。

三時間にわたる彼女の語りを文字に起こすことはなかった。戯れに何かの勢いで文字に起こしたとしても、私は彼女の呼吸を改竄(かいざん)し、彼女の本当の言葉を切り刻み、編集して、あまつさえ自分に都合の悪いところは伏せ字で汚し、陵辱しただろう。やがて録音ファイルもメモリの山に埋もれた。言葉は残らない。声は誰にも伝わらない。彼女の願った希望など、ひとりの沈黙によって簡単に断絶される。

後ろめたさを感じて発表を控えたのか、といわれるかもしれないが、そうではない。そうではないのだ。

私はあれからしばらくして思うようになった。彼女が最後に語った希望など、本当の希望というもののごく一部に過ぎなかったのだと。彼女が私に語った希望という言葉は、本当の希望のわずかな側面に過ぎなかったと。

だが一方で彼女は、本当の希望を遺したのだ。

彼女の死からしばらくして私は新たな生活を始めた。稼いだ大金でこの家を購入して移り住んだ。グレアム・グリーン全集を古書店で求めた。装幀に前世紀の匂いを留めるそれらの本を第一巻から読み進めた。講演の移動の途中に。テレビ出演の合間に。深夜のソファへ身を埋めて、強い酒と共に。そしてついに第二五巻の『ヒューマン・ファクター』の最終段落へと至ったとき、私は彼女が頭を撃ち抜いて以来、初めて激しく動揺したのだ。

「モーリス、モーリス、希望を失わないで」

そしてその後に続く最後の一文。作家グレアム・グリーンが二五冊かけて、五〇年近くにわたって書き続けてきた、その最後の一文。

彼女は本当の希望を理解していたのだろう。そして私を悪魔と重ね合わせることで、おのれの希望を継がせたのだ。

希望が最後に残る。

倫理は変貌する。未来とは人々の心の中で倫理が変化した世界を意味する。ごく数名ではなく人類の大多数がテロリストとなったとき、世界は未来という名の現在に進んだことになる。その際、過去の欲望の大多数も古びて消えるだろうが、最後にひとつ残るものがある。それこそが希望なのだ。歴史はつねに繰り返されるのだろう。

彼女が生前に知らなかったことを、いまの私はもうひとつ知っている。梁瀬通彦はあれから二年後に大きな事故を起こした。ボルボを運転し、助手席にアンドロイドを乗せ、常軌を逸した速度で東北自動車道を飛ばし、壁に激突した。彼女の放った一撃はついに父親の身体を動かしたのだ。

梁瀬通彦はいのちを失わなかった。彼の肉体は助手席のアンドロイドと共に大破したが、彼の心は彼自身の技術によって安全だった。彼は四肢の大半と肉体の運動制御能力を奪われたまま、いまもどこかの病室で人工呼吸器に繋がれているだろう。臓腑は排泄(はいせつ)を続けながら、彼の神経は無数の機械へと見えない信号によって連結され、重心は世界へと分散しているのだろう。彼はどこまでも世界と安全にシンパサイズしてゆくことだろう。しかし噂によれば、彼はときおり涙を流すという。涙液は目尻から溢れ、重力によって頬を伝い落ちてゆく。そのとき彼と重なり合うアンドロイドは、彼の心にかすかな幸福の兆しを計測するのだという。いまの彼にとって涙液だけが、おのれに制御できない重力であるからだ。

私は廊下を折れて奥の部屋へと向かう。物音は聞こえない。

私は思い出す。ノーベル賞を受賞した日本人科学者が、勤務先のシカゴ大学でおこなわれた授賞セレモニーで次のようにいった。

世界の基本法則はきわめてシンプルといえます。しかしこの世は複雑で飽きることはありません。それこそが、私の思うに、理想的なコンビネーションなのです。

確かに、われらを衝き動かす法則はシンプルだ。そしてこの世は多様である。それは対称性が自発的に破れたからであり、落としたピストルが床を転がりどこを向くかわからないからだ。

その日本人は、私事によりストックホルムの授賞式には出席できなかった。親交の深かった別の科学者が代理出席し、素粒子論の経緯を振り返りつつ、小さな一文をスクリーンの右上に掲げた。

History repeats itself.

歴史は繰り返す。一九〇一年にノーベル賞が創設されて以来、受賞者はスピーチをすることが慣例とされてきた。しかしわずかに例外もあり、たとえば一九〇一年の第一回受賞者であるヴィルヘルム・レントゲンはノーベルスピーチをおこなわなかった。一九二一年のアルバート・アインシュタインもそうだった。歴史は繰り返す。二〇〇八年に対称性の自発的破れに関する研究でノーベル賞を受賞した日本人も、やはりノーベルスピーチを欠席し、代理人はこの言葉を掲げ、素粒子物理学の分野では類似した研究経緯が繰り返されてきたことを嗄(しゃが)れ声で語った。

私は廊下を進む。部屋の扉は開放されている。私は踏み込み、そして照明を点ける。質量を持たない光の粒子が部屋に満ち、私は娘が部屋の隅に座っているのを見る。

私の妹はゲームの中でマシンガンを撃ち続ける子どもを産んだ。私の兄は少年を飼い続けた。私もいまは兄と同じだ。それは神が不在だからではない。未来に受け継がれたからだ。

希望が最後に残る。言美という女は希望を最後に遺して死んだ。ではその希望はどこへ行っただろう。質量を持たない希望は何と反応し、何を変えただろう。いま私の目の前に生きているものがそれだ。私は室内を見渡し、書棚のグレアム・グリーン全集の一冊がわずかに動かされた痕跡を認める。そして今朝まで存在しなかった一枚の絵が、無造作に部屋の隅に投げ出されているのを目に留める。血のつながらない我が娘によって描かれた天使と十字架。もう何年も外界を見ずにこの家で育まれた娘の世界。

私は首を鳴らした。

希望は受け継がれる。私はうつろな少女を静かに抱きしめる。なぜならおのれが恐ろしいからだ。私は悪魔と重なり合う。人はこれからも悪とシンパサイズして神をおびき寄せる。だが、と私はおのれにいい聞かせる。だが、これこそが希望なのだ。私はストックホルムのスクリーンに掲げられた一文を思う。

私は口をすぼませ、娘の耳に吐息で囁く。

「おまえは——」

【引用文献】グレアム・グリーン全集第6巻『ブライトン・ロック』（丸谷才一訳、一九七九）同全集第21巻『神・人・悪魔』（前川祐一訳、一九八七）、同全集第23巻『ある種の人生』（田中西二郎訳、一九八二）、ならびに同全集第25巻『ヒューマン・ファクター』（宇野利泰訳、一九八三）。いずれも早川書房刊。

# 解　説

SF評論家
風野春樹

本書は、瀬名秀明の第一短篇集である。

と書くと、『ハル』と『第九の日』は？　と言われそうだが、その二冊はいずれも連作短篇集。互いに関連のない作品を集めた純粋な短篇集は、実はこの本が初めてなのである。なお、作者本人も本書を第一短篇集としたい意向とのこと。一九九五年に『パラサイト・イヴ』でデビューして以来の旺盛な執筆活動を考えると、今まで短篇集がなかったというのは、ちょっと意外な感もある。

瀬名秀明は、科学と人間の関係をくりかえし語ってきた作家である。『BRAIN VALLEY』や『デカルトの密室』などの大作では、膨大な科学的知見をつぎ込んで脳や知能というアポリアに真正面から挑み、『八月の博物館』や『虹の天象儀』などの叙情的な作品では物語と科学の間にある人の「想い」を描いた。さらに、科学研究の現場に取材したノンフィクションでは、最前線の研究と社会との境界面に着目している。研究者同士の専門分野、科学と文学、ヒトと機械といったさまざまな境界を横断していくこと、そこに著者の執筆活動の大きなテーマがある。

こんなふうに、瀬名秀明には、典型的な「理系作家」「科学者作家」というイメージがある。しかし、そういうイメージは、そろそろ更新した方がいいのではないだろうか。というのも、本書に収められた作品を、端正な筆致で科学をわかりやすく伝えるという「科学者作家」の常套句的なイメージで読むと、戸惑うことになりかねないからだ。

瀬名の作風が変わってきたのは、私見では二〇〇六年の『第九の日』あたりからである。ロボットの〈ケンイチくん〉を主人公とするこの連作短篇集は、ロボットの知性と心をテーマにした作品集なのだが、表題作は読者に媚びることなく作者の問題意識をストレートにぶつけた中篇で、読み応えは充分だがついていくのは至難の業。さらに後半で待ち受ける容赦のない苛烈な展開には、ここまで書くのか、という驚きすら感じたものである。

もちろん、最新科学の成果を取り入れているのは変わりないのだが、この頃からの瀬名秀明の作品は、物語としてのもてなしのよさを犠牲にしても、読者を挑発し、突き放し、あるいは毒を吐くことを恐れなくなったように思われる。ひとことでいえば、最近の瀬名秀明はどこか「ふっきれた」印象がある。

さて、本書はハヤカワ文庫JAという、もっぱらSFを中心とした小説のレーベルから刊行されているわけだが、瀬名秀明とSFの間には、ちょっとした因縁があるのをご存じだろうか。

瀬名は、かつてSFへの違和感を盛んに表明していたことがある。『パラサイト・イヴ』や『BRAIN VALLEY』が、(SFとして刊行されたわけではないにもかかわらず)「これはSFではない」と一部のSFファンから激しい反発を受けたことから、自分もSFが好きだったはずなのになぜSFファンとうまくコミュニケーションをとれないのだろう、と悩んだというのである。

二〇〇一年の〈SFセミナー〉での講演では「SFの世界の住人になってしまえば、これほど自由な国はないのかもしれません。でも、僕にとってSFは本当に得体の知れない国で、常に僕の心を束縛する国なんです。いったん外に立ってしまったら、いくら勉強しても永遠に部外者扱いで、わかっていないといわれそうな気がします」と、率直に「SFへのアンビバレントな思い」を語っている。さらに同年の〈日本SF大会〉での鼎談では、「SFと銘打っている雑誌にはしばらくは書かないようにしようかなと思います。それからSF大会に来るのも今回でたぶん最後になるかなあと思いますね」とSFとの訣別をうかがわせる発言までしているのである。

日本SFにとって幸いなことに、この宣言は守られることはなかった。二〇〇七年に横浜で開かれた世界SF大会〈Nippon2007〉では、瀬名はシンポジウム「サイエンスとサイエンスフィクションの最前線、そして未来へ！」を企画立案。研究者や国内外の作家に参加を呼びかけるとともに、自らは司会進行を務め、五時間の長丁場にわたる企画を見事成功させたのである。この時期は、先ほど述べたように、作風が変わり「ふっきれた」時期に一致している。これ以降の瀬名には、かつてのようなSFとの関わり方への迷いはまったく感じられなくなっていく。

そして第一短篇集となる本書である。収録作の多くは二〇一〇年の発表で、発表年度の古い作品でも二〇〇八年。それより昔の作品は一切収められていない。挑発的でより刺激的になった瀬名秀明の、最新の成果がここにまとめられているのだ。

個々の作品についても簡単に解説を加えておこう。

「**魔法**」

出版社を介さない電子書籍として刊行された〈AiR〉vol.1（二〇一〇年六月）初出。テクノロジーによる手品という概念の変容を、甘いラブストーリーとからめた作品で、作者のロマンティストとしての側面がうかがえる作品。「エラリー・クイーンのカード」はミステリファン以外にはちょっとわかりにくいと思うが、これはクイーンではなく、長篇のタイトルに由来するハートの4のこと。

**「静かな恋の物語」**
資生堂の企業文化誌〈よむ花椿〉二〇一〇年八月号初出。タイトルは「物語」で終わるしばりがあって苦労したとか。理系的恋愛小説の小品だが、コミュニケーションと重力、宇宙のエレガントさへの疑念、ヒッグス粒子など、巻末の「希望」と共通するモチーフが多く用いられている。

**「ロボ」**
〈SFマガジン〉二〇一〇年二月号（創刊五〇周年記念特大号）初出。SFとはまったく関係のない文学作品を意外な文脈で利用してみせるのは、『第九の日』などでも使われた、作者が得意とする手法だが、この作品でモチーフになっているのはシートン動物記の「狼王ロボ」。ロボットへの愛着と擬人化という私たちが陥りやすい問題を、動物を擬人化して描き批判を受けたアーネスト・T・シートンに重ねて描いている。以前からの瀬名作品の読者ならおなじみのキャラクターとの再会もうれしい。

「For a breath I tarry」

森山由海の描いた二枚のイラストをもとに複数の作家が短篇を書き下ろし、完成した小説に対して森山がさらに一枚を描くという「イラスト先行短篇競作」企画のために書かれた作品。〈問題小説〉二〇〇九年一月号に発表され、『逆想コンチェルト　奏の2』（徳間書店）に収録された。大森望・日下三蔵編『年刊日本SF傑作選　量子回廊』（創元SF文庫）にも再録されている。

作中で重要な役割を果たす仮想空間〈BREATH〉は、二〇〇八年の長篇『エヴリブレス』（TOKYO　FM出版）にも登場するもの。作中でも説明されているとおり、タイトルはイギリスの詩人A・E・ハウスマンによる「シュロップシャーの若者」という詩の一節だが、SFファンにはむしろ「青い背表紙の文庫本」ことアーシュラ・K・ル・グィン『風の十二方位』（ハヤカワ文庫SF）の巻頭の詩として有名だろう。また、この詩の言葉が使われている「人類が滅亡した後の世界でふたつのロボットが出会う小説」とは、ロジャー・ゼラズニイ「フロストとベータ」で、原題は本篇と同じ“For a breath I tarry”。デビュー前のディーン・R・クーンツが書いた同じ題名の詩も実在し、シッペンズバーグ大学の文芸機関誌〈The Reflector〉一九六六年秋号に掲載されている。

「鶫と鶸」

世界SF大会〈Nippon2007〉で瀬名秀明が企画立案したシンポジウムが好評を博したのは前述の通りだが、この作品は、そのシンポジウムへの作家側からのアンサーソングとして書かれたもの。二〇〇八年七月にウェブマガジン〈トルネードベース〉で公開されたあと、同年九月に『サイエンス・イマジネーション』（NTT出版）に収録された。

本書の中でも、一見もっとも観念的な作品だが、この作品をあえてSF大会でのシンポジウムへの返歌として書いたところに作者の企みがある。ヒトと機械の境界を超え、未来へと進もうとする意志それ自体を、航空機時代草創期のパイオニアたちに托して描いた野心作である。登場しない陰の主人公としてサン＝テグジュペリを配することで、「物語ること」そのものについての物語になっている点も見逃せない。

「光の栞」

二〇一〇年九月『異形コレクション46　Fの肖像　フランケンシュタインの幻想たち』（光文社文庫）初出。フランケンシュタイン・テーマとしてはかなりの変化球だが、ひとつのテクノロジーが人類の世界観を変え、倫理観を更新していくという、作者が繰り返し描いている主題がここでも変奏されている。

「希望」

大森望編のオリジナル・アンソロジー『NOVA3』（二〇一〇年一二月、河出文庫）のトリを飾った問題作。線形加速器、ヒッグス粒子、グレアム・グリーン、デカルトなどさまざまな分野の知を総動員して、重力とコミュニケーションを新しい視点からとらえ直すという離れ業を見せている。サイエンス・コミュニケーションや、「エレガントさ」という概念自体への疑念など、科学のあり方そのものへの辛辣な批判を含んだ挑発的な作品でもある。SF作家瀬名秀明の現時点での代表作といっていいだろう。

スタッズ・ターケルの本の原題として何度も繰り返される「希望が最後に残る」の言葉は、かつて中篇『虹の天象儀』でたびたび引用された織田作之助の最期の言葉「思いが残る」にも通じている。そして、この短篇集に収められたどの作品も、ひとりの個人の生を超えて残る何ものかをテーマにしているといえるだろう。

小松左京が、あるインタビューでこんなことを語っている。かつて「物語」は、あらゆるイメージの総体として「哲学」と言ってもよかったが、それがある時期から「科学」と「文学」に分かれてきた。自分がSFに惹かれたのは、そうした「文学」と「科学」を、もう一度、「哲学」に一体化できるかもしれないからだ、と。

科学と文学を、哲学として一体化する。本書を読めば、その小松左京のヴィジョンを現在もっともよく引き継いでいるのが瀬名秀明であることがわかるだろう。いったんはＳＦへの違和感を抱き、ＳＦから離れかけた瀬名秀明は、満を持してふたたびＳＦへの帰還を果たした。

そしていま、瀬名秀明は間違いなく日本ＳＦの最前線に立っている。

# 日本ＳＦ大賞受賞作

## 上弦の月を喰べる獅子 上下
**夢枕 獏**
ベストセラー作家が仏教の宇宙観をもとに進化と宇宙の謎を解き明かした空前絶後の物語。

## 傀儡后（くぐつこう）
**牧野 修**
ドラッグや奇病がもたらす意識と世界の変容を醜悪かつ美麗に描いたゴシックＳＦ大作。

## マルドゥック・スクランブル〔完全版〕（全３巻）
**冲方 丁**
自らの存在証明を賭けて、少女バロットとネズミ型万能兵器ウフコックの闘いが始まる！

## 象（かたど）られた力
**飛 浩隆**
Ｔ・チャンの論理とＧ・イーガンの衝撃——表題作ほか完全改稿の初期作を収めた傑作集

## ハーモニー
**伊藤計劃**
急逝した『虐殺器官』の著者によるユートピアの臨界点を活写した最後のオリジナル作品

## 次世代型作家のリアル・フィクション

**スラムオンライン**
桜坂　洋
最強の格闘家になるか？　現実世界の彼女を選ぶか？　ポリゴンとテクスチャの青春小説

**ブルースカイ**
桜庭一樹
あたしは死んだ。この眩しい青空の下で——少女という概念をめぐる三つの箱庭の物語。

**サマー／タイム／トラベラー1**
新城カズマ
あの夏、彼女は未来を待っていた——時間改変も並行宇宙もない、ありきたりの青春小説

**サマー／タイム／トラベラー2**
新城カズマ
夏の終わり、未来は彼女を見つけた——宇宙戦争も銀河帝国もない、完璧な空想科学小説

**零式**
海猫沢めろん
特攻少女と堕天子の出会いが世界を揺るがせる。期待の新鋭が描く疾走と飛翔の青春小説

ハヤカワ文庫

## 傑作ハードSF

**アフナスの貴石**
野尻抱介
ロイドが失踪した！　途方に暮れるマージとメイに残された手がかりは〝生きた宝石〟？

**ベクフットの虜**
野尻抱介
危険な業務が続くメイを両親が訪ねてくる!?しかも次の目的地は戒厳令下の惑星だった!!

**終わりなき索敵** 上下
谷　甲州
第一次外惑星動乱終結から十一年後の異変を描く、航空宇宙軍史を集大成する一大巨篇！

**パンドラ**〔全四巻〕
谷　甲州
動物の異常行動は地球の命運を左右する凶変の前兆だった。人間の存在を問うハードSF

**記憶汚染**
林　譲治
携帯端末とＡＩの進歩が人類社会から客観性を消し去った時……衝撃の近未来ハードＳＦ

ハヤカワ文庫

## 話題作

山本周五郎賞受賞
### ダック・コール
稲見一良

ドロップアウトした青年が、河原の石に鳥を描く中年男性に惹かれて夢見た六つの物語。

吉川英治文学賞受賞
### 死の泉
皆川博子

第二次大戦末期、ナチの産院に身を置くマルガレーテが見た地獄とは？　悪と愛の黙示録

日本推理作家協会賞受賞
### 沈黙の教室
折原一

いじめのあった中学校の同窓会を標的に、殺人計画が進行する。錯綜する謎とサスペンス

### 暗闇の教室 I 百物語の夜
折原一

干上がったダム底の廃校で百物語が呼び出す怪異と殺人。『沈黙の教室』に続く入魂作！

### 暗闇の教室 II 悪夢、ふたたび
折原一

「百物語の夜」から二十年後、ふたたび関係者を襲う悪夢。謎と眩暈にみちた戦慄の傑作

著者略歴　1968年生，東北大学大学院薬学研究科博士課程修了，作家　著書『パラサイト・イヴ』『BRAIN VALLEY』『八月の博物館』『デカルトの密室』『第九の日』『エヴリブレス』，編著『ロボット・オペラ』他多数

HM=Hayakawa Mystery
SF=Science Fiction
JA=Japanese Author
NV=Novel
NF=Nonfiction
FT=Fantasy

# 希望（きぼう）

〈JA1039〉

二〇一一年七月十日　印刷
二〇一一年七月十五日　発行

（定価はカバーに表示してあります）

著　者　瀬名（せな）秀明（ひであき）
発行者　早川　浩
印刷者　青木宏至
発行所　株式会社早川書房
郵便番号　一〇一 - 〇〇四六
東京都千代田区神田多町二ノ二
電話　〇三 - 三二五二 - 三一一一（大代表）
振替　〇〇一六〇 - 三 - 四七七九九
http://www.hayakawa-online.co.jp

乱丁・落丁本は小社制作部宛お送り下さい。
送料小社負担にてお取りかえいたします。

印刷・株式会社精興社　製本・株式会社川島製本所

ISBN978-4-15-031039-4 C0193

＊本書は活字が大きく読みやすい〈トールサイズ〉です